時は流れ、……やがて積み重なる

〈古稀記念雑録〉

小暮得雄

信山社

はしがき

◇……たまたま目に入ったサントリーのコマーシャルに「時は流れない、それは積み重なる。」という言葉があった。山紫水明の地、山崎。豊饒の時を重ねてモルトが熟成する。時はその間、決して流れ、発散することなく、ひたすら凝縮し、凝固する。その辺の消息を指した言葉であろう。けれども、私の実感に即していえば、疑いなく時は流れる――。あるときは矢のごとく。あるときは悠容と。ただ、流れた〝時〟は、そのまま流れ去るのではなく、どこかに、たとえば、宇宙の一角にある途方もなく大きな〝思い出の筥〟のようなところに堆積し、沈澱するのではないだろうか。一見矛盾するようではあるが、まさに時は流れ、かつ積み重なるのである。

◇……時は流れ、馬齢を重ねて人並に古稀を迎えることになった。こんな私のために、〝弟子筋〟の人達が古稀記念論集を編んでくれるという。〝弟子〟と呼ぶにはあまりにも眩しすぎる方々ではあるが……。全国企画については〝分不相応〟という理由で辞退したものの、多年、籍を置いた北大中心の企画については、さすがに固辞することかなわず、内輪のご好意として忝けなくお受けすることにした。

◇……とはいえ、錚々たる方々の心温まる贈物に対し、私からも何か返礼をしなければならない。思案のすえ、これまでの半生をふりかえりながら、折にふれて書き残していたものを「古稀記念雑録」として一本にまとめることにした。これが本書である。〈時は流れ、やがて積み重なる〉というタイトルは、たぶん、現在の私の思いに最もふさわしいのではないか。

◇……実のところ、はじめは本書全体の〈解題〉に充てる予定であった文章を、急遽〝はしがき〟にさしかえたため、はしがきとしてはやや異例の内容となった。この際、家族への謝辞は控えることにしよう。ともあれ、困難な状況のもとで、本書の出版にお力添え賜わった多くの方々に、心から御礼を申しあげなければならない。とりわけ、信山社渡辺左近社長をはじめ、主として校正を担当された柴田尚到氏、ほのぼのと心温まるカットをご提供いただいた高畑滋氏、同じく八木みすみ氏に対し、末筆ながら、この欄を借りて深甚の謝意を表したい。

目次

II 将棋への耽溺

V 学者の国会──日本学術会議関連

VI 自然保護運動撰

Ⅶ エッセイ ア・ラ・カルト

I

遠い日、顧みていま

少年のころ疎開生活を送った、富山県井波町瑞泉寺の山門

〈解　題〉

◇……人それぞれ、人生には様々な節目があり、エポックがある。昭和七年（一九三二年）、〝昭和動乱〟のさなかに生を享けた私にも、顧みれば、多くの節目があり、エポックがあった。

◇……太平洋戦争末期の昭和十九年、東京渋谷区立笹塚國民学校六年生だった私は、首都圏の戦火を避けて、天ざかる富山県井波町への〈学童疎開〉に加わった。1〈旅立ち〉は、私にとって、この人生最初の節目ともいうべき学童疎開第一日の記録㊟である。その後半年の間、少年は、健気に、歯をくいしばって、はじめて経験する雪深い北國での、苛酷な集団生活に耐えた。

㊟ちなみに、旅立ちの日から、中学受験のため、東京大空襲の直前に帰京するまでの全記録については、最近、近代文芸社から『回想の学童疎開』というタイトルで上梓されたことを補記し

ておく。

◇……運命の日、昭和二十年八月十五日。わが国二千年の歴史は大きく塗り変えられた。2〈終戦前夜（日記抜粋）〉は、〝その日〟を体験した軍国少年の心の昂揚を生々しく伝える。

◇……その後少年は大学に進学し、脆くも崩壊した内なる価値観の再構築につとめる。3〈されど、青春の日々（日記抄）〉からは、メーデー事件や破防法制定問題などに当面して、はげしく揺れ動く青年の心の軌跡をうかがうことができよう。

◇……4〈学会寸描（日記抜粋）〉は団藤重光博士に師事して刑法学に志した大学院時代の日記の一節、5〈回想三〇年（税大教育をふり返る）〉は短稿ながら、北大在職中三十数年にわたって講師をつとめた税大教育の回想である。

◇……北海道大学を去るにあたって法学部同窓会報「延齢草」は、私と弟子達との座談会を企画してくれた。6〈さらば北の大地（「小暮得雄先生を囲んで」座談会）〉はいわば丸山・城下両君によって〝総括〟された私の半生にほかならない。談論風発、気心のしれた愛弟子の前で、私も胸襟を開いて存分に語った。7〈コラム《魚眼図》の周辺〉は、二十数年にわたって同人として書きつづけた北海道新聞コラムに関わる思い出である。ちなみに私の担当したコラムの全文については北大退職後、近代文芸社から法エッセイ『いまを生きる』という表題で出版された。

1　旅立ち

――回想の学童疎開・第一日

昭和十九年九月八日（金）

疎開第一日

起床　六時
天気　晴
雲量　三
就寝　八時頃
風強　軟―和風
温度　二六度位

（温度は大体）


富山へ富山へと走る疎開児童をのせた列車は、見なれない景色をくりひろげながら、わくわくするぼくらを、しっかりとだいて、走りつづけるうちに夜はあけた。

なつかしい父母兄弟と別れて、疎開するぼくらは、元気いっぱいである。

夜は少しさむかったが、ぼくらの元気はそれを吹きとばしてしまった。

まだ眠りからさめぬものもある。


ぼくは、朝のすがすがしい空気にうたれながら、じっと窓の外に見入った。

眼前にくりひろがるこの景観、

「海だ」。

期せずしてだれの口からもそのことばがほとばしった。

海――

日本海である。

海に見入ったぼくらは、しばらくは何もいはずに、たゞ海の広い空気を吸った。

舟がぽっかりとうかんでゐる。

汽車はきりたったようながけの上を走る。

海に接した山の上にはみどりの木々がうづまってゐる。


ぼくらは今ぞ疎開して行くのだ。

その壮大なながめにうたれてぼくらには新たなる希望と、決意がうかんでくるのだった。

列車上より見る人も見る人も、ぼくらの目にとまったものはおよそことごとくが手をふった。

ぼくらはその手、手にあふたびに非常なうれしさを感じるのだった。


やがて高岡に着く。校長先生と石ヶ谷先生がでむかへにきてゐてくださった。

福野でのりかえて、やがてぼくら第二の思ひ出の地たる井波駅についた。

見れば駅は、でむかへる人によってうづめられてゐるではないか。

駅をでると両がはに、先発隊、井波の生徒、町の人、いろ〳〵な人々の顔が並んでゐる。

ぼくはそれらの人々が拍手をするたびに何だかはずかしいような気がした。

井波の生徒がぼくらのにもつをもってくれたのでやっと身軽になって町の中をまづ井波の国民学校へと向った。

町の中はきちんとせいとんされてあった。

そして道行く人たちはみんなこちらを向いて、笑ってゐた。

学校へつくと、あいさつがとりかはされた。

「町の人たちはみんな喜んでぼくらを待ってゐてくださるのだ」。

といふことが、そのことばの中に感じられて、たまらなくうれしかった。

ぼくたちは豊富な町の中を見ながら、やがて東別院瑞泉寺へついた。

見れば見るほどりっぱなお寺であった。

これがぼくたちの住む所かと思ってびっくりした。

すぐ本堂へはいって、お寺の御りんばんさんとのひきあはせがあった。

御りんばんさんは林さんといって、とてもやさしそうな方であった。

始じゅうにこ〲していらっしゃった。それから直接いろ〲お世話してくださる宇野さんといふ方もおぼえた。

しづかに合掌して無念無想の域にはいると、なにも頭にはうかばなかった。

りっぱなお寺
親切な人々
たのしい生活
ぼくはたまらなくしあはせであると思った。
それから
「白書院」
といふところで荷物をおろし、昼食をたべ、さっぱりと入浴した。
門をでてすぐのところにその風呂はあった。
それから神社参拝にいった。
たゞぼくらは、
「神国必勝」
を祈るだけであった。
それから便所やら部屋やらいろ〳〵なことをおぼえた。
しかしまだ荷物の整理にはかゝれなかった。

夜の食事は又たのしいものであった。
なすのつけもの
みそ汁、ごはん
それだけのものだったが、ぼくにはたまらなくおいしかった。
就寝は、まだ整理がつかないのでひとまず順ばんに別のふとんに寝た。
寝るときに、出征した父、母、兄、疎開した妹のことが思はれたがまもなく眠りにつき、疎開第一歩はかくてたくましくふみだされたのである。

◎天皇のみむねかしこみ小さき子の
　いでたつ日をば
　　祝ひまつらん

◎子を思ふ心にまさる
　大御心
　　かたじけなさに
　　　涙こぼるる

2　終戦前夜

昭和二十年八月三日（金）晴
起床五時半　就寝九時　風強軟風　雲量6
国鉄は轟々と走り、飛行機は堂々と大空を翔ける。
国土邀撃態勢は既に着々と完備しつゝある。今や本土は敵蹂躙下に置かれたが、神州三千年の栄ある伝統に輝くわが大和民族は敢然米・英の本土をにらんで敵撃滅を期しつゝあるのだ。航空機月産は数千機といふ。あゝ何たる心強いことであらう。歴史に培はれたるわが必勝の信念こそ実に決戦下最大の戦力である。敵空爆の激しくなるに従がって、その戦力はこんくとして湧き出づるのをおぼえる。あゝ決戦迫る。来るべき本土決戦こそ最初の決戦であり、米英の本土における敵撃滅の決戦こそ最終の決戦である。その最終の決戦における勝利は実にわが日本のものである。さうなければならぬ。われら若人はその日を勝利の日たらしむるべくあらゆる困難と戦って、錬成をつまねばならないと信じて已まない。
今日も一日中新鋭機は大空を翔けてゐた。

八月四日（土）　晴
起床五時半　就寝九時　風強軟風　雲量4
天候は完全にもりかへしたやうである。今日も又快晴であるがこれからも晴天が続けば良いと思ふ。学校で青葉師団長閣下の講演があった。閣下は、実に熱烈なる口調で、「今かゝるやうに戦局は不利のやうに見えますが、私は、必勝を信じてゐます。その信念を歴史の上から眺めれば、三千年の昔神武天皇の御東征以来、日清・日露などの国運を賭して戦った大戦争があったが、その前後には国内の輿論は、轟々として湧いてをります。しかるに支那事変においては、その輿論が湧いておらない。そして支那事変は未だ解決がつかず今日に及んでゐます。このことは実にわが国民が総力を発揮してゐないからであります。元来正義が邪に亡んだ話は例がありません。日本は天子さまのもと国民が命を捨てゝ君国に尽くすといふ世界無比の美風があります。そしてその精神は三千年の間一度もすたれたことがありません。元寇の時、敵は博多湾にまで上陸してきました。現在の戦局はまだそこまで行ってをらない。敵米英は、わが日本をこわがってゐます。

宣伝びらやいろ〱の宣言などにおいても、一つとしてわが天子さまのもとの国体を亡ぼし国民を倒すといふことは書いてなく、軍隊だけをやっつけるのだといってをります。これ実に彼等米英のわが国体といふものをいかにおそれてゐるかを明らかに表わしてゐます。

この神聖なるわが国体、伝統より湧き出で培はれたところの必勝の信念こそ、真に飛行機よりも戦車よりも艦よりも何よりも尊く大きい必勝の戦力なのであります」と力強くおっしゃった。それを聞いた僕らは実に大きな感慨にうたれ、神国必勝をます〱強く感じた。

それから先生に明日から一週間授業停止の話を聞いた。しかしその休みも唯の休みに非ず、来るべき食糧増産の動員における力を養ひたくはへる休みだといふことであった。それから五省といふことについて話を聞いた。

一、至誠にもとるなかりしか
一、言行に恥づるなかりしか
一、気力にかくるなかりしか
一、努力に恨みなかりしか
一、無精に亘るなかりしか

この五つは、江田島の海軍兵学校の生徒たちが自づから決めた教訓であり、寝る時否一日における反省である。みんなも、休み中、あそんでばかりゐず、この五訓をしっかり守ってもらいたいといふことであった。

八月五日（日）　晴

起床五時半　就寝九時　風強軟風　雲量6

学校へ行かずに家においていろ〳〵なことをしてあそんだり勉強したりしてゐた。夜九時頃突如、警戒に続いて空襲警報が出た。母はきのふから妹を迎へに出かけてゐるので僕と兄とは責任をもって防空壕の中へいろ〳〵なものをいれ、自転車やラジオをもち出した。そのうちにB29の爆音が聞こえてくる。北西の方向にB公は焼夷弾をばら〳〵と落した。僕はきっと前橋をやってゐるのだなと思いながら、それを見た。それと共に前中や、丁度今頃は前橋あたりに帰ってきてゐる筈の母と妹のことが気づかはれてならなかった。B公の爆音は引つづいてきこえ、照空燈の光りと共に待避のかねがぢゃんぢゃんとなってゐる。僕はたまらなくくやしくそして憤りにもえた。

伊勢崎もやられるだらうと思って防空態勢をとゝのへたが、何時間かしてもとう〳〵B公はこなかった。北西の方向前橋の方を見ると、空がまっかに色どられてゐる。炎々とした火災がすぐそこに見えるやうだ。石坂や級友たちの家も焼けたかなと思って、感慨無量であった。やがて警報が解除になってからそのまゝ寝床にはいった。

八月六日（月）晴

起床七時　就寝九時　風強軟風　雲量3

朝早く、母と妹が帰ってきた。思えば、去年八月の末より九月初旬にかけて、父は出征し、僕と妹は集団疎開に加はり、一家は四ケ所に分散、そして今年の四月、僕と妹は疎開より帰り、始めて父を除いた四人が一所になった。しかるにすぐさま妹は松本へ縁故疎開、再び三ケ所に別れたが、今又、この伊勢崎において四人一所になることが出来たのである。前線における父も定めて安心することであらう。母もきっと〳〵どんなにか喜んでゐることであらう。僕もうれしい。たゞ願はくは父の武運長久を祈るのみである。あゝ喜びの日。

午後石坂があそびにきた。石坂の家も前中もみんな大丈夫とのこと。僕も安心して二人でいろ〳〵と遊んだ。午後の報道をきくと、きのふのB29は百三十機で前橋市内に相当の被害があったといふことである。罹災した人たちの幸福を祈った。夕食後、石坂を送り、入浴してからさっぱりと寝た。

八月七日（火）　晴

起床七時　就寝九時　風強軟風　雲量3

空襲の解除の後、木島へ、供出するほし草を刈りに行った。昼食の後、照ちゃんの家へ行って、小さい子供などとあそんだ。日はかん〱と照る。それから鎌とかごとを借りて草刈りに行った。田んぼのあぜや川のふちなどで、一生懸命草を刈った。かごがいっぱいになったので一度木島の家へ帰ってそれをほしてもらってから又かごをかついで刈りに行った。もう夕方に近かったのでさく〱ととてもよく刈れたのでどん〱刈ってゐると、鎌で突ぜん手をきってしまった。血がだく〱と出る。僕は指をしゃぶり、あり合せのきれで指をしばった。照ちゃんにほうたいをしてもらってゐると、照ちゃんが、

「お国のためだから名誉の負傷だね」

といったのでその時はとてもうれしかった。入浴をしてからもう暗い道を家へ帰った。今日照ちゃんの家へ行った時もあつい中で一日中みんなが働いてゐた。それを見てそれだから日本は強いのだなあとしみぐ〱と思った。又明日も一日草刈りに行くつもりだ。

八月八日（水）　晴

起床七時　就寝九時　風強軟風　雲量3

今日も又草刈りのために木島へ行った。夕方までいろ〳〵なことをして遊び、夕方草刈りに行った。昨日刈ってほした草は晴天のため、もうからからにかはいてゐた。草を刈ってゐると空襲になったので一時待避して又草を刈った。今日は朝から行ったにも拘はらず、あまり沢山とれなかったが、それでやめて、入浴後家へ帰った。今日は本当に良く晴れてゐて、僕も川で水を浴びたほどである。家へ帰ってから夕食をとりゆっくりとつかれを休めた。

今日は大詔奉戴日であり、ます〳〵必勝の信念を固くした。

八月九日（木）　晴

起床七時　就寝九時　風強静穏　雲量2

既に真夏。せみはうるさい程鳴き始め、寒暖計また三十度を指す。朝、突然の召集によって前中へ急いだ。伊勢崎より国民義勇隊が大勢乗込んだ。前橋市の復旧に行くのであらう。逞しき闘魂が一人一人の身体にあふれてゐた。前橋につくと今なほ余燼がさめず、人々は灰墟の中に逞しくたち上りつつあった。みんなはその状況に非常におどろいてゐたが僕は東京にてそんな事はいくらも見てゐるので、別段驚きもせず、新たに痛憤の念にもえたのみであった。焼夷弾が各所につきささってゐた。学校にて集った人数を見、校長先生の話を聞くと約五割が罹災したといふことで今更ながら敵の暴虐にあきれ返った。帰途、石坂の家によった。

家にて入浴後報道をきくと、実に驚くべき事が報道された。それはソ連の満州国不法攻撃である。あゝソ連遂に我に交戦を強い、わが皇国日本は今や世界の強国を相手にして戦ふこととなった。何といふ重大なことであると同時に何といふ大和民族として生甲斐のあることであらう。しかしながら世界を相手とすることは並大抵のことですむものではない。われらはたゞ戦って戦って戦い抜くのみである。ソ連は日本に八月九日をもって戦闘状態に入る旨通告し、九日零時すぎ、東西両方面から満ソ国境を越境不法攻撃を開始。同時に満州・朝鮮の要地に少数機をもって爆撃を開始した。これに対しわが日満両軍は自衛のため、これを邀撃。目下激戦中とのことである。ソ連の宣言によればソ連の企図は、この戦争を短期に集結させるといふことらしく、われ〳〵は万全のそなへをしいてこれを邀撃、米英ソ三国を速に撃滅すべきである。

この報道を聞きながら僕は異常な感激と感慨に打たれた。あゝ今や神州日本危し、それを克服するはかかってわれら青少年の双肩にある。たゞ勝つために恐れずたゆまず頑ばろう。

八月十日（金）　晴後曇

起床六時半　就寝九時　風強軟風　雲量4

今日は朝から敵艦載機を始めB29其の他の東部軍監区来襲である。午後一しきり空襲がをはったので、木島へ草刈りに出かけたが、上州特有の雷が鳴り、夕立も降ってきたので草刈りも出きなかった。帰りに自転車がこはれたので一里以上も歩いて暗くなってから家へ着いた。朝の新聞によると広島ではアメリカの新型爆弾によって相当の損害を出したといふことであり、その非人道に怒ると共に又たまらなくくやしかった。このごろはラジオと新聞・本などが一ばんたのしみである。

八月十一日（土）　晴

起床六時半　就寝九時　風強軟風　雲量2

午前中は勉強をしたり、遊んだりぶらぶらと時をすごした。午後二時ごろ妹と一しょに草刈りに出かけた。あつくてくたまらなかったが汗だくくで、大きなかご一ぱい刈り上げ、家に帰ってほした。夕方六時頃又そのかご一ぱい一人で刈って家に帰った。もう六キロ完遂も間近いことであらう。

ソビエット連邦との戦の戦況はあまり報道されないがにくむべきソ連は、逐次、わが満州及び樺太方面に進出してきている模様だ。にくむべしソ連。ソ連はわが条約を放棄するに至った。ソ連は反枢軸国の形勢有利なりと見るやそろ〱世界に魔手を伸ばし始め、ドイツの降伏後、しきりに米英・重慶等の間に暗躍をつづけ、日本の態勢ますく不利となり遂に本土決戦さへ予想されるに及んで突如として東亜侵略の野望を露呈。ここに皇国日本に対して戦ひを挑みきたったのである。ソ連たるやまことに狡猾である。今やわれら神州男児は断乎敵米英ソ連を撃滅するのみである。

わが進撃目標は一ケ所ふえた。モスクワである。ニューヨーク、ワシントン、ロンドン、モスクワ。アメリカだけは二ケ所である。アメリカは特に〱徹底的なる報復を行うのだ。日本はあくまで戦はねばならぬ。新型爆弾がなんだ。B29がなんだ。ソ連が何だ。ソ連の参戦に際しわが一億民草は宣戦の大詔を拝せるが如きあの感激で聖戦完遂に励むばかりである。あゝ正義の国日本。

八月十二日（日）　晴

起床五時五十分　就寝八時半　風強軟風　雲量3
学校へ行く。駅前においては未だに白煙が僅かながらのぼってゐた。校長先生のお話によると、僕等は明日も授業なしとのことであった。家へ帰ってからたこつぼ式の壕を一ケ所ほった。深さは一メートル近くであった。敵の広島において使用せる新型爆弾は原子爆弾だそうであり、その威力は相当なものであるがわれらは敢て恐るるに足らない。敵は実に人道無視の野獣である。しかしながら彼等の残虐といえどもわれわれに鉄壁の準備あれば充分防げるのである。敵よ、アングロサクソンよ、今に見よ。わが復旧と報復の一念を。

八月十三日（月）晴
起床六時　就寝九時　風強和風　雲量6
朝から又も艦載機の襲来である。その中に僕は半裸でもって壕掘りをした。

八月十四日（火）雨後晴（曇）
起床五時半　就寝九時　風強軟風　雲量9
前橋市の大半は既に潰滅し去った。Ｂ29の暴虐は到る所目をおほふべくもない。僕らは前橋市の復旧に乗り出した。八時、市立高等女学校集合。関係方面の方々よりいろ〱御注意を聞いてから、めい〱持参の道具にて、道路の整理整頓をする。みな一生懸命であった。午前中に作業ををはらせ帰途についた。駅前にて弁当を食べてゐる時、乞食の多いのにほんとうになさけなく思った。この時局下、何といふことであらう。いたづらに第一の戦力たる人を遊ばせておくのはもったいない限りである。家に帰って又昨日の続きの壕を掘った。昨日よりかずっと掘り下げ横穴をも掘る仕事を一家そろってした。丁度きりのいいところでやめて家にはいった。広島に投下された新型爆弾はウラニウムの作用による原子爆弾ださうである。残虐きはまりなき原子爆弾。その威力は偉大なりといへども、その残虐も又世界一である。思い知れアメリカ！　報復の日を。

夜中である。外は月明りで明るい。突如たる警報に僕は飛び起きた。あゝこの夜。この夜こそ遂にわが一家は敵の爆撃を浴び罹災者となったのだ。いよ〱B29も伊勢崎上空に現けれた。そして東京で見たそれと同じやうに残虐なる焼夷弾は頭上に落ち始めた。僕らは今日の夕方掘り上げたばかりの防空壕に出きるだけの重要品及び日用品をつめた。焼夷弾が落ちて来さうに見えると、出きるだけ体をちぢめて壁にはりついた。いよ〱と見て僕らは土をかけた。あの日本の敵B29はなほも盛んに焼爆を続ける。家にゐては危いと見た僕らは、自転車シャベル等をもって屋外へ出た。弾の落ちてゐない方へ〱と只管に逃げる。しかしその逃げたことが後に思へば実に幸ひなことであったのだ。どこかの工場の横へ出た。とたんに雨あられの如く頭上に焼夷弾が落ちてきた。「ざっざざざっ」「パン」「パンッ」工場は燃え出した。すぐ前の道からも火がのぼってゐる。僕は最大のにくしみをもってそれを踏みつけた。あゝその一弾こそわれら日本民族を幾多、あの世に送った人類の敵なのである。そこをうまくくぐり抜けてふりかへれば、今来た後の方は一面火の海と化してゐる。心に敵愾心をもやしつつ、一家は立退いた。広瀬川へ出て前の田んぼの横に腰を下した。伊勢崎の中心部は今劫火によって盛んに焼えてゐる。一月半親しんだ我が家は既に廃墟に帰したかも知れぬ。しかしその時はまだ残ってゐるかも知れぬといふ望みがあった。やがて雨が降り出し、それも随分と降ってから止んだ。伊勢崎に起きたB29の劫火はなほも炎々と天を焦してゐる。黒い悪魔は遂に去った。今だめら〳〵と燃えつゝある中を僕らは家の方へ向った。家の附近にすでに建物はなかった。我が家は焼けたのだ。あゝその時の心境。僕はしみ〴〵と真の罹災者の心境を味はった。胸がどき〳〵と鳴った。しかし悲しくはなかった。たゞくやしかったのである。又僕は日本人としての大きな試練を受けたといふ喜びも感じなかった。あらゆる表現を用ひても尽きぬほどその思ひは深かった。静かに無言で、僕らの足は木島の方へ向った。火の街を過ぎて僕らは、感慨無量であった。やがて夜は白々と明ける。あゝ大いなる朝。筆舌に尽くし難し。

八月十五日（水）　晴
起床　就寝八時　風強軟風　雲量3
やがて祖母の家へ着いた。朝食の後、自転車で燃ゆる伊勢崎へ向った。荷物を出してくる為である。家へ着くと「家」は完全に焼けてゐた。瓦の中に火がめら〲ともえてゐる。じっとその火を見つめる。日本の国土の中に燃えつつある火は、そして既に幾多の人命と多数の家屋を焼いたその火は、B29の味方であり、悪魔の味方であらうか。それとも日本の味方であらうか。否断じて日本の味方ではない。日本の味方であるならば、何故日本を破壊するのか。火は無心なのかも知れぬ。そんなことを考へると僕は急に何ともいひ知れぬ不思議な感じにうたれた。罹災した僕はちっとも悲しい気持をもっていない。それよりも何となく誇らしい気持である。しかしながらそのやうな気持も心の底に深く〲大日本帝国の必勝を信じればこそおきるのである。僕は真に神州不滅を祈った。もえ上る火にもその気持が通ずればよいと思った。……

荷物は壕の中にそっくりと助かりリヤカー一ぱいもあった。せめてもの幸ひといはねばならぬ。その夜は木島の家にまんぢりともせずに眠った。安らかな夢にも祖国日本の必勝を信じつゝ。

八月十六日（木）　晴

起床六時　就寝七時半　風強軟風　雲量5

変なうはさが伝はった。何とそれは日本の無条件降伏である。僕は断乎それを否定した。家には電気が通じず、何も分からない。しかし必勝と不滅の信念あればこそ一言のもとに打ち消した。今更日本が何で降伏するものか。あれほど、生か死かの誓ひを交はし必勝を信じてゐた軍官民ではないか。原子爆弾に対策ありと断じた、政府ではないか。何を今頃降伏の必要があらうか。さう思った僕は、急にうれしくなって、又、聖戦完遂米英ソ撃滅を誓った。未だ心に、そのうはさに対して本当に理解出きる気持は湧いてこなかったが。……外を見れば電車が轟々と走ってゐる。飛行機の爆音も響いてゐるようだ。日本人である以上、日本が敗れたと聞いたならば何で平気で電車を走らせてゐることができるであらうか。僕は信じなかった。いや信じることが出きなかったのである。

やがて伊勢崎に行ってゐた母や兄、邦ちゃんなどが帰ってきた。僕はまづ第一に日本の無条件降伏といふうわさの真実か否かを尋ねた。みんなは直ちに静かにその真実であることを伝へた。

一瞬、あゝ一瞬。僕は愕然とし茫然とした。あゝ夢正に世紀の夢である。これが夢でなくて何であらうか。日本は無条件降伏したのだ。敵米英ソ支に敗れたのだ!!　これほどの大きな現実があるであらうか。僕はたゞ口びるをかんだ。日本人として僕はそれを信じなかった。あゝ祖国日本はどうなるのか!!　僕はその大きなく最大の絶望の中に未だ一つの望みをもってゐた。それは、伊勢崎などが焼けたその為に、必勝の信念の揺いだ人間がこんなデマを飛ばしたのではなからうかといふことである。夜電気が通じるに及んで事実は直ちに現実として現はれた。ラジオの報道により事実をたしかめた僕は、静かに煮えたぎる胸の中で崇高無比なるわが国体を思った。わが神州三千年の国体は、万邦に優れ、建国の神勅には「宝祚の降えまさむこと、当に大壌と窮りなかるべし」と厳としてのたまはせられてゐるのだ。

尊厳なるわが国体の安危!　それこそ第一に僕の胸に湧いた真実のその時の気持である。報道によれば昭和二十年八月十五日正午―伊勢崎において罹災したその翌日―即ち昨日畏くも聖上陛下は全国民に御放送あそばされ、玉音をもってポツダム宣言受諾をお告げになったといふことである。あゝ聖上御自からの御放送―それこそ歴史未曽有のことであり最重大なる時局の表はれである。あゝ遂にくうはさは真実であった。開戦以来必勝を誓ひ、大東亜建設を目指して邁進したわが大和民族、一億同胞の力は結晶は水泡に帰したのである。一億の力遂に至らず、今や光輝ある大和民族勝利の歴史はみにくい哀れなる悲しき敗戦の為め、悉く真黒に色どられたのだ。敗戦――日本は未だそのことばを知らなかった。今夢の中に漠然と敗戦を聞くのである。その気持、その気持こそ、尠くも日本の歴史あって以来、最大の暗黒なる気持である。しかしながら宣戦の大詔に比肩すべき、玉音をもって御告げになったポツダム宣言受諾の大詔は厳として、一億の前にくだったのである。大御心に帰し奉つることこそ実にわが国体の精華であり神髄である。聖断既にくだりたる今徒らに大御心に反するが如き行いをすることは、結局、日本国民の精華とはいへない。事ここに至るたるは八月九日不法なるソ連の対日参戦と、広島及び長崎に投下された数発の原子爆弾によるものであるが、敗戦の根幹をなすは真に一億の力の至らざりし為である。あゝ今やわれらは地にひれ伏し、天を仰ぎて詫びるといへども、畏くも陛下に対し、そして皇祖皇宗の神霊、及び特攻隊を始め尽忠の雄魂に対して、詫ぶべき言葉、詫びるべき行いを知らないのだ。何たる深刻なる現実であり何と重大な一億の責任であらう。祖国敗れて何の一生命ぞ!! 祖国敗れて何の山河ぞ!! 悲嘆のことば数ありといへども、この敗戦を何をもって言ひ表すべきか？

大和民族七千万の胸中に流れる血は、祖先より受けついだ愛国の熱血である。期せずしてわれらの熱血はたぎり、痛憤の念は湧き起りそのとどまる所を知らない。あゝ聖戦三年有半実に四年に近く、今その跡を偲ぶに涙なくして顧みることは出きない。宣戦半年にして広大なる太平洋の各島・大陸を一手に収めたわが光輝ある名誉の皇軍も遂にその雄姿を消すに至ったのである。何たる無念。しかも本土決戦に備へて敵邀撃の準備は着々と進んでゐたのである。その努力半ばにして日本は敗れさった。この仇、この仇撃たんの念は自づから報復の念につながる。報復——今の日本人の気持はこの一言に尽きる。敵の屈服下にあっても日本人は絶対にこのことばを忘れぬであらう。日本人が無条件降伏をしたならば、わが国体は失はれるのか。否断じてさうあってはならぬ。日本が負けたならばわれらは心に報復の一念を秘め最後の総力を国体護持に結集せねばならぬ。国体護持—今こそ日本臣民に与へられたのはこの最大にして崇高なる責任である。その責任を果すことこそ、今のわれら青少年学徒の双肩に担ひつつある務である。われらは神国日本に生れた。そして建国以来清浄なるわが大八洲の地をわれらの時代に、遂に、醜敵によって汚されたのである。さればわれらこそ復興と報復の根本であらねばならない。あゝ醜敵今に見よ。彼等の刃の為に、幾十万、あるいは幾百万の同胞が倒れ傷つけられたのである。彼等にしてそれと同じことが言へるかも知れない。しかしわれら神州民族の恨みは、伝統ある国体にたとへいか程といへどもひびを入れたこと、更に残虐なる原子爆弾の使用によって彼等よりも一層深いのである。われらの時代にして復興と報復成らずばわれらはこの痛憤限りなき一念をわが神州の血をついだ子孫に伝へやう。その報復は軍事的であるか政治的であるかそれは将来の情勢によるであらう。しかしながら神州男児の一念は必ずや達成されずにはおかない。実にこれからこそ、大日本の試練の秋なのである。われらは鉄壁の団結と固き意志及び科学の錬磨とによってこの試練を乗り切るであらう。新日本再建の道は又自づからそこに拓けるのである。

銘記すべし八月十五日正午。その日、その時こそ、神州民族が血涙をのんでポツダム宣言受諾の大詔を拝したその日なのでありその時なのである。いふべきことは未だ尽きない。恐らく、永久に尽きぬであらう。その尽きぬ思いは、苦しき断腸の思いである。われらは昭和二十年八月十五日正午を永久に忘れない。それは悲しき思い出の時刻であり、今や厳たる敗戦の事実は、その思ひ出の時刻とともに、日本人の胸中に残らなくてはならないのだ。あゝわれらは真に血涙をのむ。大御心の深遠にたゞ感極まるばかりの思ひである。

進む。われらは驀進する。神国の不滅を信じて突進する。それこそこれからの行くべき道である。

噫国体護持
われらは神州日本男児なり

日本男児なればこそここに僕は、祖国のため、君のため、更に同胞のため、あらためて新日本建設を断言する。嗚呼、殉忠の忠魂よ、偉大なりしわれらの祖先よ、わが同胞の新日本建設を助けたまへ。そしてわれわれは、祖国の礎として日本のためならば喜んで悠久の大義に生きる固きく決意である。

（日記抜粋　〔一九四五（昭和二十）年〕）

3　されど、青春の日々……

◇一九五二年五月三日（土）晴

　ここ数日、随分いろ〳〵な本を読んだ。別に学問的な書ではなく、小説、随筆の類ではあるが。スコットの「湖上の美人」（この訳書ではなぜか湖の麗人となっていた）。ピエール・ロティの「東洋の幻影」、大岡昇平「武蔵野夫人」バルザック「絶対の探究」モーパッサン「死の如く強し」ゲーテ「美しき魂の告白」……。就中「湖の麗人」「絶対の探究」には激烈な感動を受けた。が両者の感動は全く異なっている。「湖の麗人」はスコットランドの雄大な自然を背景に織りなす中世的抒情詩であり、山紫水明の高原に吹く風にも似た詩情が漂っている。恋があり、武士道がある（嗚呼その恋の何と絢爛としていたことか）。夕方を読み通し終った時はもう夜になっていた。大きな感動が胸に込みあげてきた。優美な、ほのかに甘い満ちたりた後味が心に残った。何といふ綺麗な詩だらう。これがこの世の物語だらうか。花なら匂うばかりの緋牡丹といふところか。極彩色を見る想いである。

「絶対の探究」にはスコットの華麗な色彩はなかったが、地味な何とも云へぬしみじみとした味いがあった。朝、いつもの様に遅れて駒場へ出かけたが（八時半の始業に間に合ふことは殆どない。）、三十分も遅れて悠然と登校することを却って得意の様に思ふ図太さのかげに、曽っては遅刻して教室へ入れてもらへなかったS先生の顔が明滅する。既に始まっている経済の講義をどうしても聞く気になれなかった。憑かれた様に、後の方で独り「絶対の探究」を読んだ。最愛の妻を、子を、巨万の財を―彼の灰にした金額は実に数百万フランにのぼった―然も名誉を重んずるフランドルにあって古い家門の誇りまでを絶対の探究の為に犠牲にした老科学者の物語だった。自分の天才を信じ、叡知の閃きに溺れ、人工の金を夢見る老クラースは狂信的な下男のルミュルキニエと共に、一切の富を片っ端から灰にしてしまった。あはれ！　クラースは目を欺く眩い黄金の光の為に、この世における真の宝物、珠玉の如き愛情の輝きを消されてしまったのである。ペピタの妻としての夫への愛情は母としての子への愛に勝った。彼女はすべてを夫に捧げて悔いなかった……。あゝ然しその妻は不具の身だった。だが美しい女の魅力が、やがては貢へねばならぬ容色に、その一半を負ふているとすれば、不具の身に、神の様な美しく清い感情を堪へた女の魅力は何と絶対なことか。……

講義が終った時に彼女はこの世を去った。深い感動が僕を襲った。周りに人がいなかったら声をあげて泣いたかも知れない様な。僕は涙ぐんで外へ出た。空は青かった。五月の陽ざしのもとで躑躅が咲いていた。その赤い色が眼にしみる様であった。……いつか僕はこれに似た感動を想い出の中に探っていた。「若きヴェルテルの悩み」を読んだ時がさうだった（あの時は夕闇の迫るたそがれ時のことだったが……。感傷に涙ぐんで、じっと窓外を眺めて若いヴェルテルに想いを馳せたものだ）。「罪と罰」における云い知れぬ悲哀感にも何処か似ていた。ただ「絶対の探究」の悲劇が、週に一回町の名士を招いてコーヒーの会を催す家で、謂はば下層階級とは没交渉の貴族的な雰囲気の中で起こった点だけが異なっていた。「大地に播かれたあらゆる種子の中、殉難者の血程速やかな収穫をもたらすものはない。」ペピタは或いはその殉難者であったかも知れない。死に臨んで自らは一言も非難めいたことは云はなかったけれども。—

◇五月四日（日）雨

メーデー事件についての感想を記しておかうと思ふ。メーデーの日、皇居前広場は遂に不穏分子の暴動を以て血塗られた。外人の車は焼かれて、デモ隊と警官隊とが衝突して凄惨な市街戦を展開し、多数の死傷者を出したといふ。憤怒その極みに達し疑問また澎湃として起こる。……

（略）

いったい、口に自由人権を唱へて時の政府を罵倒しさるのは良いが、自ら招く混乱に果たして何らかの保障があるのか。なしとすれば無責任極まる挑発行為と云はねばならぬ。彼等の投げる火焔瓶や、衆を恃む暴力が多くの他の人の自由を損ない公共の福祉に反するものであることを知っているのだらうか。人民の自由の為に已むを得ないなどと籍口する勿れ。人民とは何なのか。暴力の時代は過ぎ正義と秩序の理念に照らして民主的にことを解決す可き時なのである。彼等の一方的な自称愛国的行動に確固たる信念と起こり得可き結果に対する責任の用意があるか。「アメリカ帝国主義による日本植民地化」への反抗が、ソ連の植民地化を誘致する正当な根拠たり得るであらうか。……（略）

これに関連して問題となるのが最近の破壊活動防止法反対のストライキ指令である。東大においては幸い全学投票の結果、否決されはしたが、第一、第二の東大事件、学生による家宅捜査等々頻発する学生運動は、多くの問題を含んでいる様に思ふ。僕自身、学生のストライキには絶対に反対である（破防法そのものにも、反対であるが……）。……（略）

◇五月十八日（日）晴

将棋十大学リーグ戦始まる。東大の主将として出場した。一回戦、対立大戦の試合は松田流中飛車を以て圧勝。対抗成績六対一。

二回戦、対理科大学には、僕が横歩を払って、いい将棋を作り、横歩取りの名局かと思って快心の笑みを浮かべたが、中盤の失着の為に棋勢混沌、双方ノータイムの応酬にあやふく辛勝。竜頭蛇尾に終った。七対零。

三回戦、対早稲田戦は木村名人の御曹子と対局、松田流中飛車を用いて、千日手模様になった。打開に苦しんだあげく無理をしたが、相手の緩着を衝いて逆襲、そのまま押し切った。が、昨年来対抗成績無敗を誇る東大は、ここに始めて早稲田の為に四対三のスコアーを以て敗れた。

優勝校には関西行が待っているだけに惜しみても余りあるが、以後全勝すれば優勝然も三連覇の偉業が完成することになる。

◇五月二十日（火）晴後雨

教室の一隅で一人の男が叫んでいる。「僕は民青に入っている。従って主義としてはマルクス・レーニン主義に立っている。最近の学生運動に見られる極左的傾向には批判的な見解を持っているが、その根拠においては極左的傾向に一致せざるを得ない。何故なら今日の活動は既に合法的であることが許されなくなって来ているからである。いかなる集会でも、ささやかな署名運動でも、非合法として新条例その他の違反として禁ぜられる。この様な時に全員一致して……」。

驚く可し彼は堂々と非合法活動を宣言し、マルクス・レーニン主義の認める暴力を肯定しようとしている。彼はメーデーにも宮城前広場へ出かけ痛快味を誇っていた。メーデーの写真を指しながら「俺もあそこにいたんだ。もっとこっちの方は威勢が良かったんだがなあ」。彼等にあっては恰も職業戦闘家の戦争に対するが如く、医者の病人におけるが如く、混乱そのものがのぞむ所のものなのであろうか。

あわれなヒロイズムに侵された職業革命家の卵よ。

◇五月二十八日（水）
父の誕生日。頑固ではあるが愛す可き父である。寡黙然も時に剽軽な洒落を飛ばす。物判りは良い方でないが、稚気に富んでいる。俺の世界は家ばかりではないと云はんばかりに家を明けがちで時に家庭に風雲を呼ぶ。内攻的ではあるが、存外社交的な面もある。旧家に育ち苦労を重ねているせいか、思想は非常に保守的で天皇制や国家を至上視している。又再軍備論者ではあるがそれは一途に対ソ不信の念と、赤色の脅威を潔しとせぬ反共の信念から来ている様に思はれる。

要するに素朴な倫理観の持主であり、道徳的にも非難すべき点は全くない。選挙権は必ず行使し、胸には赤や白の羽を欠かさぬ良き市民である。いささか批判めいたことを書いたが、僕の今日あるは全く、父、母のおかげであることを常に感謝している。只辛いことは、回天の雄図千載の空名を求める時代は既に去ったと思はれるにもかかはらず、精神的建築の準縄としての立身出世主義に立って子供に過大を望むことである。不肖の子にとっては―只平和な生活を送り、いささかなりとも社会に尽くすを以て足れりとする倅にとっては災難である。

一方母は、あたしには家が、あなた方がすべてなのよ。とあらゆるものを家族の幸福に捧げて国家の大事我関せず焉とばかりに重いお尻を部屋の真中にぺたりと据えて梃子でも動きそうにない。母にとっては家族の一喜一憂が、家庭内の平和、夕飯の御馳走のみが関心のすべてである。夜遅くミシンを踏む姿、カナリヤの雛を抱いて相好を崩す母の姿に、僕は〝家〟を感ずる。己の一切を挙げて、息子の、娘の、夫の幸せの犠牲にしている母に比べ、顧みて僕は何と利己心に富んでいることか。面倒臭いことはすべてやりたがらない。用を云付けられても生返事をする。おいしいお菓子を食べ、友達と将棋でも指していれば御機嫌が良い。が母の大いなる愛は、この僕の勝手な欲望をおおらかに包んで呉れている。母の前にある時、僕は頬ずりをしたい様な気持になる。万有は恍惚たる感情の中に漂い、切ないばかりのしみぐした想いになる。偶然の齎す不如意の一切を忘れる。他人行儀な虚飾を捨てて天真爛漫に振舞ふことが出来る。あなた方のことなら皆知っているのよ。だから何でも話して頂戴と些細な事柄を根掘り葉掘り聞きたがる母―母こそは家庭の光である。母無きわが家―それは光無き空虚な暗黒を意味する。家族の一人一人の心に大きな穴がぽっかり開いて、寂寞が、やがては絶望がその穴を埋めるだろう。穴の大きさは夫々の心に占める母の大きさでもある。が、それは想ふことすらタブーでなければならない。それは失はれた幸福に対する思慕の昂進以外の何ものをも生まないからである。良き父、良き母……。だが僕は果たしてよき子であらうか？

◇六月九日（月）曇

学生たる可きか、はた又自治会の一員たる可きか、この二者択一の前に、僕は深刻な懐疑に悩んでいる。本来両者は両立すべきに拘らず、時代の激動は、言い得可くんば歴史の進展は真向からその対決を迫って已まない。学問を本分とする学生にとって学業を排棄することは同時に自らの学問の自由の否定である。ストライキはこの意味でまさに自殺行為であり、いかなる事態に直面するも断じて行ふ可きでない。一方僕は又自治を標榜する自治会の会員である。然るに自治会は、尠くもこの代議員会は、破防法粉砕を旗印に六・一〇スト決行の趨勢にある。学生たる可きか、自治会員たる可きか。曽つて出遇ったことのない岐路が無言の脅威となって僕の念頭に浮かぶのである。「自由とは選択の可能性である。」自由論にはこう説かれている。ある行動は、その人の全人格を傾けた熟慮の結果である点で、「必然」である。しかもそれは他人に強いられたり外力によって自己の真意を曲げられたりした結果でないという意味で常に自由である。……斯くて、ここに「自由とは認識された必然である」とのヘーゲルの有名な命題が生れる。さればこの重大な岐路に当たって、自主的に、かくあらねばならぬ必然を擇ばねばならぬ。その解決に資す可く、今日の二時から開かれる代議員大会に、非合法ではあったが（このことは後で気付いた）傍聴に出た。その所感と、峻厳な批判とによって自己の執る可き態度を定めたいと思ふ。

代議員大会は、まず大谷自治会委員長の挨拶から始まった。彼が壇上に登った時、（どうもどこかで見た様な顔だ）と想って過去の記憶の中に求めると、どうやら前橋中学時代の同期生らしかった。喜伝次といふ変った名にも覚えがあった。彼は声を涸らして「悪法破防法は、憲法に保障された思想、学問の自由、基本的人権を侵害するものであり、我々は断乎これに対して立ち上がった。六月十日、全学ストライキを以てこの全面的な高まりに応ずるのである。既に同志社、立命館大学等は、教授職員あげてこの稀代の悪法粉砕の為に闘っている。我々は、学園の自由の弁護の為に敢然として……」と叫んだ。盛大な拍手がこれに答える。続いて立命館の学生、本郷の帝大、各大学のメッセージが何れも激越な口調で読み上げられ、徹底的闘争とか、植民地化云々……とか過激な主張の後には必ず拍手が湧いた。各クラス会の模様、採決の結果などが次々に報告された。

討論は続いたが、六・一〇のストライキは既に絶対的な前提であった。方法論において全学投票を避けた委員会の態度をなじるものがいると「何を云ふか」「既に済んだことではないか」「破防法は通つてしまふぞ」……の野次が割れる様に講堂内を揺るがした。反対派の意見は悉く歯牙にもかけぬ態度である。駒場会の松岡氏が民主主義を説き、明日のストライキの不可を断じれば、喧々囂々と声すら聞こえない。学内の処々に〝尾高の申し子売国奴松岡を屠れ〟のビラがはられているのを想い出した。彼が売国奴であり、彼らが愛国者であるならば、僕は寧ろ売国奴たるを自ら択びたい。彼が保守主義者であり、彼らが進歩主義者であれば、僕は敢然として保守反動の名に甘んじるであらう。

学校側で今日の代議員大会の決議は非合法集会であるから認めない旨の通告があると、早野学生部長を呼び出す可く代表が出かけたりした。

全学投票要求の声は完全に無視された。代議員大会の決定は全学の投票結果に優先するとの見解が固執された。この点に関し、僕達のクラスでストライキの是非採決の際に、クラス別の採決集計は代議員大会の決定に優先することを大会で強調す可く、代議員に附帯事項として確認させたことがあったので、期待を以て僕は彼の発言を待っていた。然るに遂ぞ終りまで、鳴を秘めて何ごとも述べられなかったのを知って、僕は不信の念と、大きな悲しみに打たれたのである。

斯くて代議員大会は余りに一方的であった。口に民主的秩序を唱えて自らその秩序を破壊して顧みようとしない。明日のストに拘束力を持たせぬことを提案した者に対しては「出て行け」「黙れ」「スト自体が目的なのだ。これをしないで何の意義があるか」……の野次が乱れ飛んだ。ああスト自体が目的とは一体いかなる意味なのか。

二四五対二五票で、スト賛成派が遂に勝を占めた(投票方法にも大いに疑問があった。僕の傍らにいた代議員は三枚の用紙を持ってこそ〳〵した態度をしていた)。一方において、クラス別の集計が発表された。一三二四対一二五六票、保留三百数十票で、これ又僅かの差でストライキ賛成派に傾いた結果を示した。後者の発表に当たり、大谷委員長は何と云ったか。驚く可し「圧倒的にストライキ賛成が支持されている……」。殆ど同数に近い伯仲の結果に対し、彼は圧倒的勝利を宣言したのである。然もかかる事大主義は随所に見られるのである。

一部の行動を以て全学あげての行動と称し、局地的事件を以て全国的となし、その他数字の上での誇張は、際限がない程である。ここに彼等の真姿を見ることが出来るのではないか。破防法粉砕に籍口する彼等の治安撹乱の戦術的一環なのではないか……。大きな疑問が渦を巻いて僕の胸に甦える。

然もこのストに当たり処分学生が出れば無制限ストライキを以て処分撤回まで戦ふ旨の議決も、圧倒的に採択された。これらの状景を見て、僕は自分の眼を信ずることが出来兼ねる程だった。これが最高学府を誇る東大の最高決議機関なのであらうか。かかる知性を失った様な昂奮と怒号の集会が憲法に保障された集会の自由の結果であり、彼らの云う自治の享受なのであらうか。まさに気の弱い僕の到底堪え得ぬ集団的圧迫である。かかる一方的雰囲気で成された決議が全学生を拘束するのだ。まさに集団的暴行に非ずして何であらうか。自由は、民主主義は、敗戦の苦悩と流した血の代償はそもそも何であったのか。僕は深い〳〵絶望的な感情に打ちひしがれて校門を出た。既に五時を廻っていた。頭の中ががん〳〵とし、耳鳴りが止まらなかった。空はどんよりと曇っていたが、僕の胸は更に暗澹と、煮えくりかへる様な渦巻と、絶望を経験していたのである。ふとキエルケゴールの言葉が記憶の一隅をかすめて通った（絶望は死に至る病であって死に至る病ではない。）。この逆説の中に僕は真理を見る。

帰宅後沈思、次の如く自分の態度をまとめた。

ストライキの直接の契機である破防法には確かにその運用如何によっては、学問・思想の自由を冒し、基本的人権の侵害を招く危険がある（破壊活動防止法案そのものが侵害なのではなく、その危険をはらむのである）。従って僕は、その自由の侵害危機に対し、将来の見通しの問題として消極的反対の立場に立たざるを得ない。……（略）従ってストライキへの突入が、たとえ大学当局の禁止によって非合法であるとしても、それが学生投票にもとづく全学の意志であるとすれば、僕はあえてそれに従いたいと思ふ。けれども事実上全学投票を避けた今日の経過をふり返ると、僕は今回のストライキが正当な民主的なものではなく、何ら全学生を拘束するものではないと断じたい。自己の信念は、僕にそうす可きことを命じたのだ。僕は敢然授業に出よう。よし一人でも。どんなに皆に曲解されたとしても。……（略）

◇六月二十日（金）

本郷の法文経三十一番教室で催された破防法批判講演会に出かけた。斯る講演会に僕自ら進んで参加するのは稀有なことである。簡単に講演内容のみを記すに留めたい。矢内原総長の挨拶。まず破防法批判の学問的観点を列挙された。即ち、第一に現在破防法の対象になっている破壊活動が果たして内乱にまで連なる怖れあるものか、否かの分析、第二に、破防法の内容が果たして憲法の保障する基本的人権、学問、集会、思想……の自由を侵害するものか、否かの分析、第三に、かかる法律の諸外国の例との比較分析、第四に、破防法のもたらす害悪とそれによって防止され得る害悪といずれが大きいかの問題、第五にもし破防法に反対ならばあくまでその方法は合法的でなければならないこと、よって最近の東大におけるスト、集会の事件は極めて遺憾であること、最後に、破防法成立後も、この法律が学問上から反対す可きであるならば浮き上がった一時的な反対に終ることなく合法的に続ける可きこと、真理を擁護する者は最後に勝つのである、と。次に尾高朝雄教授の講演。「学生委員長として大体総長と同様の見解を持っている。が、破防法反対の手段は誠に遺憾に堪へぬ。暴力行為は断乎いましめねばならない。又その反対が果たして冷静な学問的批判に根ざすものかどうか疑はしい。ある工場の労働者全体が破防法反対といふ世論調査の結果であったが、条文を読んだ者は皆無であった如き事例がある。結論として私は破防法に反対である。第一の点は、その内容で、条文が、公共の福祉を基調とする憲法に違反するものとは考へないが、曖昧な部分があり、悪用の怖れがある。思想、学問の自由を脅かす危険が多分にある。その二は立法政策的な面で、現在この法案を出すことによって、所謂破壊活動に却ってその活動の余地を与えたことは面白くなかった……。」次に団藤教授が、条文を法律学的に詳細に説明し、違憲の疑いがあることを云はれた。又嫌疑だけで、無制限に捜査活動が出来る点、煽動等の内容の不明確、或いは団体を行政処分によって規制する等の点に不安の意を表明した。

最後に堀教授が立って民主主義の本質は、minorityに対する寛容であると説き、現今、憲法を無視する者が大目に見られ、憲法を擁護せんとする者に非常な勇気がいるということは一体いかなることであるのか、を喝破された。講演の途中でこの部分にだけ万雷の拍手が湧いた。以後質問に入り、六時解散。大いに得る所あり、有意義であった。——

（日記抄〔一九五二（昭和二七）年〕）

4　学会寸描

恒例の日本刑法学会第一六回秋季大会が、一〇月一七、一八日の両日、布施市近畿大学で開かれた。刑法学を志して大学院に入学して以来、春秋二回の学会には、できる限り出席するよう心がけているが、今回もまた関西行きに踏み切った。修士論文に追われて、去年秋の阪大での学会には、欠席を余儀なくされたという事情を考えたからである。

毎年春の学会は関東、秋の学会は関西というのが学会の慣例であるが、今年は開催の時期をおよそ半月ほど繰りあげた点が特徴的であった。某週刊誌が諧謔を混えてその原因を指摘していたのによれば、この半月ほどの〝ずれ〟は、⑴例年の開催時期に、今年は各地で国際学会が催されること、⑵一〇月半ばが丁度松茸シーズンにあたること、⑶一一月初旬の所謂シルバーウイークと重なることに学者の家族から苦情が出たこと…の結果であるという。

その穿鑿はともかく、僕として関西学会は、一昨年についで二度目である。真摯な学会の雰囲気に浸って最近の怠慢に終止符を打つべく、僕は大きな抱負をもって東京を発った。

幸いに戸山高校時代の友人、高橋の入社している呉羽紡績の寮が、布施市にあったのを思い出したので、あらかじめ宿泊方その他の連絡をとっておいた。彼からは即日返電があった。いわく、『オールオーケー、オオサカエキニユク』。こうしてしばしば旅立ちに際して感ずる、あの迎える人なき一抹の孤独感につきまとわれることなく、僕は夜の東海道を関西へ趨ったのである。

学会第一日は総会に引き続き、東大藤木助教授の『過失の違法と責任』と題する研究報告に始まった。若くして助教授の地位についた白皙の天才の、いわば学会における処女報告であるだけに、一座の期待と好奇心をあつめたが、さすがに透りのよい冷徹な語調で、いくぶん早口の嫌いはあったものの、無事に初舞台の責めを果たした。藤木助教授の論旨は、すでにその過半が法協最近号に発表されているが、その要旨は次の通りである。

『在来の過失論は、過失を単純に、発生した結果に対する心理的な緊張・注意として把握したことから、その当然の帰結として、いわば過失責任論に他ならなかった。しかるに近来、社会現象としての過失犯を考察するとき、在来の理論のみでは到底説明のできない新しい領域、即ち違法性の分野と密接に関連したいわゆる《許された危険》の領域が存在することが明らかになったと同時に、他方、ヴェルツェルを中心として、犯罪論体系そのものの新編成を志向する学説が台頭し、ここに過失犯を構成要件＝違法性の領域にまたがる全体的領域において把握する必要が生じたのである。

いま、《許された危険》の領域を媒介として過失犯の構造に迫るとき、その違法性が⑴法益侵害の惹起、と⑵当該法益侵害が注意義務に違反して惹起されたこと、の二つの要素から構成されることを知る。このばあい注意義務とは、従来の責任論にいう心理的・主観的なそれではなく、結果回避行為に出なかったという意味での規範的・客観的な義務である。さらに、かような分析を法益侵害の惹起によって基礎づけられる故意犯の違法性と対比するに、当然次の疑問が生ずる。即ち、なぜ過失犯の違法性が法益侵害に尽きないのであるかと？　むしろ故意犯における違法性もまた単に法益侵害の惹起につきず侵害惹起の過程の反道義性が要求されるのではないか、の問題が検討されねばならない……』

藤木助教授の報告につづいて、岡山大・西村助教授の研究報告があった。〝つみ〟、〝犯罪〟の概念を扱った心理学的・哲学的な内容で、何よりも西村氏の淡々とした真摯な態度に敬服した。

名大柏木教授が登壇。『刑法及び刑事訴訟法における遡及の意義』というテーマをめぐって、刑事法の適用を〝観念的適用〟と〝現実的適用〟とに分析する立場から、鋭い考察を加えた。一枚の原稿を手にされただけの淀みない講演で、概念法学の粋を聴く思いがした。第二日、『立法問題としての共犯』――斎藤、植田両教授の講演。多年の蘊蓄を傾聴するのみ。

団藤教授の公開講演がある。演題は『死刑雑感』。その学者らしい真摯で明快な論旨は、けだし本学会の圧巻であった。

わが恩師の学会における公開講演を聴くのは二度目である。最初は立命館大学で行われた『人格責任論』についての講演で、教授が最も得意とされる論題に真向から取り組まれた、まさに学会待望のものであったといってよい。今度の講演も一般学生を対象としたどちらかといえば平易なくだけた調子で終始したが、内容はさすがに斯界最高の水準にふさわしかった。教授はまず憲法論としての死刑論に言及され、憲法論としては死刑は必ずしも残虐な刑罰に該当せず、したがって死刑の問題は専ら非法律的分野にその本質を有する点を明らかにされるとともに、世界観的・政策的見地から強力に死刑廃止論を展開された。従来の廃止論に比してとくに一歩をすすめられたのは次の論点であったように思う。即ち、死刑が存置されたばあい、われわれは実務上しばしば、死刑か無罪かの岐路に立つことが多い。つまり具体的な事案において、すでに死刑が刑として存する以上、これを死刑に断ぜずして一体何人に死刑を科すべきかといった事例に遭遇するであろう。まさに死刑か無罪かの岐路である。そのとき、死刑が回復不能であるという宿命的な性質は、必ずや裁判官をして〝誤判の危険〟を懼れるあまり、不当に無罪への途を選ばしめることになろう。かくの如きは社会の保全、法的安定性の見地よりするも、決して得策ではない。これに反し最高刑が無期刑であるばあいにはこの危惧は半減する。死刑存置への疑問はこの点にも存するのではないか。……従来の死刑論で看過されていた一面であり、確かに一見識たるを失わない。

つづいて、中大市川教授の『市民法としての刑法から社会法としての刑法へ』と題する公開講演。牧野教授直系の浪漫的情緒に溢れた講演であった。僕としては教育刑論を聴く最初の機会である。教育刑論については、またいつか機会を改めて考えてみたい。その間、面白い一挿話があった。市川教授がその教育刑論を展開されるにあたり、『刑は刑なきを期す、これぞ刑政の理想なり』ということを論じられた。他方、立法の趨勢として、いわゆる不確定条項の増加に言及され、概括条項の限界が不明瞭であることの引例として、周囲を眺め回しつつ、『ここには禿頭の方が居られないと思うので譬えてみると、いわゆる概括条項とは丁度禿頭のようなもので、毛が何本以上ならば禿でなく、何本以下ならば禿といった数次的限界は存在しない。』と諧謔を交えて説明されたところ、何ぞはからん、その場にやかん頭の人が居たのである。しかも司会の近畿大学法学部長その人であった。講演終了後、同部長挨拶に立っていわく、『刑政の理想は、毛は毛なきを期す、にあるといわれたが、私の如きは正に刑政の理想に合致するものである。……』と述べて、そのピカピカ光る禿頭をつるりと撫でられた。巧まざるユウモアに溢れ、まことにほほ笑ましい光景であった。

学会の前後にかけて、高橋には随分と世話になった。夜の大阪は美しく、就中、大阪城の夜景は印象に残った。お江戸とちがう様々な難波の風物に接し、旅情を慰めることができた。翌日、思いたって、観光地百選の第一位、赤目四八瀧を訪ね、伊勢神宮を経て夜行で帰京した。

（日記抜粋〔一九五七（昭和三二）年一〇月一七日付〕）

5　回想三〇年

税務大学校普通科に出講をはじめてから、はや三〇年ちかくを経過した。税大五〇年の優に半ば以上、一〇年ひとむかしとすれば、〝三むかし〟にわたって税大と深い関わりを持ったことになる。その間、毎年一〇〇人前後の研修生諸君に三〇時間の講義を展開してきたわけで、延べ三、〇〇〇人、時間にして九〇〇時間、誰やらの歌の文句ではないが、ふりかえれば、はるか遠く、いくつもの時代をこえてきた感が深い。

昭和三〇年代の後半、まだ札幌にひなびた風情が色濃く残っていたころ、税務講習所は、市の北東部、創成川の近くにあった。なにぶん、三むかしも前のことで記憶も定かでないが、木造の古びた教室で、いまから思うとおそろしく難かしい講義をした覚えがある。それでも当時の受講生諸君は、目をきらきらさせながら真面目に聴いてくれた。ときに舟を漕いで夢の国を遊覧する姿が垣間みられたのは、今に変わらぬ若さの特権？というべきか。

昭和四〇年代に吹き荒れた大学紛争の嵐は、税大とは無縁に過ぎたようで、騒然とした北大のキャンパスから、新築成ったのびやかな税大校舎に出向いて研修生諸君と礼儀正しい挨拶を交わすと、気分が安らぐのを覚えた。それでも教室には、どこか昂然たる気概が漂っていたように思われる。

やがて三無時代という言葉で象徴される沈静の時代が訪れる。講義が一方通行に終わらないように、できるだけ教壇から質問を発して答えを引きだそうとつとめても、なかなか積極的な反応が返ってこないようになった。かといって何かに逆らうとか悪びれた風でもない。

そんな一種のシラケムードが消えて、〝指示待ち世代〟とでもいうのか、すなおで聞き分けのよい、あえていえば自己主張の少ない少年たちが増えた、というのが最近の印象である。たぶん、礼と秩序を重んずる税大の伝統に、それぞれの時代の若者気質を投影し、濾過させると、上述のような若者像の変遷が浮かびあがるのではないか。

そんな皮相の印象に多少の違いはあっても、むろん本質的な意味で若者らしさが変わるわけではない。ここ数年、研修所のご好意で夏の海水浴に参加する機会に恵まれたことは、忘れがたい思い出になった。何しろ一八才前後の、若さがはじけるような少年たちである。一昨年は不意を突かれ、〝生けにえ〟として、砂浜に埋められてしまった。手加減しながら砂をかけてくれる若い群像をふり仰ぎながら、なぜか無性に嬉しかった。

税大への出講が縁で、世界が拡がるような経験をもったことも一再ではない。毎年一一月に開かれる利き酒会はまことに楽しい催しで、万障くり合わせて出席することにしている。酒好きの同僚と通謀し、私はもっぱらビールの銘柄当てを担当しているが、ついぞ当たったためしがないのは修業不足のせいだろう。それでも懲りないで、一一月を迎えると、何となく落ちつかない。

「税大通信」という重厚な部内誌との出逢いも、人生を大いに豊かにしてくれた。いつだったか「井上属の殉職に寄せて」と題する拙稿が掲載されたことがある。明治四一年三月、公務出張の途次、未曽有の大暴風雪に遭遇して、あたら若い命を失った井上耕介氏の殉職事件である。当時、釧路新聞の記者だった石川啄木は、息づまるほどの迫力で壮絶な遭難をつたえた。現場には一冊の六法全書が残されていた、という。税大通信に載った小稿が機縁となって、高校を卒えて以来消息がとだえていた国税庁在勤の旧友から、なつかしい便りを頂戴した。思いがけず、二五年ぶりに久闊を叙することができたのである。その友も、すでにこの世にはいない。

回想三〇年。思い浮かぶあれこれを記した。年度末の確定申告のさい、税務署を訪れると、かならずといってよいほど、「税大でお世話になりました」という、かっての研修生がいて、書類の書き方や計算を懇ろに教えてくれる。まさに教師冥利である。もっとも、税額に手心を加えてくれる職員がいないのは、多年、刑事法を講じてきた甲斐があった、というものだろう。

（札幌研修所にて刑法担当）

（税大教育をふり返る——税務大学校記念論集『税大教育50年のあゆみ』

〔一九九一（平成三）年一二月〕所収）

6　さらば北の大地

やあ、お揃いですね。今日は私の半生が〝総括〟される、というので、腹をくってきました。総括という言葉は怖いイメージがあって、好きではありませんが……（笑）。ともかく自由奔放にやりましょう。

では、まずはじめに戦争体験について伺います。先生は昭和七年にお生まれですので、その当時は、小学生時代になりますね。

幼年時代、少年時代を過ごしたのは、日中戦争から太平洋戦争へつながるまさに戦争の真っただ中。私の場合、もっとも劇的な体験というのは、終戦そのものを戦禍の中で、廃墟の中で迎えたことですね。小学六年のとき富山県に学童疎開、中学受験のために帰京して東京大空襲を経験しました。そこで今度は、強制疎開。さらに中学に入学して、群馬県へ縁故疎開、といろいろな疎開を経験したんですね。終戦前夜には疎開先で空襲にあいましてね、焼夷弾の降る中を一台の自転車に荷物を積んで逃げ、川につかるというようなこともありました。住んでいた家は焼け野原、そして終戦。ですから、築いてきたものが音を立てて崩れ去るのを目の当たりにして、そこで一旦〝死んだ〟んですね。セミの抜け殻のようになって、家内によく「君はセミの抜け殻と結婚したんだよ」（笑）なんて、ひどいことを言いました。虚脱状態になって、立ち直るのに大変な時間を要しました。あるいは、今も曳きずっているのかもしれません。とにかく強烈な終戦体験でした。

その頃、日記をつけられていたということを伺ったことがありますが。

戦争が始まった翌年からでしょうか、担任の先生の勧めで、子供なりに戦局を記録してみないかという話になって、時局日誌というタイトルで日誌を書き始めました。全部で二百数十巻になりますかね。それは、子供心の幼稚なもので、新聞の切り抜きを貼り付けたり、その時々の思いを書いたり、今は読むに耐えないものですけれども、当時の子供が必死の思いで灯火管制の中で書き続けた資料として、何らかの価値があると思います。どこかにそのような記録として保管または展示するような場があれば、そうしたいと思っています。

先生が北大に赴任されたのは昭和三六年ですね。どのようなきっかけがあったのでしょうか。

赴任したのは昭和三六年ですけれども、一年間内地研究に出ましたので、実際に教壇に立つようになったのは昭和三七年からですね。

学者になるまで、いろいろなつまずきがあったけれども、団藤先生に師事して大学院を終えたところで、いくつかの可能性があって迷っていたんです。強烈な終戦体験の影響もあったのでしょうか、将棋におぼれましてね。東大の将棋部に入りましたが、その顧問が兼子一先生。実家と比較的近いところにお住まいで、何度かお訪ねしたことがありました。趣味の豊かな方で、将棋でも、当時学界随一とうたわれた強豪で五段格。私も米長前名人からアマ最強の折紙をつけられたほどの腕前でしたから、たがいに負けるわけにはいかない。ですから、最後の詰まで指したことはないんです、双方傷つかないよう……(笑)。そんなおつき合いもあったものですから、兼子先生に相談して、アドバイスを求めた。先生は、言下に、北大に行くのがいいだろう、北大には訴訟法では小山昇という秀才がいる、非常に環境もいい。将来はともかく、北の大地といいますかその北大に……そういうアドバイスを受けた。それと、家内が女学生時代に来たことがあって憧れもあったんでしょうね。ですから、私自身の積極的な意志で来たというより、そういう先生のアドバイスや、家内といっても、当時結婚していなかったかな……（笑）。

その当時、刑事法のスタッフはどなたでしょう。

刑事訴訟法に田宮裕先生。北大に赴任するまで、荘子邦雄先生が刑法を担当されていました。田宮先生はアメリカ留学中でしたかね。そして、今の能勢君などは、大学院だったかな、そういう時代でした。内田文昭先生や渡部保夫先生をお迎えしたのは、ずっと後のことです。

その後昭和四一年から二年間ドイツへ留学されたんですね。

ええ、そうです。フンボルト財団の奨学金をもらって、赴任当時からドイツ留学を希望していましたから。その頃は外国国際刑法研究所という独立の研究所で、マックス・プランクの傘下には入っていなかった。留学先のフライブルグは、環境都市のモデルになるほど、それは本当に美しい街で、ドイツの二年間は、青春のクライマックスといいますか、そんな時代でしたね。今でもその頃の思い出を反芻しながら生きている、そんな感じです。

団藤先生の古稀祝賀論文集に「犯罪論の謙抑的構成」という論文を書かれていますね。あれは、先生

の基本的な考え方を知る上で大きな意味をもつと思うのですが。

それは学者として誇れるような業績ではない、たいへん短いものですけど、私にとって学問的な恩師である団藤先生の論文集に捧げるにはたぶんこれしかないだろう。罪刑法定主義、法益論といったテーマに携わってきたけれども、さらに踏み込んでその体系的な位置づけ、さらにその基にある刑法の基本的な考え方の源流のようなものを整理してみたいという構想があった。まず、なぜ構成要件・違法性・責任なのか。それを刑法の基本原則と結びつけて考えられないか。それらを結びつける思想的源流、それはいうまでもなく宮本英脩先生の謙抑主義。それを体系的に整理したい。謙抑主義をはなれたら、まったく別の刑法体系になったであろう。そんな思いがあったんでしょう。

最近では、平野先生の古稀祝賀論文集に「脳死と臓器移植」という論文を書かれて、インパクトを与えましたね。

刑法学会のワークショップで、伝統的な心臓死に対し、臓器移植と結びつけて脳死問題が議論されたことがありましてね。なぜ限られた医療上の必要のために、伝統的な死の概念を変えなければならないのか、正当業務行為の理論で解決できるではないか、というような趣旨の発言をした。そこに平野先生が列席されていて、私はテリブル論争と自分では位置づけているのですが、そういう考え方は、殺人を法がジャスティファイするものであってテリブルだというんですね。しかし、他方では死刑や安楽死という問題がある。むしろ、心臓が動いていて脳が死んでいる状態を死ととらえる方がテリブルではないか。ワークショップではそれ以上議論は発展しなかったんですが、そんな発言をしましたので、自分なりに整理する必要があると思って書いたんですね。

堅い話はこれくらいにして、北大に赴任されて印象に残ったことなど、先生に自由にお話ししていただきたいのですが。

今までもずいぶん自由に話してきましたよ（笑）。もう北大三二年ですから、「人生いろいろ」これはだれでしたか、島倉千代子、いや瀬川瑛子ですか（笑）。その間には、ほんとにいろいろな、今の流行語でいえば、「すったもんだ」がなかったわけではない、いろんなことがありましたね……。あのドイツ留学などはそれなりに、私の人生そのものに大きな影響を与えた。その後の人的な交流、ものの考え方すべてを含めて非常に大きな意味がありましたね。

一番強烈な印象をもつ体験ということになりますと、ちょうど留学直後に直面した北大紛争。全学封鎖のような、今まで直面したことのない未曾有の、講義でよく使う言葉をかりれば「や・ま・

だかってない」（笑）大変な事態でした。私はいわゆる造反教官ではなかったけれども、造反有理といいますか、（ボクシングのユーリじゃないですよ、理があるということですよ）（笑）、これほど大きな紛争が起きるには、やはりそれなりの問題提起といいますか何かあるだろう、それをできるだけ酌まなければならない。かりにも大学が秩序を乱した者を言い分も聴かないで一方的に処分するようなことがあってはならない。そこに現れるような本学のあり方、その辺が問われているんだとすれば、真摯に耳を傾けなければならない。しかし、それがゲバルトで暴力的に追求されることに対しては、大学のあり方として好ましくない。私はそういう考え方をとっていたんですけど、あまりにラジカルな経過をたどったものだから、最後には機動隊の導入という悲惨な結果になりました。

紛争時代をふりかえると、胸が疼きますね。構内で武装集団がぶつかりあうという場面も予想された。我々が手をこまねいていていいのか。松沢・深瀬先生と語らって、何としても流血の事態は避けなければならない、と思いました。当時字のうまい事務長がいましてね、その人に「流血回避」という横断幕を大きな字で書いてもらって、激突場面が起こったときには、これを持って間に入ろうと決めていた。いざ、大集団が粛々としてやって来て、あわやという場面があったわけです。そこへ、その幕を持って実際に割って入った。それが効果を発揮したかどうか分からないが、集団は引き揚げた。ただ、そういう我々の行動に対しては、流血回避というのはいかにも主体性がない、どちらの立場に立つかが問題なのに、それとはニュートラルで、流血だけを回避するというのでは解決にならない、という批判を受けましたが、基本的に造反有理しかし暴力という現象に対しては毅然として、という立場からいうと、ともかく流血だけは、という思いでしたね。

ですから今でもそのときの白昼夢のような光景――ヘルメットで武装した集団の中に三人の教官が流血回避と書いた幟を持って座り込む、現象的には強烈な、北大生活の中で、一番印象に残るひとこまを選ぶとすればこの場面かな、と思います。私の場合は。

紛争後、法学部ではカリキュラムの改革や学部の改革などが行われて、今度は学部長という立場から、ご苦労されたのではありませんか。

カリキュラムの改革は、大学紛争とは何かという問に対する学部としての一つの答えという意味があったんです。紛争とは何だったのか。多様な学生の教育的要求にきめ細かく応えなければならないというところに、紛争の一つの意味があったと思います。また、今まで、教官はどちらかといえば研究中心で、教育に関しては学生の要求に十分応えていないという反省があったわけです。教育と研究の両方に同時に全力を尽くすことは難かしい。教育に専念できる時期と研究に専念できる時期とを分けることによって、研究と教育の両方を満足させることができる。そのような発想で、多くの方々の英知によって、従来の講座制を変革し、教育部と研究部の分離という方向でのユニークな制度改革が結晶した。薮学部長、石川学部長のときに実現したんですね。

たまたま私がその後を継いで、建物の新築など具体的に肉づけしなければならない時期に学部長をした。学部長時代、最初に関わったのは、学部図書の中央図書館への移管という問題でした。それから、ちょうどその頃北大が創基百周年を迎えるということで、多彩な記念事業に学部長として全面的に協力する立場におかれました。法学部としては、かつてないスケールの大運動会を企画したこともありますね。当時同窓会長の小野寺さんが学内マラソンに参加して、疲れ切ってゴールに倒れ込んだという場面を覚えています。

学生気質の変遷などというものは感じられますか。

時代によって多少はあるんでしょうね。おおまかにいえば、赴任した当初は、大志を秘めながらよく遊びよく学ぶという牧歌的な雰囲気がありましたね。ドイツから帰国して紛争時代になると、昂然たる、権威に反抗するような、刺すような、そういう感じの学生という印象ですね。紛争がひと区切りすると、今度はしらけた、さめたような学生。最近の印象となりますと、しらけてもいないんですね。体制に順応するというか、指示待ち世代といわれてますけれど、素直な優等生タイプが多い、そんな感じです。

先ほどから随所に表れてますが、先生はよく流行語を交えて講義をされているようですね。

それは、たとえば故意論のところで、故意というのはなかなか難かしい、おニャン子クラブだって「こいはクエッション」と歌っているでしょう、というたぐいのことですね。別な例をあげれば、因果関係の相当性の話で、そういう行為からそういう結果が生ずることは、「フィフティ・フィフティ」これは中山美穂さんかな、では足りないにしても、しぶがき隊のように「一〇〇％そうかもね」でなくてもいいとか、歌の題名やアイドルなどに気を配っていたことはありますね。私は話し方にも癖がありますし、刑法そのものも堅いですから、そういう工夫をすることで講義を和らげる。それで講義に集中させる効果があったと思います。

そういえば、講義で「自足犯」という耳なれない言葉を聞いたことがあります。

自手犯、つまり自らの手で実行することが必要な犯罪、の代表に逃走罪というものがある。でも、逃走罪は自分の足で逃げるから犯罪が成立するのであって、逆立ちでもして逃げれば別だけれども、「自足犯」という方が適切ではないか、という話ですね。それを推し進めていくと、強姦罪について、議論のあるところだけれども、かりに自手犯だとすれば、それは自chin犯ということになりますね（笑）。ただ、最近の学生にはなかなか通じないですね。

先生は坦々と話されるので、冗談に気づかないこともありましたよ。

そうでしょう。よくイギリス人は、お墓の中に入ってから笑うとかいうくらいでね、講義が終わった後思い出してみて、先生なんであんなこと言ったのかななんて、そんな感じがあるかもしれませんね。

大学院では、たくさんの学生を指導されて、その中では研究者になった人も多いのですが、何か指導方針のようなものがありますか。

私は、学者としては不完全燃焼というところがあったんですが、その元をたどれば戦争時に遡る。抜け殻と言いましたが、早くから余生を送っているようなところがあって、反省しなければならないけれども。とにかく、学究という状況に身を置いている。周辺に多くの人が集まってくれる。その人たちが光っているんですよ。学界に寄与するところがあるとすれば、直接手塩にかけてとは恥ずかしくていえないけれども、多くの俊秀を育てたといった面はあるでしょうね。

私は、高いところから手をとって指導するといったことをしない。ですから、そういう人たちが積極的に何かをしようとするときに、それを妨げない。ただ、何かテーマを与えて問題関心を規制するようなことは一切しない主義です。自分にとってやりたいテーマを追求するのが一番いい。それが今学界にとって陳腐な議論であっても、その人なりに何かをプラスすることが必ずあるはずだから。それで、若い人たちの研究環境を整えることに重点をおいて、あとは疑問や迷いなどに答えるという方法をとってきたんです。それは、弟子には恵まれました。

刑法学会の理事、学術会議の世話人などいろいろご苦労なさっていらっしゃいましたが、中でも自然保護に関しては、千葉に移られるまで、北海道自然保護協会の会長をなさっておられましたね。

この話を始めると、また、リンダになりますよ（「どうにもとまらない」）（笑）。以前、教育研究年報にも書きましたが、大学人の評価を考えると、研究者としての業績、教育者としての活動、そしてその他に地域社会への貢献という三つの側面がある。教育者としては、多くの学生と接してきましたし、錚々たる人たちを輩出してきたこともありますが、教育研究以外に、顧みると絶えず何かに関わってきた。領域としては経済なんですが、ウィーンに本部のある産業開発機構の国際的な学会を北大に誘致する橋渡しをしたり、日本学術会議の北海道地区世話人として改革の時期に苦労した思い出もあります。最後の数年が自然保護。

自然保護活動に関わるきっかけはといえば、空き缶投棄に対して刑事法的な措置をとるべきかどうか、というような問題が契機だったでしょうか。自然への思いは尽きませんが、振り返ってみると、私が長く滞在したフライブルグは、世界における環境問題のモデルになっている。環境浄化に市を挙げて取組んでいる。自覚はしてなかったものの、潜在的にそういう廻りあわせがあったのでしょうね。

社会活動といえば、受刑者への篤志活動もされていましたね。

いつも講壇から刑法を講義してきましたが、実際に自分で受刑者のために役立つことはないかということを考えていて、篤志面接に携わるようになった。矯正研修所でも長く非常勤を勤めたけれども、講壇で理論を説くだけではなく、自分で何かを学びながら受刑者の社会復帰に寄与できる途はないかと思い、最初は、法律相談という看板で希望者に面接を行っていたんですが、あまりお呼びもなく、いろいろと疑問もあったので、趣味の世界で役に立てないかということを考えたわけです。刑務所にはいろいろなクラブ活動があるので、その一つに趣味の将棋を活かそうと。ただ、勝った負けたの争いでは塀のなかの趣味としては問題がありそう(笑)。そこで、詰将棋なら、一人で楽しめるので、受刑者のクラブ活動として役に立つのではないか。それを看板にしたクラブを作って篤志活動を行ってきました。千葉へ移ってからも、地域社会になにがしか貢献するということで、刑務所の将棋クラブを続けています。

千葉でのご活躍をお祈りします。最後に一言お願いします。

北大での最後の定期試験に「被害者の承諾」というテーマを出したのですが、ある学生に、こういう答案がありましたね。「小暮先生は我々を残して千葉に去られる。我々は被害者である。しかし私たちはそれを承諾していない。それで先生が千葉へ転出する行為は〝被害者の承諾〟がないから違法性を阻却しない」。答案の中にさりげなく、そんなスマートなかたちで、名残を惜しんでくれた北大生がいることを誇りに思います。

数年前に定年退官された松沢先生は、最終講義で、よき先輩、よき同僚、よき学生、よき職員に恵まれて、教える立場にあったが逆に自分も教えられ、そのことを幸せに思うということを言われた。私も最終講義の機会はなかったけれども、先輩、同僚、後輩、学生、職員を含めた大勢の方々に恵まれて、そのことに感謝しています。

そして、同窓会には、いつまでも牧歌的な、「牧場の若草……」という都ぞ弥生の歌詞にあるような雰囲気を持ち続けてほしいですね。

出席者
城下裕二（昭和58年卒）
丸山　治（昭和48年卒）

（「小暮得雄先生を囲んで」（座談会）、北大法学部同窓会報「楡苑」第一一号〔一九九五（平成七）年六月一日〕所収）

7　コラム〈魚眼図〉の周辺

住みなれた札幌をはなれ、本紙「魚眼図」の同人を降りてから、三年あまりを経過した。十年ひと昔とすれば三昔にもおよぶ北国の日々は、私にとって〝道新〟抜きに考えることはできない。とき折とどく文化欄の一角を垣間みるたびに、懐かしい思いに駆られる。「魚眼図」というコラムが生まれた経緯や背景は承知していないが、そのユニークな命名といい、息の長い執筆陣の顔ぶれといい、際だって異色の長寿コラムといえるであろう。

◇　◇

およそ、この種のコラムの醍醐味(だいごみ)は、さりげない日常から主題を発掘し、ほどよくぜい肉を削った文章で、読者の知的関心を刺激するところにある。一九七〇年代から九〇年代にかけて、私も魚眼図の同人に加わり、七百字前後の升目を手書きで埋める作業をつづけてきた。専門がら、ともすれば刑事法的な話題に傾いたことは否めないにせよ、魚眼レンズの視野をいっぱいに広げて、ときには奔放に、ときには正調を踏んで、多彩なテーマに切りこんできた。口さがない知友の一人いわく、「君は文学者になればよかった。方角（法学？）を誤ったのではないかね」。たしかに原稿用紙に向かって一点一画の増減にこだわる状況は、むしろ文士のそれに似ている。知友の評言は、私のコラムが評論という方向よりも、個性的なエッセーに流れたことへの、鋭い皮肉と受けとめるべきだろうか。

◇　◇

余談はさておき、その間、魚眼レンズがとらえたものは、まさしく目をみはるような世界の変貌（へんぼう）であった。これまで聖域にひとしかった〝死〟の周辺領域がいまやタブーから解放され、尊厳死や脳死移植、あるいは遺伝子操作等の問題があいついで台頭し、ついにはクローン人間の誕生さえとり沙汰（ざた）されるに至ったのである。省みて、科学技術の〝暴走〟に対し倫理的な歯どめをかける方向の提言が弱かったのではないか、との思いを禁じ得ない。

いわゆる地球環境問題が高唱されたのも、この時期の大きな特徴といえよう。人々は、身近な環境問題が、地球的規模で連動していることを知ったのである。〝生命倫理〟の領域では、あえていえば近代所有権思想につながる自己決定の論理が優勢であるのに対し、自然保護の分野では、個人を超える生態系それじたいの価値が重視され、強調されるようになった。バブルの夢破れて山河あり、ひところ烏（からす）の鳴かない日はあっても…とささやかれたほどマスコミをにぎわせたゴルフ場問題も、経済至上主義の破綻（はたん）とともに、ようやく鎮静化の兆しを見せる。

一方、国際政治の分野では、突如としてペレストロイカの風が吹き、ベルリンの壁が崩れた。かつて講演のため北大を訪れた江田五月氏が「いまや新聞全紙大の活字で見出しをつけても足りないような変化」と呼んだ驚くべき大変革が一挙に成就したのである。東西冷戦の構図が塗り替えられ、歴史は、既成の座標軸が通用しない新しい局面を迎えた。

魚眼レンズを通して、かくも華麗な歴史の転変に立ち会えたことを、あらためて感謝したい。

◇　　◇

ときは流れ、そして積み重なる。オウム真理教事件や薬害事件をはじめ、不透明な時代状況が生んだ一連の事件や事態の検証は、なお今後の課題として残るだろう。

最近、地理上の距離には〝方向性〟があることを感じている。たとえば、北海道から望む東京は近いのに、東京から望む北海道はそれほど近くはない。その落差は、たぶん地方の貴重な〝個性〟にかかわるだろう。地域の個性が失われるとき、地理的距離と心理的距離は一致する。どうか「魚眼図」は、いつまでもおおらかに、北海道の音色を響かせてほしい。

（北大名誉教授、千葉大教授。先ごろ近代文芸社から本紙掲載のコラム二百四十六編を収めた「いまを生きる―魚眼の世界」を出版した）

（北海道新聞〔一九九七（平成九）年六月一九日夕刊〕所載）

II

将棋への耽溺

南ドイツ・フライブルク市の公園将棋（駒と背競べしているのは長男克洋）

〈解　題〉

◇……幼いころから多くの稽古ごとや趣味のたぐいにいそしんできたが、中学生のころ、たまたま将棋という奥深い玄妙な〝魔物〟に出会って以来、方尺八十一格の世界は私にとってかけがえのない存在となった。顧みれば将棋は、どれほど多くの時間を私の人生から奪ったことだろう。とりわけ大学時代には、〝勉学を放り出して〟将棋に没頭し、烏滸がましい言い草が許されるなら、東大黄金時代の担い手として、いまなおアマチュア棋界に〝伝説〟として語り継がれるほどの足跡を残した。

◇……将棋に関しては尨大な実戦譜や得意の立体曲詰を含む詰将棋作品、あるいは評論的な文章が残されている。本章では、将棋に関する多彩な作品や文章のなかから、将棋に溺れていた往時をしのびながら、数篇の論稿を収録した。実戦譜としては、アマチュア名人戦東京都代表として出場した私と、神奈川県代表の木村義徳氏との〝龍虎の一戦〟を収める。

必ずしも名局というわけではないが、あえて一局を挙げるとなれば、どうしてもライバル木村氏との思い出の一局を省くわけにはいかなかった。蛇足ながら、この将棋に勝ってアマチュア名人を獲得した木村氏は、その後プロへの道を歩み、かたや詰みを逃がし、長蛇を逸した私は、学究への道を歩むことになる。一方、詰将棋作品がまったくないのも寂しいので、思案のすえ、いわば〝名刺がわりの一局〟として立体曲詰サルを掲げた。

1　将棋と袁彦道と

二人の男が、無言のまゝ盤を挟んで向き合っていた。一人は眉間に険しい竪皺を刻んだ色の浅黒い職人風の男であり、今一人は、着くずした和服姿のどこやらに、過去のくらしの荒びを漂わせた、五十がらみの年輩の男である。時折、貪婪な、血ばしった視線が、交々に相手の面上を射透した。自分を蝕む頽廃の影を、漠然と心の片隅に感じている人間が、極度の興奮状態におかれた時に示す、あの妖しい、ぎらぎらした病的なものを、その眼は湛えていた。

突然二つの手が醜く盤上に縺れたかと見る間に、口汚い罵言の応酬が、一しきりその場の静寂を破って、常ならば寧ろ微笑ましくさえあるべき風景に、何かしらただならぬ趣きを添える。「待った」を巡っての波瀾がやがて年輩の男の譲歩によって鎮まると、程なく熱戦の終幕。……乾いた笑い声と、力ない自嘲のつぶやき。冷然たる非情な顔と、ひきつった様に歪む無念の形相。

……

幾枚かの薄汚れた紙幣が、人目を憚る様に盤の下に置かれると、節くれた一本の手が、素早くそれを懐中に蔵った。

夜は音もなく更けて行く。名月が天心に冴えて、そのおゝらかな円美を誇り、地にすだく虫の音が、思い出した様に高い。

五、六年前のとある秋の日、とある将棋会所での一こまである。

その夜の光景は、将棋を an sich に追求し享楽していた一青年の魂に、異様な迄の感銘を与えた。それは心の底から自分の縋り、信じていた偶像が、突如としてその魔性を顕わしたかの様な衝撃であり、或いは胸に描いた美しい幻影が、泡沫の脆さを示して砕け散ったかの様ないい知れぬ寂しさであった。

将棋の持つ新しい意味を——将棋を介して僕の知っている楽しい雰囲気とは全く異なる世界のあることを、僕は実感した。そして、以来数年の見聞は、僕の脳裏に焼きついたその夜の像が決して例外的な現象ではなく、寧ろ公然たる日常茶飯事でしかないことを教えたのである。

過日の文芸春秋（三十一年六月号）誌上に、名人位挑戦者として、今や天下に堯名を馳せる花村八段は、全国を股にかけた将棋渡世の醍醐味を得々と談じている。半生を一宿一飯の情に生きた風雲児花村八段の、軒昂たる意気が窺われて、洵に面白くもあったし、又その飾り気のない浪花節的悲壮感にも、心打たれるものがあった。だが、それらとは別に僕の心を襲った暗然たる気持は、払わんとして竟に霽れなかったのである。『この俺から勝負をとったら一体何が残るか』と、誰憚ることなく傲然と言い切る勝負師としての真面目に対して、又堂々と過去の「真剣」興行を公表する人間的勇気に対しても、僕は深甚の敬意を惜しむものでない。然し、文調を貫く底知れぬ楽観は、反対に僕の心を憂悶の渕へと誘った。既にセミ・プロという鵺《ぬえ》的地位を脱して、棋士としての飛躍的な生長を遂げた花村八段に、専門家たるの自覚と、将棋に対する矜持とを期待したからである。

花村八段によれば、所謂「真剣」に二つの種類があるという。自分の懐中の金をはたいて、対局者同志がサシで争う方法と、他人の賭の道具となって、勝った時に、幾許かの礼金を受取るという方法とが即ちこれである。前者の場合、スリルには富むし、生活を賭けた男一匹の思いは、本人にとって悲壮ですらあるかも知れない。然し、われらの将棋は、その魔力のために、金儲けという他の目的のための格好の手段と化するのである。将棋を業とする専門家の場合はさておき、趣味としてそれ自体を享楽しようとするアマチュア精神からは、甚だしい逸脱と言わねばならない。況んや後者の場合には、花村八段自身が語る様に、対局者は、正に賽コロと同じ存在に堕するのである。僕は、飼主の好奇心に報いるべく、自分の同胞との争闘に、一命を抛って悔いない哀れな軍鶏を想い出す。そして鮮血にまみれて地上に横たわる敗者の無残な姿と、その動かぬ骸《むくろ》に片足をかけて、高らかに鬨をつくる勝者の姿とを。

それ自体目的であるべき人間が、ここに於いては実に物であり、単なる手段でしかないのである。将に怖るべき人間性の冒涜ではないか。勿論これに似た現象が、実社会に公然と横行していることを、僕は充分に知っている。然し、こと将棋に関する限り、僕は何としても遺瀬ない気持に堪えないのである。

世にはセミ・プロといわれる一群の人達がいる。賭将棋のスリルに酔い、その泥沼から這い上がれない純粋なアマチュアもいる。「真剣」に志す動機にも亦種々のものがあろう。ある者は、物質的利害を伴わない平凡な勝負に、最早勝負本来のスリルを見出し得ず、かくて「真剣」にその刺激を求めてやまぬことになろうし、又ある者は「真剣」を自分乃至一家の浮沈を賭けた生活の場として、職業的にそれに打ちこむことになろう。或は自分の是非とも指して見たい相手が、強《た》って「真剣」を望むが故に、不本意ながらそれに応ずる場合もあるかも知れない。

僕はここに、それら一切をあげて、倫理的観点から、その不道徳性を糾弾する積もりもないし、まして勝負として、ゲームとしての将棋が持つ偶然的要素を剔抉して、賭将棋に対する刑法的評価を試みんとするものでは更にない。僕としても趣味の楽園に、堅苦しい（と一般に思われている）法律を導入して諸兄の顰蹙をかいたくないと同時に、自分の狭い経験の範囲内でしか物事を判断出来ない人物の、人間としての小ささも承知している。この意味で、「真剣」に打ちこむ人々の半生を彩る人間的苦闘を、そして又「真剣」に対するその人なりの理由ずけを斟酌するのに、決して吝かでないのである。更に真剣渡世をする人達が「真剣」という邪道に陥りながらも、やはり同じ様に深く将棋を愛し、将棋への情熱を燃やし続けていることに対して、大衆的見地からその棋界への貢献を認めても良いであろう。

然しその功罪相共に認めるにせよ、尚且つ将棋の健全な発達を阻む害毒の遥かに大きいことを憂えざるを得ない。加之、賭将棋への耽溺を、僕は将棋自体の持つ醍醐味の故に惜しむのである。若しそれ、気の合った棋友と対座して、盤上忘我の境に遊ぶとき、彼を囲繞する万有は忽然として方尺の間に凝縮し、彼の全智全情熱は、棋理を求めて湧き、沸る。

転じてこれを観るに、一局の棋移は、よく変転たる人生の真相を顕現し、棋史の流れは、時代に生きる庶民の哀歓を伝えて、連綿として尽きない。将棋は、その秘奥を探らんとする者にとって、将に底知れぬ宝庫であり、馥郁と薫るこの世の仙境である。されど、邪念を抱いてその扉を窺う者のあるとき、天来の妙音は須臾にして止んで地に潜み、神韻たる玉楼又変じて、空しき形骸と化するに至るのである。

時間に追われ、題材を選択する心の余裕もないまゝつい埒もない未完の駄文を弄してしまった。一読して文旨の乱れを痛感する。就中その後半に於いて。然し残念ながら期限が迫って、推敲の暇がない。或は誇張に過ぎる点も多々あらうか。将棋を愛する余りの妄言として、御海容あらば幸いである。

（五月十六日夜）

（東大将棋部機関誌「銀杏の駒」II号〔一九五七（昭和三二）年〕所収）

2　棋風と性格との相関について

㈠

一見豪放で、こまかい神経の持ちあわせなどおよそありそうもない人が、将棋の上では、専門的感覚から見て、非常に小心な手を指したり、ときに無類に弱気であったりする。逆に、性柔和、虫も殺さぬようなおとなしい人が、放胆な、意想外に強気な手順を選ぶこともしばしばある。あるいはまた、その人の日常を知る者にとって、いかにもその人らしい、その人がらにまことに似つかわしいと思えるような着手に出遇って、しばし感に堪えないといった場面も往々にしてある。

そこで、将棋をたしなむ何びとの心にも、おそらくは次の疑問がうかぶにちがいない。いったい、棋風と性格とはどのような関係に立つのであろうか。棋風は、はたして人の内在的な性格を、正しく媒介し、反映するものであろうか。いゝ換えれば、一連の着手の間にいかに分裂が見られても、仔細に観察すれば、実際には矛盾が存しないか、あるいはむしろその人自身の性格が本来かかる分裂を包含するものと解すべきであるのか。逆に、棋風と性格とは元来無縁のもので、たまくそこに何らかの類似性が見られたとしても、それは全くの偶然の所産にすぎないのであり、それを強いて関連ずけることは、次元を異にし、そもく比較の対象になり得ないものをむりやり意味づけるという愚を犯すことになるのか……と。

寡聞にして、この問題に対する正面きった解答を知らないが、たまく〝銀杏の駒〟創刊号に、次のような叙述が見える。『将棋がはたして対局者の性格を反映するものであるか否かがよく論じられるが、棋風がその人の棋力の変遷、将棋を通しての相手方の感受力……等の諸要素によって相対的に自己を表出し、また棋風と性格との関連についての判断の可能性は、その人に内在する本質としての性格が、あらかじめ論者の側に認識されていることを前提とするから、一義的に判断することを得ない。しかし将棋を通じて、寛容さとか素直さ、あるいは邪気といったような、何かその人の内面的な資質の一端が感じられることはたしかである。』匿名氏の提言は非常な難文であるが、論理的には断定を避けつつ、素朴な形で問題を肯定しようとしたその趣旨は、仮説と検証とを混同したきらいがあるにしても、ほゞ判るような気がする。

㈡　きわめて常識的に考えて、将棋は人間生活の一場面であり、したがって個性の意志的側面として、性格は、何らかの形でそこに現象する筈である。(なお、一歩を進めて、将棋が性格の形成そのものに参与する面をも看過すべきではない。)しかも将棋というミクロ・コスモスにあらわれた性格と盤外の一般的性格との間に、実のところはなはだしい背離があるとは考えられないから、われわれは、いわゆる棋風のうちに、むしろ端的に一般的性格の微表を認めてよいであろう。

㈢　以下、さきに掲げた命題をやゝ論理的に分析し、その妥当する範囲を劃そうと思うが、最後には経験的思惟にたよらざるを得ない点で、その解決は結局右の常識的推測の域を出ないのである。

2　棋風と性格との相関について

㈠　ここに棋風とは、棋譜を通じて客観的に把えられる対局者の着手の傾向をいう。いわば芸風というほどの意味である。この場合、駒を打つ動作とか、発言、表情の変化などの広く対局態度一般にこそ、その人の性格がよりあからさまに現れるとしても、かような盤外の要素は一応考慮の外におく。

次に性格とは非常に多義的な概念であるが、ここでは主としてヴント流に個性の意志的資質として理解したい。たゞ、情意は不可分であるから、棋風との関係では、必ずしも気質からの峻別に固執する必要はなかろう。要するに、ある程度恒常的な、主に意志的な性質といったほどの意味である。

㈡　いわゆる棋風なるものが、はたして一般に存在するかどうかは、すでに一個の問題であるが、右のように棋風の意義を把える限り、その存在を前提することは一応さしつかえないであろう。ただし、判断の主体にさまざまの階差を持った個々の対局者をおくとき、棋風のいかんは、対局者の感受性であるとか、あるいは、将棋に対する理解の程度……といった、諸要素によって相対的に表示されることを免れない。さらに、判断の対象を個々の一回的な棋譜に限るとき、全く別人としか思えないような棋譜の量産は、多年の将棋経験の教えるところであるから、これまた正鵠を失するおそれがある。

しかしながら以上の障碍は、判断の主体に高度の棋力と感受性を備えた人(もとより対局者自身であることを問わない)をおき、その対象を一連の棋譜にとることによって救われるのであり、本稿では右の前提の下に、そこに見出される何らかの統一的な傾性を棋風と名づけたいのである。しばしば、升田好みの将棋であるとか、大山の棋風に反する将棋……といった表現が用いられており、判断の基礎を一回的な将棋に限る見地からは、はなはだ奇妙な矛盾したいい方であるが、この場合には、すでに大量の棋譜を通じて得られた全体的な印象なり、着手の傾向についての一定の評価が完成されていて、それに個々の一回的な棋譜をあてはめての提言なのであり、本稿の観点からも十分首肯できることといえよう。

㈢　棋風を論ずる場合のより基本的な要件として、対局者自身における着手選択の可能性をあげなければならない。何故なら、かような可能性のないところに、個性的な芸風の反映する余地はないからである。

⑴　第一に、それは、身体的ないし精神的可能性を含む。単なる反射的な着手、あるいは意思の支配に服さないような極限状態での着手は、当然に除外されるべきである。

⑵　次に知的な前提として、ある程度の棋力を必要とするであろう。つまり、将棋とはそういうものだと頑なに信じこんでいる低い棋力の持ち主の指し手が、たまく絶対者の眼から見て、どのような傾向にあたっていたとしても、それは選択の自由にもとずかない、いわば、〝認識されざる必然〟の着手であり、棋風判断の対象とはなり得ないのである。しからばどの程度の棋力を要するかといえば、おそらく異論が多いであろうが、棋品入段の域に及ぶか否かを、大まかな標準としてよかろうかと思う。なお、厳密には、序・中・終盤を通じて、そ

れぞれの得意、個人差があり、それが棋風の判断に影響することを認めなければならないが、煩を避けるために、ここでは立ち入らないことにする。

(3)　ついで選択の可能性は、局面の内包する性質にも依存する。既成手順を追っているにすぎない場合とか、一定の棋力の持ち主ならば、ほとんど絶対手に近いような順だけがあるようないわゆる手狭い局面（たとえば終盤の詰手順の如き）は、着手選択の可能性に乏しく、したがって主観的な対局者の傾性が反映する余地も乏しいこととなろう。そして、ここに、個人的な棋力の変遷ないし将棋の戦術的発展に強く制約されざるを得ないこの問題の相対性があるのである。すなわち、ある指し手のおかれた局面は、少なくとも対局者の傾性を媒介するだけの手広さを持った局面でなければならない。

かくて、以上の条件が熟する場合、つまり、対局者が一定の水準以上の棋力の持ち主であり、しかも思考の妨げとなるような状況がなく、局面の性質がいわば相当に手広いものである場合、そこに対局者の主観的な傾性すなわち棋風を看取することができるのである。

㈣　つぎに、右のような状況を場として摘示された棋風が、はたして対局者の性格をあらわすものとしてよいであろうか。匿名氏によれば、この問題に対する解答は、あらかじめ論者の側に対局者の性格が認識されていることを必要とする以上、一義的に断じ得ないというのであるが、ある特定の解答についての具体的検証の段階での提言としては正しいとしても、問題は論理的範疇というより、むしろすぐれて経験的範疇であり、私はそこに性格の反映を認めてよいのではないかと思う。手広く難解な局面に遭遇して、攻防に多彩な綾があり、いずれの着手も数学的意味での決定的見透しを持ち得ない場合、その選択を左右するものは、結局その人の性格以外に考えられないからである。

しかも他方において、こゝにいう性格が、将棋の勝負としての本質から来る制約を当然に内包していることに留意せねばならぬ。およそ、将棋に何を求めるかは、人によって千差がある。ある者は〝真剣〟によって一家の生計の資を得るために、生活を賭けて戦うであろう。あるいは虚ろな時間の充実を求め、さらには社交の具として将棋に接する者もあろう。それらのすべてを通じて、勝利ないし勝敗は、常に一貫した将棋の目的である。対人的な意味合いにおいてたとえどのような逕庭があろうとも、この勝敗関係性という契機は、勝負として、ゲームとしての将棋そのものに内在する論理である。そしてまさにその故にこそ、棋風に媒介される性格は、必然に勝敗関係的ならざるを得ない。これが当面の性格をいろどる特性なのである。

㈤　結論として次のことがいえようか。『前述した意味での選択可能性が存在する場合、対局者のえらぶ着手を一連の棋譜について通観するとき、そこに表出される棋風には、対局者の勝敗関係的性格が反映する。』

なお、一、二の点を留保しよう。先ず、棋風からただちに対局者の一般的性格を演繹することは、右のテーゼに照らして冒険である。何故ならそこには、すでに勝敗関係性という契機が媒介されているから。ただしここにいう勝敗関係性は、実はそれほどに強度のものとは思われないから、かなりの程度において、その推測は可能である。性格からの棋風の推測についても類似の関係が成り立つ。

つぎに論理的には、前述の状況が存在する限り、一個的な着手、あるいは一回的な棋譜について、棋風と性格に関する叙上の判断が可能なわけであるが、右に一連の棋譜を対象としたのは経験的な考慮からである。したがって、経験的には、ある場面での着手、その総合から成る一回的な棋譜は、棋風ないし性格を判ずる一資料としての意味を持つことになろう。

㈣

以上において、冒頭の問題に肯定的な解答をあたえつつ、他面その命題の妥当する限界を劃し得たかと思う。道具だての仰々しさにひきかえて、畢竟するところ常識的な推論以外の何ものにも終わっていないという非難は当然甘受しなければならない。しかも忽忙の間にまとめたために、その過程において独善かつ不十分。ただ致命的な論理上の欠陥のあることを懼れるのみ。

（東大将棋部機関誌「銀杏の駒」Ⅲ号〔一九五八（昭和三三）年〕所収）

3　思い出の一局

久しぶりで加藤宗匠に拝顔し、あれこれ将棋界の近況などを伺っているうちに、ふつふつと、なにやら青春の昂ぶりに似たものが沸《たぎ》ってきた。おもえば将棋の奥深い魅力にとり憑かれてから三〇年あまりにもなろうか。尤も、ここ二〇年ほどは、愛用の駒さえ埃をかぶったまま、という、ていたらくであるから、私のばあい、正味棋歴と呼べるほどの華やいだ期間はせいぜい一〇年にすぎなかったが。思いを凝らすとその間、方尺の盤上を彩った駒模様の数々がなつかしい棋友諸兄の面影とかさなって、甦える。走馬燈のように浮かぶ駒模様のなかから、いま思い出の一局を選ぶとすれば、躊らいなく、若き日、木村義徳七段（当時、早大将棋部主将・四段）との一戦をあげたい。ときは一九五六年九月二六日、ところは神田平野旅館。全日本アマ名人戦決勝トーナメントを舞台に、迎える相手は十四世名人の血をひく天稟《てんぴん》。相手よし、舞台よしで、大学院に籍をおいたばかりの若い血が騒いだとしても不思議はないだろう。その年、強豪ひしめく東京予選に出場した私は、渡部大賢二段、宮田純治四段、水野三段、三上弘四段（いずれも当時）といった錚々たるところを連破して東京代表となった。余勢を駆って全国大会でも予選リーグを通過し、やや僭越な表現を藉《か》りれば、名人位を指呼の間にのぞんで期するところがあった。

とはいえ勝敗は兵家の常。結果は木村氏に明、私に暗と出た。この年、名人位に輝いた木村氏はやがてプロの途をえらび、かたや即詰を逸し、あたら勝局を失った小生の方は、嵐吹きすさぶ非情な勝負の圏外に身をおくことになった。将棋のでき栄えはともあれ、人それぞれに運命的な一戦があるとすれば、私にとって、この一局こそがそれにあたるだろう。二〇年ぶりに棋譜をひもどきながら、とおく、懐かしく、青春の挽歌を聴くのである。

◇……◇……◇……

先手　神奈川県代表　木村義徳
後手　東京都代表　小暮得雄

〈第1図に至る指し手〉

☗7六歩　☖8四歩　☗6六歩　☖8五歩
☗7七角　☖3四歩　☗5六歩　☖5四歩
☗6八銀　☖6二銀　☗5七銀　☖5二金右

▲6八飛　△7四歩　▲4八玉　△4二玉
▲3八玉　△3二玉　▲5八金左　△1四歩
▲1六歩　△6四歩　▲2八玉　△4二銀
▲3八銀　△9四歩　▲9六歩　△7三桂
▲4六歩　△4四歩　▲3六歩　△4三銀
▲4八銀　△5三銀　▲4七銀直　△4二銀
▲3七桂　△3三銀　▲2六歩　△2四歩
▲7八飛　△8四飛　▲5九角　△6三金

第1図（6三金まで）

≫第1図≪

局面は先手七間飛車・銀高美濃、後手浮飛・銀櫓の対抗形におちつく。途中、後手の4四歩留めは、現代感覚に照らすと、やや古風な印象を免れないが、持久戦志向の一手。

〈第1図以下の指し手〉

▲7五歩　△同　歩
▲7八飛　△7五歩
▲5八飛　△6五歩
▲同　飛　△5四歩
▲7二歩　△5三角
▲5六金　△6六歩
▲同　角　△6四金
▲5六金　△5五歩
▲4四歩　△同　銀
▲5二歩　△8一飛

▲同　飛　△7四金
▲6七金　△3一角
▲5五歩　△同　歩
▲5八飛　△2二玉
▲4五歩　△3二金
▲同　金　△8六歩
▲6八飛　△6五歩
▲4六金　△5四銀
▲4五歩　△3三銀
（第2図）

第2図（8一飛まで）

≫第2図≪

7五歩にはじまる虚実の応酬を経て、後手は中央部を制圧。先手は二枚の垂れ歩で△陣の背後を脅かし、後手は8八歩から6六歩の機を窺う。

〈第2図以下の指し手〉

☗9五歩　☖8五歩　☗7七角　☖7六歩
☗8八角　☖8六歩　☗同　歩　☖9五歩
☗7一歩成☖同　飛　☗9八香　☖6六歩
☗5一歩成☖同　飛　☗6六角　☖6五歩
☗8八角　☖8一飛　☗7四歩　☖同　金
☗3五歩　☖8六角　☗5八飛　☖7五角
☗3四歩　☖同　銀　☗5五金　☖8八飛成
☗同　飛　☖5五銀　☗3三歩　☖同　桂
☗8一飛成☖3一歩　☗5四飛　（第3図）

≫第3図≪

果然、一大決戦の開幕。☖7五角は悠容迫らず風格十分の名手、☗5四飛もまさに盤上この一手。はたして妙防ありや。

第3図（5四飛まで）

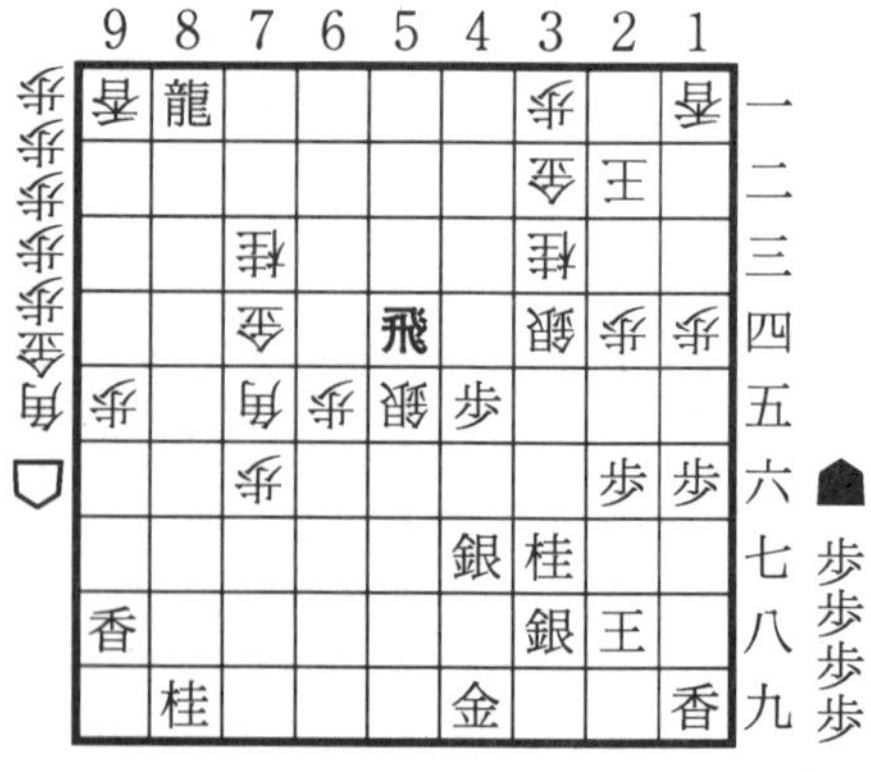

〈第3図以下の指し手〉
△4六歩　▲5八銀　△5七歩
▲6七銀　△6六歩　▲3四飛　△6七歩成
▲4一銀　△4二金打　▲2五歩　△5八歩成
▲3二銀成　△同　金　▲2四歩　△1二角
▲2三金　△同　角　▲同歩成　△同　金
▲7二竜　△3二銀　（第4図）

≫第4図≪

攻めるは守るなり、銀頭の三連打で一手勝を確信。棋神吾にほほえむ？

〈第4図以下の指し手〉
▲3三飛成　△同　金　▲3四歩　△同　金
▲2三歩　△1二玉　▲2二歩成　△同　玉
▲2六桂　△3五金　▲2三歩　△2一玉

第4図（3二銀まで）

☗3三歩　（第5図）

≫第5図≪

死中に活を求める、捨身の☗3三飛成。☖3五金のところ2四飛なら後手安全勝ち。最終☗3三歩にも☖同銀で必勝。息詰まる秒読みの声に追われ、後手は突如、魅いられたように錯乱のコースを辿る。

〈第5図以下の指し手〉

☖3九銀　☗1七玉　☖2六金
☗同　玉　☖5三角　☗4四角　☖2四飛
☗2五桂　☖4四角　☗同　歩　☖2五飛
☗同　玉　☖2四歩　☗3五玉　☖2五金
☗4五玉　☖3六角　☗3四玉　☖2三銀
☗同　玉　☖4五角　☗3四銀打

までにて先手勝（最終図）

第5図（3三歩まで）

≫最終図≪

△2四飛は即詰を逸した痛恨の一着。将棋讃歌、激闘一七三手。

「折から外は嵐である。わが胸中また烈しい波風が騒ぐ。勝負の非情に徹しえない自己の未熟が寂しい。」局後の興奮さめやらぬ当時の対局メモにはこう記されている。

（木村義徳氏との一戦、柑・「人間讃歌」二四号
〔一九七七（昭和五二）年九月一五日〕所収）

最終図（3四銀まで）

4　立体小曲詰「サル」

〔(立体曲詰) サル〕　持駒　銀

原図

(詰パラ　昭55・3)

4　立体小曲詰「サル」

2五銀　4五玉　5四銀㋑同　玉
6五銀㋺同角成Ⓐ4五金　同　玉
3六馬迄9手詰

㋑35玉は36金、同角成、同馬迄。
㋺45玉も36金、同角成、同馬迄。
Ⓐ36馬は45歩合または香合で不詰。

詰上り図

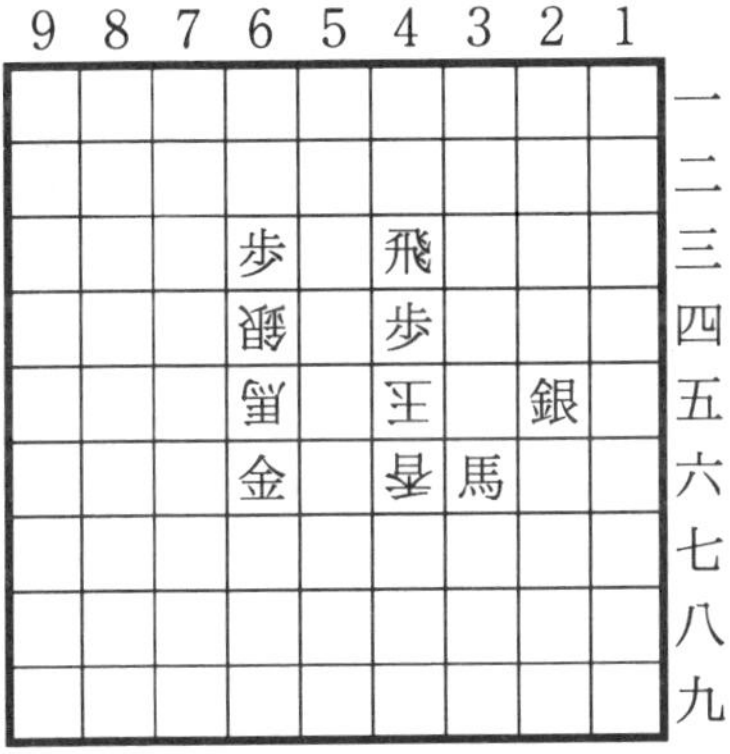

☆詰将棋という魔物に魅いられてから三〇年あまり。かなりの作品をものしてはいるが、さて自選の一局となるといずれもどんぐりの背比べ、歴史の風雪に堪えるものがない。まして既発表作となれば、積極的な投稿経験にとぼしい小生のばあい、選択の幅はさらにかぎられる。思案のすえ、立体曲詰「サル」を選んだ。

このところ、毎年、その年の干支にちなむ小曲詰を賀状用に作って諸兄の顰蹙をかっているが、本局はその最新作である。手順についてはとくに解説の要がないであろう。創作上の制約は想像以上のものがあり、連続妙手を盛りこめなかった点は不満ながらやむをえない。わずかに、この種の曲詰の生命線ともいうべき字形に曖昧さがないこと、変化や紛れにも同一字形が現れること、あたりが本局の取り柄といえるだろうか。

（詰将棋パラダイス「三百人一局集」〈一九八一（昭和五六）年二月〉所収）

5　名人戦第五局（昭和五三年・中原名人（当時）対森八段（当時））を迎えて

――名局の誕生を期待

将棋ファンの数は、一説に千二百万人という。どのような根拠に基づく推計かは定かでないが、昨今の隆盛ぶりをみれば、あながち誇張とも思われない。その二倍、二十四の瞳（ひとみ）ならぬ二千四百万の瞳が、いま固唾（かたず）をのんで名人戦の帰趨（すう）を見守っている。かたや中原誠名人、対するに剃（てい）髪、気鋭の森雞二・八段。挑戦者健闘して二勝二敗。波乱ぶくみの進行は予断を許さない。

◇　◇

名人戦が名実ともに将棋界最高の棋戦であることにはおそらく異論がないだろう。何よりも名前がいい。名人という呼び名にはふしぎな安らぎがある。あたりを払い、それでいて爽（さわ）やかに人を納得させる風情がある。将棋の本質がはたして勝負か芸術かについては談議がたえないが、そのいずれにせよ将棋という奥深い芸域の第一人者に冠する呼び名として〝名人〟ほどふさわしい称号はないであろう。プロ棋士のだれしもが、この名に惹（ひ）かれ、名人戦の檜（ひのき）舞台を夢みて、本番のリーグ戦に文字どおり心血を注ぐ。いわゆる実力名人戦三十六期という年輪は、晴れの舞台に登場した名棋士たちの、栄光と傷心を刻んでいる。

◇　◇

その名人戦第五局が札幌で催されることになった。地元愛好家の一人として心の昂（たか）ぶりを禁じえない。これまでの戦いを振り返ると、第一・第二局とも挑戦者は得意の振り飛車を連採し、善戦した。中飛車から向かい飛車、さらには四間へと目まぐるしく飛を転じて、振り飛車特有の大捌（さば）きを展開。第一局は挑戦者の快勝、第二局は惜敗に終わる。あえていえば第二局も、素人的には振り飛車側が指せている将棋だった。終局ちかく8八金のところ「4六角打で勝ち」という森八段の局後談もつたえられたが、その辺の機微はよくわからない。春浅い西浦温泉、銀波荘での第三局は、一転して名人のひねり飛車、手将棋模様の展開となる。八段の封じ手4六歩のあと、4五桂捨てから5五角以下の棋移を予想したが、酔余の読みは外れて2五桂。果然、超急戦となり、中原名人の猛攻につぐ猛攻。森八段の王は蹌踉（そうろう）として盤面中央を彷徨（さまよ）う。勝利の女神は、孤影よく重圧に堪（た）えた王将に微笑んだ。そして第四局、自然流の快勝――。

ひと呼んで中原自然流。茫（ぼう）洋として懐が深く、着手に淀（よど）みがない。柔軟で無理のない棋風は、この人のばあい天性といえるだろう。巨匠・大山十五世名人のあとを継ぎ、いまや五冠王として棋界に君臨する。貫禄（ろく）十分の名人ではあるが、今期名人戦の前半に関するかぎり、どうも本来の持ち味からとおいように思えてならない。〃剃髪の妖（よう）気〃にこと寄せるのは下種（げす）のかんぐり、というものである。棋王戦の痛手いまだ癒（い）えず、名人やや変調、と申しては失礼にあたるだろうか。

こなた森八段。挑戦者決定リーグを一期で突破し、颯爽（さっそう）と登板した。山口瞳氏によれば、若手実戦派チャンピオンの由。〃終盤の魔術師〃とも呼ばれる。魔術師の称には、悪い将棋でも奇法で眩（げん）惑し、ひっくり返す、といった風なニュアンスがあって穏やかでないが、第三局で演じてみせた王将〃歩頭の綱渡り〃は、はからずも、その称が伊達ではないことを実証した。不屈の努力と天稟（びん）に加えて、名人何するものぞ、の気魄（はく）に溢（あふ）れているところが、まことに頼もしい。

◇◇

つい筆が僭（せん）越に流れたようだ。ここ二十年あまり、わたくし自身は故あって実戦から離れているが、将棋への情熱は人後に落ちず、最高の芸にふれる楽しみはまた格別である。札幌・センチュリーローヤルホテルの一戦。はたして棋神はどちらに微笑むだろうか。名局の誕生を期待したい。

（こぐれ・とくお＝北大法学部教授・元東大将棋部主将・五段）

（毎日新聞〔一九七八（昭和五三）年四月二三日〕所載）

6 羽生現象

——将棋、この玄妙なるもの

いま、将棋界を一人の天才が席巻（せっけん）している。その名は羽生善治。並みの棋士なら、生涯に一つのタイトルを手にすることさえ難しい名人や竜王、王位など七つのタイトルを独占し、将棋千年の歴史に、不朽の名を刻んだ。棋士仲間の一人は、畏敬（いけい）の念をこめて、この若者を〝神様が愛した青年〟と呼ぶ。澄んだ瞳（ひとみ）と天性の勝負強さ。ヒーローを求める世間が放っておくはずがない。異常なほどの羽生ブームが起き、にわかに将棋の世界が脚光を浴びるようになった。

◇

沿革をたずねると、将棋の源流は古くインドに発し、西漸してチェスとなり、東漸してわが国に日本将棋の原型をつたえた。その後、さまざまな変遷を経て現在のスタイルを確立した将棋は、やがて戦国の武人に愛され、徳川時代には家元制度の庇護（ひご）を受ける一方、ひろく庶民のあいだに浸透、普及して、独自の将棋文化を形成してきたのである。

むろん今日にいたる道程が決して平坦(へいたん)だったわけではない。たとえば、こんなエピソードがある。

第二次大戦後、封建的遺習の清算に熱心だった連合軍最高司令部は、こともあろうに、わが愛すべき将棋に白羽の矢をたてた。将棋ではチェスと違って、捕獲した相手の駒(こま)を使う。これは捕虜の虐待を禁じたジュネーブ条約に抵触するのではないか？　また王将だけで女王がいない日本の将棋は〝封建的〟で、平等の原則に反する。—占領軍の暴論に対し、鬼才升田幸三は、捕虜を感化遷善する高次の美風を説き、古来女性を戦陣に伴わないわが国の美徳を弁じて反論、敢然と将棋文化の危機を救った、とつたえられる。どこまで真実を穿(うが)っているかは定かでないが、いかにも風雲児升田らしいではないか。昨今の〝羽生現象〟を見るにつけ、今昔の感に堪えない。

◇

いったい将棋とは何だろうか。将棋のどこに、かくも多くの人々を魅惑してやまない魔力が潜むのだろうか？　高橋義孝氏は、「落ちていた将棋の駒について」という珠玉の掌編のなかで、部屋の片隅のうす暗がりに落ちていた五角形の木片が、ときに〝絶対者〟として君臨する情景を、みごとな筆致で描いた。端的にいえば、将棋とは、方尺の盤上に繰り広げられる妖（あや）しい万華鏡の世界である。しかも高度に知的で、かぎりなく深い奥行きをもつ。それは単なる勝負ごとや格闘技ではなく、それ以上のものであろう。

しばしば、将棋と囲碁とではどちらが面白いか、どちらが奥深い芸域だろうか、といった形でその〝優劣〟が問われる。ナンセンスな設問というほかない。かりに双方の奥義を究めた人がいたとすれば、なるほど、その興趣や深さを比べることが可能であろう。けれども、将棋や碁はそれぞれ、あまりに深く玄妙であって、しょせん、一芸を究めることさえ至難である。現実には、いずれかの芸域により深く身をおいて他方を眺めるほかないのだから…。

◇

いまはむかし、宿命のライバル大山対升田の決戦をはじめ、棋史を彩る名棋士たちの対局をつぶさに盤側で見てきた。そこには将棋指しとよばれるにふさわしい、〝斜に構えた〟人たちの、いかにも人間くさい対決があったように思う。羽生七冠に代表される新しい世代の将棋はといえば、まことにスマートで陰りがない。いわば、内弟子修行を体験した世代とコンピューター世代との違いだろうか。将棋の世界は、時代を映しながら、自在に流れ、変貌（へんぼう）してゆく。

（千葉大教授、北大名誉教授＝将棋アマ五段、囲碁アマ四段）

（北海道新聞〔一九九六（平成八）年五月九日夕刊〕所載）

7　盤上に描くメルヘンの世界
――クラブ活動の現場から

早いもので、篤志面接の活動に携わるようになってから一〇年近くにもなるだろうか。長らく大学の教壇に立って刑事法を講じてきたが、いつからともなく、生身の受刑者に接して社会復帰の手助けをしたい、と思うようになった。篤志面接という形で、その願いが叶ったのは札幌在住時代である。はじめは専門がら法律相談を看板にしていたところ、どうも考えていた方向とちがう。なかには冤罪の訴えや国家試験に向けての受験相談のようなケースもなかったわけではないが、概しては、妻が勝手に印鑑を使って離婚届を出してしまった、子分が家財を持ち逃げして行方がわからない、どうすればよいか？というたぐいの、暴力団がらみの〝さえない〟相談が多く、辟易した。調査権もない立場としては、本人の言い分がどこまで真実なのか、確かめるすべもない。考えてみると、〝かりに言い分が正しければ〟という条件つきの法的な助言が、善良な市民を苦しめる結果になっているかもしれないのである。はたして、本人の更生ないしは社会復帰に役立っているのだろうか？

そんな思いにさいなまれていたころ、ふと天啓のように閃くものがあった。筆者が年来の趣味としている「詰将棋」をクラブ活動に活かしてはどうか、というアイデアが浮かんだのである。詰将棋をご存知ない向きにあえて一言説明させていただくと、王手の連続で相手の王様を詰める知的パズルで、江戸時代以降すでに二百年の歴史を持ち、奥ふかい玄妙な世界を形づくっている。例えば盤上に配置された全部の駒が、最後には、詰みに必要な三枚だけを残して、煙のように消えてしまう〝煙詰〟や、様々な趣向をこらした〝曲詰〟などは、芸術の域に達している、といっても過言ではない。普通の将棋とちがって勝敗を争うわけではないから、〝待った〟がもとで喧嘩さわぎになる心配もない。沈思黙考、塀の中の趣味として絶好ではないか。こうして法律相談と詰将棋の二枚看板、というよりは、詰将棋を表看板にしたユニークなクラブ活動が実現した。千葉に移ってからも、ＮＨＫ番組顔負けの大きな磁石盤と駒を使って、メルヘンの世界を演出している。それが償いの日々を送る人たちにとって更生の一助になることを念じながら……。

やや我田引水の嫌いはあるが、詰将棋の効用の一つは、集中力を養い、思慮ぶかさを身につけるのに役だつことだろう。晴れて出所した後も、それは生涯の趣味として残る筈である。篤志面接の活動を通じて、閉ざされがちな受刑者の心と触れあい、筆者自身も多くのものを学ぶことができた。熱心に出席してくれたメンバーの姿がふと見えなくなるときは寂しい思いもするが、ぶじ〝お勤め〟を終えたことを喜ぶべきなのだろう。これからの長い幾星霜、浮き世の風が冷たく身にしみるとき、どうか楽しい詰将棋の世界に安らぎを見出してほしい、と願わずにはいられない。

〈参考〉（盤面が「サ」で、詰め上がると「ル」になる立体曲詰。干支にちなんだ年賀状用の自作である。クラブ活動の際、自己紹介を兼ねて出題したところ、大いに喜ばれた。前掲、立体小曲詰「サル」参照。）

(持駒　銀)

（東京矯正管区管内「篤志面接委員協議会だより」第六号（一九九六（平成八年）四月一日）所収）

8　塀の中の大道棋

〃塀の中〃という何やら奇妙な言葉が流行りだしたのはいつごろからだろうか？　たぶん、安部譲二氏の著書『…懲りない面々』あたりが契機だったように思われる。懲りるか懲りないかはともかく、その塀の中で、重い十字架を背負い、煩悩に身を焦がしながら、自省と償いの日々を送る人々の内面をうかがうことは難かしい。

専門がら、長らく教壇に立って、犯罪や刑罰のあれこれを講じてきたところ、ふと、生身の受刑者の実態にふれないで、はたして刑法を理解できるだろうか？との疑念が兆したことから、篤志面接という活動に携わるようになった。〃塀の外〃の感覚でいえば、人殺しや強盗などの〃物騒な〃面々を相手に、ここ十数年来、懇ろな交流をつづけている。はじめは、法律相談を表看板に、何かと世間のせまい受刑者のよろず身の上相談を引き受けていたが、「女房が浮気をして、知らない間に離婚届を出してしまった。有効か無効か」、「子分が事務所から家財を持ち逃げしたのでとり返したい」、というたぐいのヤクザがらみの相談が多いことに辟易して、昔とった杵柄とばかり、将棋指南を看板にかかげることにした。仄聞するところ、塀の中のクラブ活動としては、全国にも例がない由。時折は名人戦や竜王戦の解説なども交えながら、実戦とちがい、勝った負けたで〝血の雨〟が降る虞れのない詰将棋を、塀の中の正課にしている。刑務作業の合間を割いての僅かな時間ではあるが、心に屈託をもつこわもての表情が、このときばかりは何と輝いて見えることか。塀の中の住人を魅了し、彼らの心に灯を点すよすがとなり得ることも、わが愛すべき将棋のはらむ多彩な文化的側面の一つといってよいのではないか。

塀の中の〈篤志面接〉は、もともと、罪を犯した受刑者たちを善導し、その社会復帰を助けることを趣旨としている。たとえ詰将棋に励み、その名手となったところで、残念ながらこれを生業とするわけにはいかないとしても、趣味と実益を兼ねた例外があるとすれば、唯一それは大道棋の世界だろう。いまは昔、盛り場の風物詩だった大道棋は、詐欺的な商法が禍いして、衰退の一途を辿った。とはいえ、〈香歩問題〉や〈銀問題〉、あるいは〈金問題〉などの玄妙な作品群は、塀の中でも格別な人気がある。ちなみに、大道棋衰退の原因ないし背景をめぐって、口文研プロジェクト屈指の論客、木村義徳・将棋博物館長などは、どうやら異見をお持ちのようであるが、たぶん木村氏も、大道棋の〝芸術的〟な奥深さについては認めてくれるだろう。

塀の中の篤志活動について、ただ一つ心配の種は、大道棋に凝って病みつきになったクラブ員が、出所後のなりわいとして大道将棋屋を開業し、術策を弄して善良な市民を苦しめることである。そんなことを気遣いながら、今日もいそいそと塀の中に出かけてゆく。

（『日本文化としての将棋』〔三元社、二〇〇二（平成一四）年一二月〕所収）

III　刑法学の周辺

フライブルク大学の外壁を飾る金文字。“真理は諸君を解放する”

〈解　題〉

◇……さて、私の専門領域である刑法学関連の業績となると、質量ともに忸怩たるものがある。本章では純粋な学術論文をすべて除き、その周辺の、いわば随想風の論稿のみを十篇ほど選んだ。はたして私に残された歳月のなかで、本格的な学術論文を集大成する機会はあるだろうか？

1　「学ぶ自由」と真理

いくつかのテーマの中から、あれこれ思い迷ったすえ、〈新入学生に与えることば〉を選んだ。何やら入学式の告辞めいたひびきがないではないが、むろんここでは肩肘いからせてまともな教訓を垂れようとするわけではなく、日ごろ感じているままを、気がるに新入学生諸君に語りかけたいとおもうばかりである。このばあい、新入生としては、本誌の性格から考えて、法学部ないし法科系への新入生を念頭においてよいだろう。

＊

話題はおのずから、激動のさなかにある大学ないし大学紛争におよばざるをえない。一連の紛争のもつ根源的意味については、すでに多くの議論がつくされている。人それぞれに解釈があり、感慨があろう。大学人の一員として私の胸に去来するおもいも無量である。あの凄じい安田講堂の攻防、血を洗う学生同士の乱闘、そして荒廃のきわみともいうべき研究室の惨状、等々の光景が、いたましく浮かぶ。たしかに紛争の底流に、いまや澎湃たる〈参加〉への要求があることを、さらには、むしろ古典的な大学の理念に属しながらこれまで等閑視されてきた〈学ぶ自由〉への志向があることを、否むことはできない。だが、紛争の目的なり本質なりはそれとして、かような事態そのものを法的に是認できるだろうか。破壊のまえにたたずみ、またみずから免罪を求める声を聞くとき、まさしくそこに、法秩序それじたいの意味が問われているようにおもえる。いうまでもなく、目的はつねにかならずしも手段を正当化しない。目的の正当性が主張できるのは、そのために採られた手段が目的を達するのに相当なかぎりにおいてである。手段がその限度をこえるとき、目的はついにその光輝を失う。いわんや手段が、およそ達しようとする目的と矛盾するばあいにおいて。貴重な研究資料や蔵書のたぐいを、容赦なく破壊して愧じない者に、大学の理念、学問の自由を標榜する資格があるだろうか。それらはいわば学問そのものではないか。また、かりに紛争のゆきつくところ、学生同士が不倶戴天のごとく憎みあい、おなじ教室で学ぶことを拒むにいたったとすれば、それは〈学ぶ自由〉そのものの放棄にひとしいではないか。いったん手段が相当の枠をこえ、歯どめを失うとき、それは際限なくエスカレートしてゆく。はじめて紛争の場に角材があらわれたころ、私は、相対的兇器の観念を支えとしつつ、つとめてこれを兇器から除いて考えようとした。やがてそれが無抵抗の学生仲間に向けられ、かつは鉄パイプや仕込み材にかかわるにおよんで、私の論理は沈黙した。

人にはそれぞれ行動の尺度がある。たとえ現行法秩序をこえるところにみずからの行動を律する尺度を求めようと、それはそれでかれの全人格的な決断にほかならない。他方、かような行動が法の守備範囲を侵すかぎり、そこにおのずと法上の反動をともなう。現行法秩序の拘束をはなれて自己の所信をつらぬきつつ、しかも現行法秩序による反動を拒否するとすれば、それはもはや改革の論理ではなく、いわゆる事実の規範力をたのむ、革命の論理といわなければならない。

＊

話がつい激してしまった。いま私の眼に、曽遊の地、西ドイツ・フライブルク大学の外壁を飾っていた、あざやかな金文字が浮かぶ。そこにはつぎのように書かれていた。〈DIE WAHRHEIT WIRD EVCH FREI MACHEN〉. ヨハネ伝の一節であったろうか。このことばのもつ深い含蓄を一片の訳語に託すのはむずかしいが、かりに私訳を試みるなら、真理は人を自由ならしめる、真理は諸君を解放する、といったほどの趣意であろう。フライブルクはスイスやフランスの国境にちかい、美しい街である。由緒ある大学の外壁にかかげられた象徴的な文字は、〈自由城〉の名にふさわしい。それは黒い森《シュヴァルツヴァルト》の山あいに沈もうとする夕陽に、いつも燦然と映えた。

諸君はいま、学園を揺さぶる嵐のなかで、大学の門をくぐる。そこに待つものは何であろうか。より善いものを希求するひきむきな姿勢と情熱は、若者の特権である。しかし、当然のことながらそのための手段を謬ってはならない。それは暴力ではなく、つねに真理への志向に裏うちされなければならない。前掲した金色のことばがつたえる余韻を、十分に味わってほしいとおもう。

（ジュリスト増刊―一九六九「新法学案内」所収）

2　中庸の論理

性温厚？　のゆえか優柔のせいかは知らないが、ときに臨んで中庸を択ぶことが多い。肩肘を怒らし皆を決して、絶対反対や絶対賛成を叫ぶ毅然たる行動は、どうも苦手である。いったい、神ならぬ人の世に、どれほど〈絶対〉の名に値いするものがあろうか。なれぬ手つきで煙草をふかしながら、しばし黙考した。

スポーツの解説や日常会話などで、おなじ前提から逆の結論ないし推論が導かれていて、とまどうことがある。たとえば、音にきこえたプロ野球の三割打者がここ何打席か無安打に了ってい る、という同一の前提から、ある解説者は次打席のヒットを予想し、別の解説者は凡退を推論する。また、大相撲本場所で、地元出身の力士が浴びる熱狂的な声援は、勝ち負けいずれを支える論拠にも援用される。むろんここでは、あるファクターと結論との相関度とか、しかつめらしい確率の問題に触れるつもりはないので、要するに、この種のばあい、他の諸条件による補完をまたないかぎり、結論をどの方向にでも動かす可能性があることに着目したい。相撲の例についていえば、たとえば力士が声援にあがり易いタイプか、それとも奮起敢闘型か、といった類の、他の要素との関連如何によって、〝地元の利〟は〝地元の不利〟にすら通じるのである。しごく当り前のことの様であるが、みずからの周辺を省みて、意外にこの種の短絡が多いことに気づく。たしかに、すべての条件があたえられているとき、その帰趨は必然であり、絶対であろう。しかし、人知の現実はそうではない。

考えてみると、格言や諺のたぐいにも、一見正反対の結論を指すものが数多く見うけられる。いい慣わされたことながら、〈武士は食わねど高楊子〉に対して〈腹が減っては戦さができぬ〉、〈君子危うきに近よらず〉に対して〈虎穴にいらずんば虎児をえず〉、等々。欠けている条件を補い、それぞれの成りたつ範囲と限界を劃することによって、表見上の矛盾を解くのが筋というものであろう。カントのいわゆる〈二律背反の批判的止揚〉なるものも、じつは、この辺の消息と無縁ではない筈である。

学園紛争の燃焼に際して、大学人はしばしば深刻な決断に迫られてきた。いうまでもなく、警察権の構内導入問題や学生参加の是非、等をめぐって。このばあい、まず、問題を全面的に肯定または否定する、両極端の主張を念頭におこう。たとえば、大学を聖域化し治外法権の場とみる見解と、これを挙げて警察の管理に委ねる見解、の両極がともに維持しえないこと顕らかであるとすれば、めざすべき方向は、疑いもなくその中間になければならない。あまりに平凡な認識であり、これだけで問題の解決にならないことも当然である。とはいえ、両極が維持できないかぎり真理は所詮その中間に位いする、旨の確信は、両極への収斂の論理にくらべて、はるかにゆとりのある弾力的な対応を可能にする。あとはどの辺に線をひくかについて、個々の条件ごとに、両極から中庸への思考を反復すればよいわけである。

はて、煙草の灰をおとしながら、ふたたび脚下を顧みる。〈中庸の論理〉を頑なに貫くこともまた、実のところ、その拠ってたつ中庸の論理に背くのではないか。かような発想の妥当する場面と、そうでない場面を分けることが、すでに一個の問題なのであった。

（ジュリスト五一三号〔一九七二（昭和四七）年九月一日〕所収）

3　一冊の本――『罪と罰』
――人間を賭けた書物との対決

とりたてて読書遍歴といえるほどの蓄積があるわけでなし、さて一冊の本をえらぶとなると、まことに難かしい。単純な好みからいえば『唐詩選』あたりを推したいところだが、時代性や一般性の点で多少の躊らいがある。あれこれ思案のすえ、前回の企画に際し『ファウスト』や『聖書』を推された諸先達のひそみに倣って、わが座右の書、『罪と罰』をあげることにした。

いうまでもなく、文学史上、『カラマーゾフの兄弟』とならんでドストエーフスキイの名を不朽ならしめた傑作であり、いまさら紹介の筆をとるのが気恥かしいほどにポピュラーな作品である。著者はこの大作を、かれの劇的な生涯のなかでもひときわ孤独と窮乏にさいなまれた一八六〇年代のなかばに、雑誌連載の形で上梓した。貧窮の底にあえぎながら、かれは連載に先だって新しい発想に刺激され、いったん完成に近づいた原稿のことごとくを火に投じたという。あまりにも潔癖な、むしろ鬼気せまる執念、とでも形容すべきか。

舞台は一九世紀、ロシヤのペテルブルグ。奥行き六歩ばかりの、檻のようにせまい下宿の一室で、貧しい大学生ラスコーリニコフが、妖しい想念に耽り、空理の楼閣をきずく。研ぎすまされた脳裏に、寸毫の悪は大なる善によって償われるとの理論が芽ばえ、やがて既成の道徳や法律を踏みこえる特権をもつ、選ばれた非凡人の思想として凝固する。自分はまさしく非凡人ではないか？　ふとした暗示に誘われるまま、かれは憑かれたようにみずからの理論を実行に移す。抽象理論の殺人。たえざる不安と戦きの交錯。そして自己葛藤のすえの服罪……。

若き日、この書を読み了えたときの昂奮と感動を忘れさることはできない。あわれにも強欲な老婆に斧をふりおろす迫真の場面や、予審判事ポルフィーリイとの息づまる心理的攻防の綾が、重厚な訳文に支えられて、終始ゆるみのない緊張を強いた。

『罪と罰』が読者に問いかけるものは混沌とふかい。この書の訳者はいう。「ラスコーリニコフの物語は徹頭徹尾、抽象理論の人間性に加えた暴虐と、それに対する人間性の恐ろしい復讐の歴史である」。このばあい、法が抽象的理論の側にではなく、人間性ないし良心の側に立っていることを見落としてはならない。

書を読む、ということは、いわば人間を賭けた書物との対決である。『罪と罰』がいかに人口に膾炙《かいしゃ》し、ドストエーフスキイの世界がいかに分析し尽くされようと、それを内面化する作業は疑いなく各人のものである。そして『罪と罰』は、そこに永遠かつ普遍的なものを包臓するがゆえに、法学徒をふくむ万人との対決に堪えるであろう。

▼本書は、米川正夫訳・ドストエーフスキイ全集6（河出書房版）、その他各文庫にもあり。

（法学セミナー二三八号〔一九七六（昭和五一）年四月号〕所収）

4　〝法〟の論理と〝闘争〟の論理

いったい、大学紛争の名で呼ばれる巨大なエネルギーの奔流はどこへ消えたのだろうか？　一〇年ひとむかし。紛争を過去形で語れるかどうかはともあれ、それが大学人の安逸を揺さぶり、否応なく脚下を省みる刺激となったことは確かであろう。そのころから念頭をはなれない問題のひとつに、法の論理と闘争の論理、という問題がある。たとえばこんな経験があった。しんしんと凍《しば》れる冬の朝まだき（余談ながら、〝凍れる〟という表現の中身を実感できる読者は少ないだろう。）。キャンパスの一角に、しばし異様な緊張が漂う。ある抗争事件のからみで、構内の学寮が警察の手入れを受けたのである。運わるく？　責任ある立場にいた私は、大学側の立会人として、騒然たる現場に臨んだ。求めに応じ、捜査官は雪靴を脱ぐ。逮捕状の執行、つづいて差押、捜索。はげしい糾弾のコール……。

やがて、お定《き》まりの追及団交がはじまる。いわく、大学当局は警察権を導入して寮自治を侵した。未曽有の暴挙である。立会人はまさに権力の水先案内ではないか。なぜ立会を拒否しなかったのか。大学が恰も警察権のおよびえないサンクチュアリであるかのような意識すら窺えた当時のこと。ヘルメットやゲバ棒を彩りに、追及は熾烈をきわめた。むろん私とて弾劾に甘んじていたわけではない。ひたすら法を説き、立会の意義を弁じた。それが権力のパイロットではなくむしろ防波堤であり、捜査の監視役である、旨を諄々と（?）説いた。

ふしぎなことに、このような論理を展開すればするほど、団交会場には妙に白けた雰囲気が流れ、焦だちの感情がはしった。説明や用語が難解なせいかと思ったがそうでもない。誠意を尽くした懸命の説得がなぜ通じないのか。もどかしさを覚えつつ想い到ったのが、法の論理と闘争の論理の背馳、とでもいうべき問題である。相手方が闘争の論理に立つとき、これを法の論理で説得することは難かしい。法に則って公明正大にことが運ばれ、そのあげく闘争が鎮静されたのでは立つ瀬がないではないか。どうせなら警察権力は荒々しく我々を蹂躪してほしい。せめて土足のまま踏みこんでくれることを歓迎する。そこに誘発された怒りを闘争のエネルギーに転化できようものを。〝雪靴を脱がせる立会人〟のごときは闘争の邪魔だてであり、余計なお節介というほかない。

こうして法の論理と闘争の論理は、ときに相剋し、ときにすれ違う。両者はいわば異質の論理である。たとえばクアラルンプール事件などは、二つの論理が真向から衝突し、法の論理が屈した例といえよう。このばあい、ただし、あのような形での事件の解決を、法のレベルで正当化する試みは正鵠を失している。それはいわば法を辱める途ではないか。侵され、軽悔されることに法は堪えよ。所詮それは法の節操にかかわる問題ではない。みずからの胎内で不法を認知すべく強いられることこそ、実は法にとって最大の汚辱であり、敗北である。

やや構えた話題に終始してしまった。時は流れ、すべては忘却のかなたに消えてゆく。雪の日にちなむ想い出の一齣も、いずれ風化することだろう。

（ジュリスト七〇五号〔一九七九（昭和五四）年一二月一日〕所収）

5　井上属の殉職に寄せて
——刑法学徒の偶想

㈠

『税大通信』九月一日号に〈井上属の殉職〉と題する加藤喜一郎教育官の紹介稿が載っている。いつのころからか、札幌研修所のロビーに井上属関係の資料が展示されていることを知ってはいたが、実をいえば、事件そのものにそれほど強い興味があったわけではない。ところで、加藤氏の論稿を拝見し、さらには本誌編集部から井上属の殉職にちなむ寄稿を求められるにおよんで、この痛ましい事件は否応なく私の専門的関心を惹くことになった。いま、私の脳裏に、釧路郊外の荒涼たる原野、飢えと寒さと疲労の極まるところ、しんしんと降り積もる雪に埋もれながら、空しく最期（いまわ）のときを待つ井上属の悲壮な姿が浮かぶ。かたや救いの手をさしのべるべき同行者二人の影は、朧ろにかすんで定かでない。いったい同行の二人はこの事件でどのような役割を演じたのだろうか？

加藤氏の稿は石川啄木との由縁をふくむ事件の経過を淡々たる筆致で描いたのち、つぎのことばで稿を閉じている。

『井上属の殉職事件、それをどう解釈するか。また、同行した二人のとった行動も、未必の故意とみるか緊急避難とみるか、見方はいろいろあろう。どう見るかは読者の人生観による。』

そこに提起された問題を吟味し、正面から専門的に答えることが、おそらくは寄稿を求められた趣旨にかなうであろう。とはいえ、星霜を経ること七〇年。かぎられた資料にもとづいて事件を構成し、あれこれ憶測を逞しくしたところで格別の意味があるとは思われない。まして検察的興味から関係者の行動を論難することにはいっそう憚りがある。してみれば、事件そのものの静謐（せいひつ）を乱さない範囲で、節度をもって理論的関心にこたえることだけが、僅かにのこされた方向といえるだろう。以下、私なりに所見を述べて、井上属に捧げる鎮魂の賦としたい。

㈡

関係資料によれば、ときに明治四一年三月の初旬、釧路地方は一週間にわたって空前の大暴風雨に見舞われた。海陸の交通は杜絶し、家屋の倒壊や遭難死あいつぎ、孤立無援に陥った舌辛炭山千余名が飢餓に瀕するなど、地元紙のつたえる惨状は凄まじい。釧路税務署間税課の次席井上耕介氏（三二才）は、たまたま官塩販路の視察および改正税法説明という用務を帯びて出張の途次、不運にもこの大風雪に遭遇した。釧路↓厚岸↓太田↓片無去↓阿歴内↓塘路↓標茶↓釧路のコースをえらんだ井上属は、三月六日、風雪を衝いて厚岸を出発、太田村で小間物商N・郵便脚夫Sと道づれになり、片無去村を経て阿歴内に向ったという。殉職にいたる経過は前記加藤氏の論稿に詳しいが、重複をいとわず、啄木の筆とつたえられる三月八日付釧路新聞の記事を再掲すれば、

『……三人連れにて歩を進めたりしも何分大吹雪のことゝて思ふ様に脚も運ばれじ……（中略）猶ほも勇を鼓して亜歴内に間近くなりし時に井上氏は非常に労《つ》かれ今は一歩も進む能はじ……（中略）……井上氏は頻りに空腹を告くるより幸ひ小間物商が握飯を所持しありたれば三人車座となりて雪中に跪坐し之れを三人にて分食しサテ出発せんと立ち上がらんとしゝに井上氏の脚部は凍りて棒の如く堅くなり恰も半身不具者の様になりたるより小間物商等は大いに驚ろき先づ小間物商は自分の毛布を取り出し井上氏の脚部を包みサテ言ふ様「自分等は夫々に荷物を負

ひ居ればトテモ貴下を負ふ能はざれば之より急行亜歴内に至り救を求め来るべければ此処に〇〇（不明）して待たれよ」と一散に雪を犯して亜歴内に至り他の人夫と共に現場と思ぼしき辺に来り見るも降る雪は已に八尺程に積み何処に井上氏は埋めらるゝや到底尋ねらるゝものにあらず、無惨にも風益々猛く吼え雪は愈々深く積み此儘に居りては井上氏諸共死せざるべからずと止むなく……（後略）』

さすがに啄木の筆だけあって、息詰まるほどの迫力がある。ちなみに、数日後、雪中ふかく筵と赤毛布に覆われた井上属の遺体が発見されたという。

㈢

さきにも触れたように、この事件の理論的意味あいを探ねるにあたって、なお不確かな要素が多い。たとえば、同行のN・Sは、どのような意図・認識または予見をもって現場を離れたのか？　殉職現場から阿歴内までの距離ないし所要時間はどれくらいなのか？　井上属の疲労が極限に近かったことは疑いの余地がないとしても、他の二人にはどの程度の余力があったのか？　等々の肝腎なところが、残された資料からは十分に窺い知ることができない。ただ、少くとも、握り飯を分け合い、毛布を掛けあたえて、急拠、救援を求めにはしった同行者の行動に照らすとき、井上属の死に対する認容、いいかえれば故意ないし未必の故意を認めることは困難であろう。問題は疲労の極に達し、凍って身動きかなわぬ井上属を、荒涼たる風雪の現場に置いて立ち去った行為が、救援を求める目的はともかく、それじたい遺棄罪に該るのではないか、という疑問である。この疑問にこたえるには、まずもって〈遺棄〉の概念を吟味しなければならない。現行法下の通説によれば、遺棄には広狭の二義があり、狭義の遺棄がいわゆる〝移置〟、すなわち扶助を要する者を危険な場所に移す行為を指すのに対し、広義の遺棄は、移置のほか、人を危険な状況に遺留して立ち去る、いわゆる〝置き去り〟などの行為形態を含む、とされる。通説はこのような分析をしたうえで、通常の遺棄（刑二一七条）を狭義、保護責任者による遺棄（刑二一八条）を広義に理解するのである。実はこのあたり解釈論上の争いがないわけではないが、ここでは、本件のような〝置き去り〟について遺棄罪が成りたつためには、刑法上いわゆる保護責任者の存在が前提となることを弁えればよいであろう。二人の同行者は雪中ふかく井上属を置いて去った。このばあい、NとSは、井上属の家族でもなければ共同の任務を帯びた職務上の同行者でもなく、いわば旅の道連れである。しかも単なる道連れではない。未曽有の暴風雨に遭遇し、自然の猛威に戦きながら寄り添って同じ途を旅ゆく、という類い稀な運命を共有する同行者である。法規の明文や契約上の責任がないことは確かであるが、条理にもとづく保護責任を問いうるであろうか。『どう見るかは読者の人生観による。』

という前記加藤氏の結びの一節は、この辺の機微を鋭く衝くものにほかならない。

尤も、井上属に対する保護責任が肯認されたとしても、ただちに同行者の行為について遺棄（致死）罪の成立が認められるわけではない。井上属を暴風雨の現場に遺してひとまず立ち去ることが、同行者の側からみて、生命の危難を避けるために万やむをえない措置であったとすれば、いわゆる緊急避難の線が浮かぶ。この関係で看過しがたいのはNとSが現場を去るにあたって、自分たちはそれぞれ荷物を負うているから、とても貴下を背負うことができない。これより急行……といい残している点である。はたしてそれが唯一最善の方法であったのだろうか。どんな荷物かは判らないが、どうして荷物を捨てて井上属を背負わなかったのか。救援隊を連れ戻る余裕があるのなら、なぜ一人が現場に残って井上属の介抱にあたらなかったのか。その辺の消息は不明ながら、素朴な疑問を禁じえない。その他、理論的には過失不作為の問題、錯誤の問題等が考えられるが、ここでは論及を控えよう。

◇　◇

ちなみに事件は明治四一年三月初旬に起っている。現行刑法の施行が明治四一年一〇月一日であるから、この事件を刑法的に吟味するとすれば旧刑法の適用を前提とすべきことになろう。関連規定を対照すると、現行法とのあいだには微妙なちがいがある。煩を避けて現行法下の解釈論に沿う形をとったが、議論の大筋は旧刑法下でもかわらないことを付記しておく。

(四)

〈殉職〉ということばには何かしら壮絶な響きがある。井上属のケースもその例に洩れない。記録によれば、井上耕介氏はまことに清廉潔白、篤実の人であったらしい。荒れ狂う暴風雨のさなか、氏は従容として税務の大義に殉じた。痛恨のきわみである。殉難の背景に本稿でしり扱われたような問題が潜むことは心残りであるが、これも運命であろう。握り飯で飢えを癒やし、善意の毛布に包まれ、せめて最後に人間的な交流と安らぎのひとときがあったことを慰めとしたい。

井上属の没後七〇年。縁あってこの小稿を書いた。関係者の平安を祈るのみ。

（「税大通信」一九七八（昭和五三）年一一月一日号所収）

6　大学の光と翳

——大学で学ぶことの意味について

楡のこずえに早春の陽がそそぎ、なお融けやらぬ根雪の下でひっそりと延齢草が息づく。華やぎと静謐と。ある種の憧れをこめて、人はエルムの学園と呼ぶ。未知なるものへの期待と不安におののきながら、その門をくぐる若者たちの姿がキャンパスにあふれる日も近い。いったい、そこに待つものは何だろうか。大学は若者たちのひたむきな眼ざしにどうこたえ、どのような光彩を放つのだろうか。

このところ大学論や学問論が花ざかりである。大学の現状を憂い、その病理を抉る告発の声もたかい。この際、筆者には、残念ながら高邁な大学論を展開する資格はさらさらないので、学問の周辺をさまよう一介の学徒として、大学で学ぶことの意味をそぼくに考えてみたい。少なくとも、なぜ大学で学ぶか？　そこに大学があるから、式にベルト・コンベアーに乗って、ひたすら学歴社会の頂点に辿りついた多くの学生諸君にとって、春浅いキャンパスに佇む自分の脚下をあらためて省みることも、あながち無駄ではないだろう。

語呂合わせ風にいえば、大学とは大いに学ぶ場である。中国の古典で、四書の一篇として名だかい「大学」も、格物、すなわち物ごとの理を窮めて平天下にいたることを旨としている。このように大学を物ごとの理を究める学問の府としてとらえることは、ごく常識的な理解であって、そのことじたい決して謬りではない。だが、そもそも何のために？

ご多分にもれず、この静かな学園にも、かつて紛争の嵐の吹き荒れた多難な時期があった。そこで根源的に問われたものが何だったのか、いまなお筆者の胸には苦渋にちかい思いがよぎる。その辺はともあれ、紛争たけなわのころ、〝真理は人を解放する〟と墨書した鉢巻きをつけて行動する若者の一団が人目を惹いた。手段が相当な限度をこえるとき、目的はついにその光輝を失う。角材から旗竿、はては鉄パイプへとゲバルトが際限なくエスカレートするにおよんで、紛争は頽廃し、風化し、終焉したが、当然のことながら、その過程で現前したすべてのものがトータルな否定の対象となるわけではない。その行動は目的を裏ぎったにせよ、真理は人を解放する、というスローガンからも、学ぶことの意味につながる珠玉の訓えを汲むことができるようにおもう。

ヨハネ伝の一節に由来するこの言葉には、実は格別の思い出がある。西ドイツの西南端、スイス・フランスの国境にちかく、フライブルクという瀟洒な街があることをご存知だろうか。いわゆる大学都市の例にもれず、大学と街とが渾然と融けあった美しい街である。その大学の外壁にDIE WAHRHEIT WIRD EVCH FREI MACHENという鮮かな金文字が刻まれていた。いわく、真理は人を解放する、真理は汝を自由ならしめる、と。その名もフライブルク、自由城。七百年の歴史を負う由緒ある大学の壁を飾る、これ以上にふさわしい言葉があるだろうか。とおく故里をはなれ、失意に沈みがちであった青年の心が、いかにこの言葉によって鼓舞されたことか。仰ぎみる金文字は、黒い森《シュヴァルツヴァルト》の木漏れ陽に映えて、燦爛と輝いた。

◇　◇

学ぶことは迷妄をはらうことであり、不自由から脱却することである。見知らぬ街角に立って途方にくれる旅人に必要なものは名所旧蹟の案内であり、名物料理の所在であろう。学ばざれば罔《くら》し。むろん、それは安易な道のりではない。真理はむしろ彼岸であり、自由は所詮、極限概念にすぎない。融通無礙《むげ》な境地をめざすこと、そのたえまない道程にこそ、学ぶことの意味があるのではないか。こうして、学問が真理の彼岸において自己を解放するための営為であるとすれば、さしあたり目前の効用と結びつかない〝学問それじたい〟の存在が許されてよい筈であるが、その辺は議論の多いところで、大学が社会体制の一環である以上、現実には国家社会への貢献という見地を慮外することはできない。

沿革をたずねると、大学は、universitasという語義に窺えるように、中世ヨーロッパを母胎とする一種のギルドないし組合として自生したといわれる。学問に志す者の自由で開かれた団体であるところに大学の本質があった。もとより歴史の流れに棹さして大学はその圏外ではありえない。あら削りにいえば、大学が国家権力や教会勢力に従属を余儀なくされたとき、その活動は沈滞し低迷したのに対し、真理の知的探究をめざす場としてその自由を確保しえたとき、大学は甦った。元来、国家に有為な人材の養成を旨として官学的色彩の濃厚であったわが国の大学は、当初から国家権力との結びつきが強く、欧米とはかなり事情を異にするが、戦争や学制改革の波に翻弄されながらも、今日、学問・研究の自由がともかくも保障されていることは欣ばしい仕儀といわなければならない。

大学の理念はそれとして、いまや大学は多くの問題を抱え、その解決に呻吟している。高等教育の量的拡大が進行し、大量の偏差値世代を擁してなお十分な対応策を見いだしえないでいること、研究の高度の進展にともなって専門化が進み、学問そのものが方向感覚を失いつつあること、分野によっては知的活力の中心が政府機関や民間企業に移行し、大学がもはや学問的中枢に安座しえない状況が生じていること、等々。

やや筆が逸れた憾みがある。大学の当面する問題状況はなお大学で学ぶことの意味を否定するものではない。大学は知的欲求に富んだ同世代の人々の集合であることによって知的雰囲気を醸成し、その門をくぐる者に学問的環境を提供するであろう。大学で学ぶことの第二の意味は書物との出逢いである。ことばとの出逢いといってもよい。ことばはロゴスである。大学は過去の知的遺産を継承し、現に豊かな人的・物的設備をそなえることによって学問との触れあいの場を保障する。筆者には、数年にわたって考え抜いた結論が実は先人が何百年も前に到達した結論と同じであることを知って驚愕する、といった体験が一再ならずあった。学問の重みとでも形容できよう。大学を数年で通過する大多数の諸君にとっても、かりに、こうした学問の重みに触れる機会をもちえたとすれば、――たとえ自由の彼岸ははるかであっても――それなりに大学で学ぶことの意味があったといえるのではないだろうか。

（北大読書誌「延齢草」一四号〔一九八三（昭和五八）年三月一五日〕所収）

7　弁護士活動の光と翳

　やや旧聞に属するが、昨年の六月、北大法学部が創基四十周年の節目を迎えたさい、同窓の弁護士会有志によって盛大な（！）フォーラムが催された。〈現代における弁護士の社会的役割〉という、堂々たるテーマである。最近の大学キャンパスでは、この種の硬い演題はとかく敬遠されがちで、さすがに満席とはいかなかったものの、ひろい会場がかなりの聴衆で埋まったことは特筆に値するであろう。

　後輩たちのひたむきな視線を浴びながら、先輩たちは、職業がら臆する風もなく、滔々と熱弁をふるった。いわく、我いかにして弁護士になりしか。いわく、社会的腐敗や巨悪といかに戦うべきか。処はよし、母校の晴れ舞台である。いならぶ先輩諸公の姿がどんなに颯爽とみえたことか。

◇　　◇

後輩諸君の熱い視線が注がれたのも無理はない。それほどに、現代における〝弁護士〟とはきらびやかで〝カッコよい〟存在なのである。あるときは無実の容疑に泣く被告人を死刑台の恐怖から救い、あるときは社会の良識を代弁して消費者保護の問題や公害防止運動の先頭に立つ。おそらく新聞やテレビ番組に日がな弁護士の登場しない日を探すことは難かしいだろう。そうかとおもえば、在野法曹の立場から毅然として国家の立法政策を批判し、権勢におもねることなく、人権侵害の危険をアピールする。草木もなびく国際化の時代を迎えて、よろず国際摩擦の解消という面でも、弁護士のはたす役割は華々しい。

端的にいえば、後輩諸君の目に映る弁護士像は、現代のヒーローであり、正義の味方なのである。〝月光仮面のおじさん〟のイメージといってもよいであろう。ふと、そぼくな疑問が湧く。元来、正義の味方はむしろ検察官だったのではないか？　弁護士もむろん社会正義の実現を使命としているとはいえ、依頼人の私的利益に仕える分だけ、おのずと正義から遠のく面があるのではないだろうか？　とかく検察官を敵役として扱い、正義がひとり弁護士の側にのみあるかのような錯覚さえ抱かせるテレビドラマの風潮は大いに問題であろう。どうも検察がワリを食っている印象を否めないのであるが、司法研修を了えた段階で、検事への任官志望者が減っている原因の一端は、案外この辺に潜んでいるのかも……。

ともあれ、胸もとにひかる栄光の金バッジはだてではないのである。

◇　◇

光あれば翳ありで、当然のことながら現実の弁護士がつねに清廉で輝ける存在とはかぎらない。このところ正義の味方のイメージを裏ぎるような弁護士の不祥事が多発し、マスコミを賑わせている。たとえば問題企業の顧問弁護士として弱者泣かせの悪徳商法に加担したり、土地ブームに便乗して詐欺師顔負けの地上げを行ない、不動産業者を手玉にとったり、といったケースが報道され、話題を呼んだ。（ちなみに、それほどの社会性をもたない弁護士関連の非行を、まだ懲戒手続も決着していない段階で、大新聞が一面トップに扱うなど、やや節度を欠いた報道例も散見されることを付記しておく。）これまで、かならずしも十分には機能してこなかった弁護士の懲戒制度が、にわかに活況を呈しはじめたのは訝しむにたらないであろう。

戦後、昭和二四年に制定された現行弁護士法のもとで、弁護士ないし弁護士会には、行政府からの独立性を確保すべく高度の自治が保障されてきた。その背景に、かって国家機関の監督下におかれていた時代の苦い経験があることは述べるまでもない。とりわけ自治的な懲戒制度こそは、現行〝弁護士自治〟の要といえよう。現行制度の発足から四十年。その間、法や会則のレベルで、懲戒手続や不服申立方法の整備、参与員制度の新設など、多少の修正が行なわれたが、懲戒委員会・綱紀委員会の両輪を軸とする懲戒制度の根幹はそのまま維持されてきた。五千件をこえる請求例のなかで、懲戒処分に熟した例は百余件とつたえられる。先述の時代相のもとで、いま弁護士自治は自省の時期を迎えているとはいえ、問題は制度じたいをいたずらに改編することではない。弁護士の職責に対応する高度の職業倫理を確立し、懲戒制度の適正な運用をめざすのが筋道であろう。

筆者は、多年にわたって地元弁護士会にかかわる懲戒制度の一環に参与し、弁護士活動の自浄機構をいわば内側から注視する機会をもった。当然のことながら、発言には一定の節度を求められる。ただし、少くとも守秘義務にふれない範囲で、一般的な問題点を指摘することは許されるであろう。多少歯ぎれのわるい点はご寛容いただくとして、以下、若干の印象を交えながら、綱紀委員会の当面する問題点を述べることにしたい。

◇　　◇

ご多分にもれず、綱紀委員会の議にのぼる懲戒請求事件の数は、近年、鰻のぼりの傾向にあるが、むろんその全部に相応の理由があるわけではない。請求の大部分は、訴訟事件の当事者が弁護士に期待した訴訟上の成果をえられなかったことから、〝被害〟の救済、あるいは被害感情の満足を求めて懲戒を申立てるケースである。このばあい懲戒は公益的見地から行なわれ、いわゆる被害救済を旨とするものではないから、かりに手続の進行が被害者の救済につながったとしても、それはあくまでも懲戒制度の反射的効果にすぎないことを弁えるべきであろう。なかにはおよそ懲戒になじまないたぐいの問題について誰かれかまわず関係者の懲戒を求めるマニア風の例もあって、〝請求申立適格〟に疑問を抱かせるケースも稀ではない。もともと懲戒委員会に前置する形で綱紀委員会が設けられている趣旨の一半には、ストレートな懲戒のもたらす短兵急の弊害を回避し、根拠のない〝濫請求〟をチェックする意味があるとすれば、①たとえ申立どおりであったとしても、何ら背倫理性が認められないケース、②おなじく、訴訟の通常の経過にふくまれるべきリスク、あるいは明らかに訴訟技術ないし訴訟戦術の選択に属する問題、③公的ないし社会的な影響をもたない純粋にプライバシー上の問題、あるいは生理現象（？）のたぐい―については、実体論議に深いりすることなく、簡便な処理が許されてもよいのではないか。実さい、綱紀委員会の場における弁護士委員の真摯で熱心な論議は頭のさがるほどで、どんな事件でも仇（あだ）おろそかにしない綿密周到な調査や審議過程の実状を見るにつけ、少くとも一見して懲戒に親しまない〝濫請求〟のケースについては、〝手続経済〟の見地から配慮の余地があるようにおもわれる。

◇　　◇

そもそも懲戒処分によって問われるべき責任の理論的性質いかんは難かしい問題である。弁護士法五六条にいう「職務の内外を問わずその品位を失うべき非行」とは何を指すのだろうか。刑事法上の議論を類推して、このばあい、弁護士の負う責任が行為責任なのか、それとも人格責任なのか、がつねに話題となった。私の理解するかぎり、懲戒相当か否かの判断に際しては、一貫して行為責任の原理が支配してきたようにおもう。審議はつねに、不告不理のたてまえのもとで、申立にかかる個別事案が単独で懲戒事由を構成するかどうか、という見地から行なわれ、たとえば数個の案件が同一の被請求人にかかわるばあいでも、これを併合して扱ったり、あるいは事案をこえる日ごろの行状を勘案したりすることはなかった。あえていえば、問題はかならずしも刑法学上の論議と軌を一にしない。単なる非行ではなく、〝品位を失うべき非行〟が問われることから、行為責任が人格関連的であること、いいかえれば人格関係的行為責任として非行責任をとらえることができるのではないか。個別行為責任を基調としながらも、行状責任的側面を完全に拭いさることは難かしいだろう。

◇　◇

多彩な懲戒請求事件に直面して、綱紀委員会の採るべき結論が懲戒相当か不相当かの二者択一にかぎられることも一個の問題といえよう。選択の幅が極度にせまいために、苦渋に満ちた選択を余儀なくされることが多い。懲戒事由に一応は該当することを形式的には否定しえないばあい、処分相当・不相当の裁量が許されるかどうかについては見解の岐れる余地があるが、法五六条に列挙された事由の解釈に幅がある以上、懲戒事由該当性有無の判断にはおのずから実質的評価が介在することを避けられない。懲戒事由の判断基準として、つねに〝懲戒に値いする〟という実質的要件が潜むことを読みとるべきである。

請求人による請求の取下げや示談の成立、あるいは被請求人に真摯な反省の情がうかがえる、等の事情はどうか。これらの事情は、理論的には懲戒相当か不相当かの判断を左右しないとしても、結論がどちらに傾いてもおかしくないような限界的事案については、事実上、微妙な影響をもたざるをえないであろう。

運用の硬直化を回避する一つの方法は、委員会規程十一条を根拠とする綱紀保持のための具体的措置の具申である(法三一条Ⅰ項、法七〇条Ⅱ項参照)。たとえば懲戒相当の結論は酷にすぎるが、単なる不相当ではしめしがつかないたぐいの、弁護士会としての良識にかかわるグレイゾーン上の案件、あるいはそれぞれ単独では処分理由を支えるにたりない数個のマイナーな非行が別件ながら同一人に競合しているようなケースでは、会長名による指導・ないし厳重注意、等の措置が可能であろう。この種の意見具申もまた、綱紀委員会のはたすべき責任の一環と考えなければならない。

◇　◇

やや駄弁が過ぎたようだ。弁護士自治の要ともいうべき懲戒制度は、四十年の経験を積んで、いまや〝脚下照顧〟の時機を迎えている。綱紀委員会のレベルでは、関係人に対して判断理由ないしは結果をどの範囲で通知すべきかの問題、明らかな濫請求をどうチェックするかの問題、あるいは混沌として要領をえない申立事由の整理の問題、などが当面の課題として解決を迫られているが、綱紀そのものの粛正こそが根源であることは多言を要しない。その意味で、日弁連自らの手で遅ればせながら倫理綱領の再検討が進められていることは、問題の根源に迫るものとして評価できる。

願わくは綱紀委員会は活性化することなく、開店休業であってほしい。悪や腐敗に対し、自ら襟を正すことによって、現代における弁護士はより輝かしい存在となるであろう。

（「札幌弁護士会会報」二二四号〔一九八八（昭和六三）年七月号〕所収）

8　法の適用Q＆A

QUESTION　賭けマージャンなど法律で禁止されていることをしても罰せられないことがあります。法律ってそんなにいいかげんなものなのでしょうか。

ANSWER

設問に掲げられた〝賭けマージャン〟は、遊び好きの若者にとっては通過儀礼のようなもので、大方の学生諸君も一度や二度は誘われた経験があるでしょう。白状すれば私にも多少の覚えが……。もっとも、ゲームに興をそそる程度の安いレートでしたヨ。その辺はともかく、ついぞ〝悪友〟たちが逮捕されたり、罰せられたり、といった話を聞いたことがない。れっきとした賭博罪の規定があるのに、これはどうしたことでしょう？

さて、困りましたね。正面から答えにくいときは、搦め手から迫るのが定跡です。もし賭金の額を問わず、すべての賭けごとを厳禁し、処罰するとしたらどうでしょうか。たぶん日本中に罪人があふれ、警察や裁判所の機能は麻痺する、やがて人々は袁彦道《えんげん》から遠ざかり、それでも一向に懲りない面々は「何もこんな遊びごとまで……」とぼやきながらひそかな娯しみに耽る、といった戒厳状態が訪れるにちがいありません。どうも潤いがなくて息が詰まりそうです。

それではいっそのこと、賭博の禁を解いたらどうでしょうか。現に単純な賭けごとは罰しない、という立法例もあります。その辺は多分に立法政策の問題ですが、ばくち好きの国民性を考えると、わが国で全面解禁にふみきったとすれば、家産を傾けて妻子を泣かせたり、トラブルが昂じて血の雨が降ったり、といった修羅場が続出することでしょう。それもあまり感心しませんね。

むかし伊豫の国に竹内柳右衛門という奉行がいて、賭博の流行を防ぐために奇抜な方法を案出しました。賭博を解禁したうえで、負けた方が訴えれば、勝った方は賭けた金銭を残らず返さなければならない、という掟をつくったのです。こうなると、賭けごとに勝っても一文の得にもならない、恥ずかしい思いをするだけばかばかしい、というわけで、一挙に賭博が廃《すた》れた、という話が、明治の碩学、穂積陳重博士の名著『法窓夜話』に載っています。才覚はともあれ、手段を誤っている、合意のうえで賭博に加わりながら、負ければ訴えでて損失を免れるがごときは不徳の極みであって、賭博そのものより悪い、というのが博士の意見です。やや余談にわたりましたが、こんな形で賭けマージャンを押えこんだとしても、何となく空しいではありませんか。

全面禁圧は世の中が萎縮して好ましくない、さりとて全面解禁の弊害も放置できない、とすれば、真理はおのずから中間に求められることになりましょう。あれこれ考えてみると、〃一時ノ娯楽ニ供スル物〃を賭けたばあいを除いて、賭博を処罰する規定をおき、機に応じてこれを発動する、という現状は、案外いい線をいっているように思われます。法は決して眠っているわけではありません。目にあまる賭けごとの横行に対しては、きびしい法の適用が待っています。マスコミを賑わせてきた〃黒い事件簿〃を思い出してください。

いま、〈法の適用〉という言葉をつかいました。法の適用とは、法の内容を実現し、法の機能をはたすことです。法にもいろいろな種類があり、機能がありますが、さしあたり裁判規範と行為規範という側面を考えてみましょう。ある事態や行為に対して、裁判所は法を適用し、そこに規定された内容を実現します。しかし、たとえ裁判規範として用いられなくても、法が機能していないことにはなりません。たとえば賭博を罰する法が厳然と存在していることから、現に多くの人々が賭博に近づかない。あえて賭けマージャンに耽る人にも〃罪の意識〃というブレーキがはたらく。それが大きいのです。

これまで賭けマージャンの例に終始してきましたが、自動車のスピード違反と規制の関係などを考えると、さらにわかりやすいでしょう。どんなに僅かな違反にも目を光らせるとすれば、万人が規制の網から逃れられないはずです。叩けば埃の出ることはたしかでも、どの程度まで叩いて埃を出すのがよいかは、錯綜する多様な利害の衡量によって決まる、といってよいでしょう。法にはつねにグレイゾーンがあります。いいかげんといえばまことにいい加減ですが、存外いいかげんなところにこそ法の妙味があり、人間味があるのかも知れませんね。その先はこれからじっくりと学んでください。こんな難かしい問題が簡単にわかるようなら、君は大天才ですよ。

（法学セミナー四一二号〔一九八九（平成元）年四月〕所収）

9　書評・団藤重光『死刑廃止論』

一　死刑、この非情にして絶対なるもの。それは古来、殺人者へのタリオとして、あるいは殉教者の負うべき栄光として、歴史を鮮烈に彩ってきた。いかに多くの生命が、死刑の名のもとに贖われたことだろうか。人はこれを〝文明の野蛮〟と呼び、〝現代の恥辱〟と呼ぶ。とはいえ、死刑による応報的正義の顕現を求め、兇悪犯罪の抑止を恃む、〝死刑信仰〟も根づよい。死刑は依然として、古く、新しい問題である。

二　いわゆる〝間〟主体性の法理や動的刑罰論を唱導し、ながらく学界をリードしてきた大先達、団藤重光博士が、このほど『死刑廃止論』を上梓された。つとに学生時代から、その謦咳に接しながら、死刑の存廃にかぎってはいま一つ〝ふっきれない〟思いを抱きつづけていた者として、博士がこれほど鮮明に死刑廃止の立場をうち出されたことに、目の眩むような衝撃を覚えた。

三部構成をとる本書の第Ⅰ部「死刑廃止を訴える」は、一昨年の暮れ、日比谷公会堂で催された〈死刑廃止条約の批准を求めるフォーラム'90〉の際の講演で、行間に、象牙の塔を出た碩学の切迫した思いを読みとることができる。

つづく第Ⅱ部「死刑廃止を考える」では、誤判を導く構造的な要因の分析や、殺人罪ないし政治犯罪と死刑との関連、洋の東西にまたがる死刑廃止論の思想的系譜、などが縦横に説かれる一方、主体性を重視し、人格形成の無限の可能性を認める著者の理論的立場がついに死刑という残酷で硬直した刑罰とあい容れない消息が論じられる。国連で採択された〈死刑廃止条約〉の克明な解説も、時宜にかない、貴重である。全篇、死刑廃止の訴えを理論的に補強すべく、話し言葉で書き下ろされたもので、綿密な注とともに、本書の白眉といえよう。

第Ⅲ部「死刑についての二、三の省察」は、一九八五年、上智大学で行われた講演の記録である。以前、『この一筋につながる』に採録されたものの転載で、一歩退いた省察ながら、第Ⅰ部の姉妹篇といった趣があって、興味ぶかい。

三　本書で展開される死刑廃止論は、一貫して、誤判による無辜の処刑が人道上許すべからざる最大の不正義であることを根拠にしている。著者は、誤判の可能性が死刑制度に必然的に内在していることを確信、〝誤判によって無実の者が処刑される危険〟という言い古された議論こそ、死刑廃止論の最後の決め手になると説くのである。明治以降、無実者処刑の虞れは、たえず抽象的な危険性のレベルで囁かれてきたが、生身の被告人を裁く、という抜きさしならぬ実務体験を通して、これほど率直に、その現実性が肯認されたことはなかった。この勇気ある発言にふくまれる限りなく重い意味を考えると、戦慄がはしる。

著者の廃止論は、むろん誤判の危険を唯一の論拠とするわけではない。犯罪の予防という刑事政策面からも、あるいは応報を基調とする正義論の見地からも、死刑制度の維持すべからざるゆえんが諄々と説かれる。その間、死刑と他の刑罰のあいだには質的な懸隔があり、死刑を存置したままでは罪刑の均衡という理論的要請に応えられない旨の指摘、あるいは事実認定や量刑が多くの微妙な要因に依存している制度の現状は、死刑という幅のない硬直した刑罰の存在になじまない旨の主張、などは、存置論に対する理論的批判として傾聴に値するであろう。

四　著者によれば、死刑廃止の問題は本質的に心の問題であり、実践の理論の問題であり、さらには実践そのものの問題である。知行合一を旨とする陽明学の流れを汲み、〈この一筋につながる〉を生活信条とされる団藤博士の全行程、学理と実務にまたがる業績のすべてが、いまや一筋につながって、死刑廃止の奔流を形づくっている様相は、壮観というほかない。この滔々たる奔流をまえに、たとえば誤判の可能性は死刑に特有の問題ではない、というたぐいの批判は、その迫力を失う。あえていえば、〝合理的な疑いをこえる程度の心証〟を得ながら、なお〝一抹の不安〟を抱いたまま死刑判決を維持しなければならない、という事態そのものに釈然としない思いが残るとしても、それはたぶん、枝葉の議論にすぎないであろう。死刑の存廃は、条約の批准という課題に当面して、否応なく、実践の問題である。非道な殺人に対する応報という個人対個人のレベルをこえ、いわば法の高みにおいて、人を赦す勇気と寛容をもてるかが、いま、各人に問われているのではないだろうか。

五　さる三月七日、かつてフランスが死刑を廃止した当時の法相バダンテール氏を迎えてフォーラムが催された際、壇上には団藤博士の姿があった。つたえ聞くところによれば、この二年あまり、わが国では死刑が執行されていない。死刑、この非情なるもの。疑いなく本書は、万人に対する啓蒙の書であり、死刑廃止を念う人々のバイブルといえるであろう。

（ジュリスト九九八号〔一九九二（平成四）年四月一日〕所収）

10　〈いのち〉

ＮＨＫの大河ドラマ「いのち」が、深い余韻をのこして終った。さすがに重いテーマだけあって、末期医療のあり方やがん宣告の是非、あるいは仁術と算術の微妙な葛藤、など多彩な問題をふくみ、ずっしりと見応えがあった。いったい、人の生命（いのち）はどれほど測りがたく、どれほど尊いのだろうか。

他愛ない話で恐縮ながら、人体の〝物質的〟価値について何かで読んだ記憶がある。人のからだは、重量の三分の二を占める水分を除くと、炭素や酸素、カルシウム・硫黄・燐などの乾燥物質から成り、男一匹、その物質としての価格はせいぜい一万円程度という。もちろん小錦や大乃国クラスなら、優にこの三倍くらいが相場であろう。これが生命の宿るところ、つまり生命そのものの物質価値かと思えば、何とも侘しい。

かたや判例にいわく、「生命は尊貴である。一人の生命は全地球より重い」（最判S・23・3・

21)。この一節は、結局において死刑を肯定した判例のまくら言葉であってみれば、いささか羊頭狗肉のそしりを免れないが、ともかくも生命の尊厳を謳いあげた、格調たかい比喩といえよう。身を鴻毛の軽きになぞらえた戦時下の生命観からみると、まことに隔世の感がある。

ところで、生命が至高であり、尊厳であることは、その価値が〝絶対〟で〝無限大〟であることを意味するのだろうか。およそ生命が絶対・無限大であるとすれば、生あるかぎり、その価値は不変である。たとえ死に瀕した生命であろうと、どんなに悪虐非道な人の生命であろうと、その理は変わらない。それはどんな状態のもとでも、つねに絶対・無限大でありつづけることになる。

はたしてそうなのだろうか？　この際、人それぞれ、生命の価値が不平等だ、などと主張するつもりはさらさらないが、すくなくとも全地球より重い、というたぐいの無限大思考には、理念としての虚構があるように思う。それは生命をめぐる多様な現実問題に直面して、しばしば、それ以上先に進むことができない膠着状況へと導く。無限大の壁にぶつかるとき、今様にいえば、思考はぷっつんと切れてしまう。

死の定義をめぐる最近の論争にも、じつはこの種の問題が潜んでいる。いまだ心臓死にいたらない脳死の段階がなお〝生〟であるとすれば、いかなる理由があろうと、死と直結する手術をジャスティファイすることはできない、心臓移植に途を拓くためには死の基準そのものを変えるほかない――。脳死説はこう主張する。いかなる状態におかれようとも、生命はつねに絶対・無限大の価値をもつ、という思考の帰結といえよう。

このばあい、死を〝過程〟ととらえる柔軟な考えかたが許されてよいのではないか。脳死段階を迎え、すでに不可逆な死の過程にはいった生命は、それ以前の生命と質的に段階を異にする。誤解を恐れずにいえば、生命としての保護価値は相対的に減少する。あえて死の定義を変えなくても、厳格な条件のもとで、臓器移植を正当化できるのではないだろうか。

本欄で扱うにはやや重すぎる話題になってしまった。ドラマの余韻がつい筆を逸(はや)らせたようである。

（ジュリスト八八〇号〔一九八七（昭和六二）年三月一五日〕所収）

11　千里を照らし、一隅を守る

はじめにロゴスありき。ロゴスとは言葉である。人はそれぞれの心にひびく言葉によって鼓舞され、これを支えとして生きることが多い。つね日ごろ私も〈流水先を争わず〉、〈一隅を照らす〉などの言葉に共感し、座右の銘として心に刻んできた。後者は、栄達を求めず、利害に汲々とすることなく、黙々と分をはたす、そんな意味あいの言葉として定着している。思いつくまま、この玄妙な言葉の周辺を、巻頭随想のテーマとしてとりあげることにしたい。

一隅を照らす（照于一隅）、ことを信条としながらも、この世の片隅を照らす〝姿勢〟が定かでない点にやや不満を感じていたところ、たまたま数年前、その意味をめぐって天台宗の教義にかかわる大論争が展開されていることを知って、目から鱗のおちる思いを味わった。九世紀のはじめ、延暦寺の開祖最澄が山家学生式のなかで説いた〝国宝〟の養成とは、いったいどんな人間像を指すのだろうか？　原文は「照于一隅」ではなく、実は「照千一隅」であり、〈千里を照らし一隅を守る〉と読むのが正しい解釈ではないか？　というのが論争の骨子である。一見、于か千かの細かな穿鑿のように見えて決してそうではない。照于が誤読であり、照千が正しいとする新説には、字句の解釈としてやや無理があるような印象もないわけではないが、いわゆる一隅論争はどうやら〝照千説〟の側に軍配が挙がった。司馬遼太郎が描く「空海の風景」からも、最澄の高邁で謙虚な人柄を窺うことができよう。千里を照らす視野と高い識見をもち、しかも黙々と一隅を守る……。論争の背景や教義の当否はともあれ、何とすばらしい生き方ではないか。

ふと、地球環境問題の論議に際し、ひろく唱道されてきた〝Think globally, act locally.〟という言葉が思い浮かぶ。地球的規模で考え、地域に根ざして行動せよ、というほどの含意であろう。北海道大学に在籍し、北の自然を守る運動に携わっていたころ、この言葉はたえず私を励まし、揺るぎない指針を示してくれた。省みれば、前掲の言葉はまさしく〈千里を照らし一隅を守る〉という新解釈の座右銘と重なることに気づくのである。一期一会ならぬ一語一会。すばらしい言葉との出逢いは、周辺に豊かな波紋を広げてゆく。

昨年六月、司法制度改革審議会の最終意見書が公表され、いま〝戦後最大の改革〟といわれる司法制度の改革が進行している。裁判員制度の導入等とならぶ、その重要な柱の一つが〈法の支配〉の直接の担い手たる法曹人口の拡大にあることは多言を要しないであろう。意見書は、いわゆる法曹を〝社会生活上の医師〟と呼び、従来のような司法試験という〝点〟による選抜に代えて、〝プロセス〟としての法曹養成制度を提案した。そのかなめに位置するのが、いわば法曹養成に特化したプロフェッショナル・スクールとしての法科大学院にほかならない。

〝草木もなびく〟という形容には誇張があるとしても、いま、法科大学院問題は、全国の法科系大学や研究機関を大きく揺るがせている。いったい、日本版ロー・スクールは、どんな法曹の養成をめざすのだろうか。前掲の最終意見書は、専門知識や創造的思考力、幅ひろい問題解決能力などの専門的資質・能力の習得とならんで、『かけがえのない人生を生きる人々の喜びや悲しみに対して深く共感しうる豊かな人間性の涵養・向上』を教育理念として掲げた。きらびやかで、尤もな提言というほかないが、あらためて思いを凝らせば、そこに指標とされている人間像もまた、帰するところ、〝千里を照らし一隅を守る〟人物そのものといえるのではないか。〝社会生活上の医師〟であるためには、千里を照らす専門的知見に加えて、市井に生きる人々の抱える問題や悩みに共感し、黙々と法的実践の一角を担う姿勢が求められる。〝照千一隅〟の生き方は、数多の職業人のなかで、とりわけ法曹にこそ期待される資質と解さなければならない。

法曹人口の拡大という要請の背景には、述べるまでもなく、法曹の大部分を占める弁護士の大都市圏集中という問題がある。高い識見と志をもって一隅を守る法曹の養成によって、弁護士人口の地域的偏在という難題も、おのずから解消するであろう。ただし、一隅を守るという表現につき纏う〝黙々と〟というイメージについては、弁護士という職業柄、やや違和感を免れないが……。

（「現代刑事法」三六号〔二〇〇二（平成一四）年四月〕所収）

Ⅳ　社会の木鐸

——新聞論稿

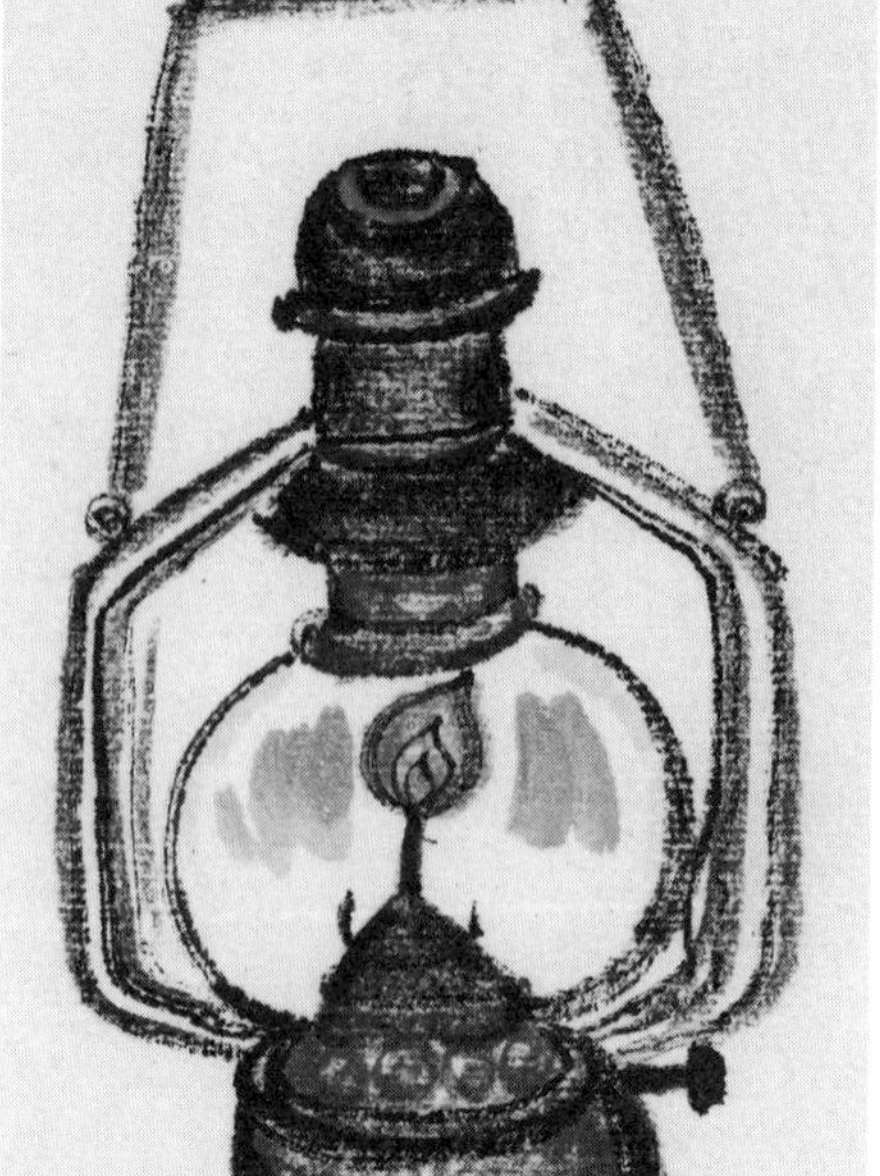

新聞は混迷の時代を照らす灯であってほしい

〈解　題〉

◇……三十数年間におよぶ北海道大学在職中、北海道新聞を中心に、終始ジャーナリズムとは深い関係があった。従前に比べて、刑事裁判や犯罪事件に関する関心が高まりつつあった当時の世相との関連も否定できないであろう。テレビ出演の機会も多く、日常的に起こる事件についての談話やコメント記事となると、〝自然体〟で即席の対応をするほかなかった。

◇……本章には雑多なインタビュー記事やコメント類を除き、多少肩肘はった文化欄ないし社会面掲載の論稿を数篇えらぶ一方、新聞批評の一例として、四回にわたる直言シリーズの論考を掲げた。

1　直言

――道新を読んで(1)

〈求められる複眼的思考〉

新聞とは何か、を絶えず自問しながら、二週間分の道新を読んだ。縦横・大小の見出しを追い、関心をひく記事を精読し、改めて、その多彩で膨大な情報量に驚く。一紙で大方の需要を賄う主読紙、もしくは総合新聞として、道新はいまや質量ともに、かなりの高水準に達しているといってよいであろう。とはいえ、眼光紙背に徹することがわれわれ〝オンブズマン〟に託された任務である。多角経営や広告のはんらんにうかがえる新聞の企業としての側面に斬り込むことは難かしいが、その辺の限界をわきまえたうえで、ここ半月ほどの紙面を通覧し、わが木鐸（ぼくたく）の音色を聴くことにしたい。

※地域的話題強調のあまり…

激動の時代を反映して、防衛費問題や対米自動車問題、あるいはローマ法王の来日、五十六年度予算案をめぐる与野党の攻防、国鉄赤字線の廃止問題、などの記事が連日にぎやかに紙面を彩った。日ソ関係や日韓関係にも新しく胎動の兆しがある。これらの記事に伍して、道内問題、とりわけ大詰めを迎えた赤字線問題を大きくクローズアップした扱いは、いかにも道新的といえるであろう。

おそらく内外の諸懸案や日々のニュースを何面に振り分け、それぞれにどのような比重を与えるかは、編集上もっとも神経をつかう点かと推察されるが、全国記事と道内記事とのバランス、という見地からは、そこに多少の注文がないわけではない。なるほど、全国紙にありがちな、地方の大事をさしおいて中央の些(さ)事につきあいを強いるたぐいの違和感がないことは道新の長所である。半面、これまでの紙面には、とかく地域的話題を強調するあまり、ともすれば読者にアンバランスな印象を与える傾きがあった。念のためつけ加えれば、ここでいうバランス感覚とは、決して中央志向に立つという意味ではない。ブロック紙としての特色を保ちながら、なおかつ全国的視野からも均衡を失しない紙面構成を期待するのは欲張りにすぎるだろうか。

専門がら事件報道には格別の関心がある。発生後五年を経た道庁爆破事件の裁判状況や梅田再審事件の新たな進展が報じられ、話題を呼んだ。道新がこの種の事件を重視し、息ながく経過を追っていることは、当然ながら地元紙として好ましい姿勢といえよう。

事件報道の分野では、従来、地元にかかわる事件の速報にあたって、参考人にいち早く容疑者のらく印を押したり、あるいは恩赦や再審の問題について、社会的期待に支えられた希望的観測を、あたかも当局側の既定方針であるかのように印象づける、たぐいの〝勇み足〟もなかったわけではないが、このところとくに行き過ぎはないように思う。被疑者の実名や敬称の問題については、いずれ別の機会に言及したい。

※根は深く広い校内暴力

いまや全国にまん延しつつある校内暴力の問題についても、「シリーズ評論」につづき、かなりの紙面が割かれた。三月二日付「記者の視点」は、札幌市内某中学で起きた事件の背景を多角的に探り、受験体制下の教育のゆがみをつく。問題の根はふかく、ひろい。複雑・混迷の時代にサオさして、いま求められているのは、よろず複眼的思考であろう。

青春の哀歓ただよう受験の季節。年中行事とはいえ、国公立大学の二次試験、公立高入試がいっせいに行われ、道新も恒例の入試風景を伝えた。入試関係の報道はまことに懇切で、サービス過剰？の気味がある。たとえば二月下旬から三月にかけて連日のように掲載される各種学校の合格者名一覧なども、裏方の苦労は並たいていでないはずであるが、それなりに効用が大きいのであろう。

いずれにせよ、校内暴力や少年非行・入試の在り方などをふくむ広義の教育問題は今後、長期の展望に立ってとりあげられるべき根源的な課題だろう。私は、教育問題を単に学歴社会とか受験競争の問題といった角度からではなく、旧世代が新世代に何を残し伝えるべきか、次代の選択にゆだねるべきものは何か、という見地から、いわば世代継承の問題としてとらえるべきものと考えているが、従来の教育論議にはこのような視角が欠けていたように思う。

※文句なく楽しい日曜版

軟らかい欄に目を移すと、とりわけ日曜版は文句なく楽しい。以前に載った古城めぐりも圧巻であったが、目下連載中の世界食べ歩きもまことに好企画である。日曜日の朝、いながらにして、マレーシアの焼き鳥やハワイのルアウを味わう。眼福というべきか。子どもと考えるパズル欄も楽しみの一つ。その他、連載物では、昨年度のヨーロッパ編につづいて、「思索の旅」アメリカ編が始まった。日米関係のルーツを探ねて、滑り出し好調である。

夕刊連載の小説「冬の祭り」が二月末で完結。何とあやしい幻想的な作品であったことか。この作品の評価は褒貶（ほうへん）あい半ばするであろうが、これをけなす人は、「じわっと蝮（マムシ）に曲げた十本の指の爪」でヒロインの法子につかみ殺されるかもしれない。

（北海道新聞〔一九八一（昭和五六）年三月九日〕所載）

◇

この評論は、朝・夕刊とも最終版をもとに執筆されました。

次回は二十二日付朝刊に掲載

直言

――道新を読んで(2)

〈訂正記事が信頼つなぐ〉

ある外国機関の調査によれば、日本は世界で最も〝開かれた国〟であるという。開かれた度合いをはかる標識こそ実は問題なのであるが、マスメディアによる情報の選択に際し、どの程度のタブーがあるかは、少なくともその有力な指標となるであろう。

ここ半月余り、ライシャワー発言に端を発する核ショックが疾風のように日本列島を駆け抜けた。戦後史のとうとうたる流れの中で、被爆国としての祈りを込めた非核三原則は、果たして虚構にすぎなかったのだろうか。まさしく巨大なタブーへの挑戦である。その間、核ショックに追い打ちをかけるように、イスラエル空軍によるイラク原子炉の破壊（6月9日付朝刊）が伝えられ、改めて核問題の深刻さを印象づけた。

※タブーに挑む〝開かれた新聞〟に

新聞報道には、原則としてタブーがあってはならない。新聞は常に真実に対し、またひろく読者に対し開かれるべきであり、そうであってこそ〝開かれた新聞〟の名にあたいする。国運をかけた選択に必要な真実はいったい何なのか。〝第四の権力〟とさえ呼ばれる新聞の責任は、その開かれた性格のゆえに、かぎりなく重い。

タブーからの解放、という意味では、中国関係の記事もこのところ面目を一新した。ひところは、偉大な毛思想のもと、いまや新生中国にはハエ一匹いない、というたぐいの極度に儀典的な報道が多かったが、「中国雑記」（6月1―11日付夕刊学芸面）「中国式。なんでも見てやろう」（同5日付夕刊）などを読むと、様がわりを痛感する。

※教員の適正配置も高校の課題

道内関係では、ミニヤコンカ遭難事件や公立高の入試制度改革、あるいは函館テクノポリス開発構想、赤字ローカル線の廃止問題等の記事が紙面をにぎわせた。前回のこの欄で、全国記事と道内記事のバランス、という視点を述べたが、そのことはむろん、本紙のようなブロック紙が、全国的視野に立ったうえで、地元の関心にこたえ、地域の話題をクローズアップすることに異を唱えるものではない。ここ二週間ほどの本紙を通覧すると、概してはバランスのとれた妥当な紙面構成であったと思われる。多くの人命をのんだ山の悲劇についてかなりの紙面が割かれたが、山の掟(おきて)にうとい筆者としては、ただ黙とうするほかに言葉を知らない。公立高学区の細分化問題も大きな反響を呼んだ。たしかに、学区の細分化によって〝玉突き現象〟を解消し、学校間格差を是正し、ひいては地元高校を育成する、という名分はそれなりにうなずける。ただ、私見によれば、学区制の問題を考えるうえで、教師の側の適正配置という問題を避けて通ることはできないはずであるが、筆者の読みおとしでなければ、この点に触れた解説がなかったことは残念である。この辺の配慮がないと、せっかくの名案も父兄の不安をぬぐうにはいたらないであろう。

教科書の改訂その他の教育問題に関しても、多彩な分析記事ないし調査記事が寄せられた。5月6日以降、夕刊長期連載の「子どもの風景」が完結。いったい子どもたちが何を考え、教室で何が起こっているのか。〝突っぱり〟の背景や自殺への暗い衝動、あるいは豊饒(じょう)のなかの貧困ともいうべき荒涼たる同棲(せい)風景など、奥ふかい世界を浮きぼりにした。出色といえよう。

数行の小さな訂正記事がわが家に灯りをともし、少なくとも一人の幼い愛読者を〝新聞ばなれ〟から救った。日曜版パズルランドで「どこが違う」の解答訂正記事（6月3日付朝刊）である。毎週、目の保養と老化防止を兼ねて、娘ともどもたわいない間違い探しに興じているが、八カ所という間違い個所の指摘に対し、娘は九カ所の誤りを指摘して譲らない。新聞全体の膨大な情報量からみれば、とるにたらない些事（さじ）ではあっても、読者は全体を読むわけではないから、自分の射程範囲で出会った記事の誤りは意外に重みを持つことになる。もしこの訂正記事がなければ、小さな心に芽生えつつあった新聞への不信はいやされることなく増幅したであろう。今後とも、よろず誤りを正す勇気を望みたい。それにつけても、この種の単純な客観ミスはともかく、過去に多くの例があるように、いわゆる予測報道や傾向報道が正鵠（せいこく）を失した場合の軌道修正や、失われたものの救済はいかに難かしいことか。その回復しがたい波及効果を思うにつけ、新聞の負うべき責任はまことに重大である。

※見出しに洒脱さ期待したい

残りの紙面を利用して〝見出し〟の問題にふれておきたい。情報のパイロットとして見出しの果たす役割・効果は述べるまでもないが、本紙の特徴である生まじめさは、たぶんに見出しにも反映している。ユーモラスな見出しは思わず微笑をさそい、内容への親近感を増す。たとえそれが巨人の一〇連勝ストップにからめた「巨人連勝九停車」(9日付朝刊)というたぐいのだじゃれであっても。硬質に流れがちな紙面に潤いをあたえるべく、見出しに洒脱(しゃだつ)さを期待したい。

(北海道新聞〔一九八一(昭和五六)年六月 四日〕所載)

◇

この評論は朝・夕刊とも最終版をもとに執筆されました。

次回は二十九日付朝刊に掲載

直言

――道新を読んで(3)

〈ときには社運をかけた警世の提言も〉

悠久（ゆうきゅう）の時の流れが、また半月ほどの時を刻んだ。ポーランドやイラン情勢の激動、行革問題や鈴木首相の北方領土視察、あるいは女子銀行員の逃避行事件、等が連日にぎやかに紙面をかざった。その間、わが国戦後の光明ともいうべき湯川博士の訃(ふ)報。世界柔道を制して晴れやかに笑う山下選手の童顔。敬老の日を前に寄るべない老人の孤独な死…。

明暗すべてを包みこんで、光陰は淡々と流れてゆく。新聞は、この流れの冷静な観察者であり、温かい証言者でなければならない。本欄は新聞批評欄であって社会時評の欄ではないから、紙面を通じてうかがえる世相談義は控えよう。わが木鐸（ぼくたく）の音色は概して澄明であった。小樽運河の測量問題や道知事選の胎動、国鉄赤字線問題などをクローズアップした扱いも、地元紙の姿勢としてうなずける。

※速報と読者の意識に隔たり

マスメディアはしばしば第四の権力と呼ばれる。世論の形成におよぼす圧倒的な影響力に着目した表現であろう。多様化したメディアのなかで、新聞はなお相対的に大きな比重をもつ。それは〝正義の味方〟であると同時に、ペンの暴力と化する危険を内包している。新聞はこの点をたえず自戒しなければならない。

やや巨視的に新聞の在りかたを考えてみると、今日、新聞に求められる第一義的な視点は、報道内容の正確さ、ないしは的確さであろう。それこそが新聞に寄せられる信頼の原点であり、報道の〝速さ〟は、むしろ二次的な要請とみてよいのではないか。私は道新と全国紙とを併読しているが、この二週間、すでに全国紙で接したのと同一の記事が道新では一日か半日遅れて扱われていた例もある半面、道新の記事の二番せんじを全国紙で読む、という逆の例も一再ならず経験した。克明に対照するまでもなく、せいぜい一日程度の記事の遅速は、一読者の立場からすると、実はさほどの関心事ではない。テレビ等の同時性ないし即時性をもった媒体の普及は、いまや新聞に対する期待に若干の変質をもたらしているのではないか。〝新〟聞である以上、いわゆる〝このほど記事〟の多用が好ましくないことは当然として、多少の出遅れは、綿密で正確な背景記事を充実させることで十分に穴埋めできるはずである。

記者の面目をかけて速報に情熱を燃やす新聞人と読者との間に、この点どうも意識の隔たりがあるように思う。もっとも、隠された重要問題の発掘、という意味でのスクープの効用はさしあたり別論であるが…。

※「領土視察」で両論併記は評価

新聞が拠（よ）るべき第二の視点は、その公平性である。およそ物ごとには盾の両面があるから、報道対象の一面だけを強調し、あるいは特殊党派的な立場に立つことは避けなければならない。それぞれ理由のある両論があれば、公平に併記して読者に提供すべきである。たとえば現職首相として初の北方領土視察にも褒貶（ほうへん）あい半ばする見方があった。道新が公正にその両論をつたえたことは、偏らない報道という意味で評価に値する。念のためにいえば、公平性とは積極的な主張を控えよ、という意味ではない。社説に代表される意見報道の形成過程は不案内であるが、全社的討議をへて十分確信に達した主張であれば堂々と展開すべきである。権力におもねらず、世評に迎合することなく、国運を左右する重大な選択について、ときには社運をかけた警世の提言があってよいのではないか。この面での道新の主張は、これまでやや微温的で八方美人にすぎたという印象を免れない。

大新聞としての信頼を支えるいま一つの要素として、節度または品格とでも呼ばれるべき視点をあげよう。いたずらにのぞき趣味を刺激したり興味本位に流れないこと、人権・プライバシーに配慮すること、社会的視野を失わないこと、等が大新聞の風格につながる。

他面、紙面に潤いをあたえるユーモラスな記事や見出しは大歓迎。前回も見出しの効用にふれたが、今回も人気タレントの失言問題と関連して「謝るはヤスシ」というたぐいの傑作があった。

※人権の配慮と公共性調和を

ところで、以上述べた公共新聞の在りかたが、日常具体的な影響を伴う形で最も先鋭に問われるのは、ほかならぬ事件報道の分野であろう。とりわけ犯罪がらみの事件報道は、とかく潔癖で、しかも連座意識のつよい日本的風土のもとでは、司法による断罪に先だって、人を社会的に葬る虞(おそ)れさえはらんでいる。先入観にもとづく誤った犯人像の伝達や、火元の誤報などの及ぼす不測の影響をおもえば、何より記事の正確さが肝要である。道新にも過去に勇み足がなかったわけではない。その場合、訂正や謝罪をためらわないことこそ、信頼を回復する唯一の途であることに留意すべきである。

事件報道の面では、さらに、仮名か実名かの問題、敬称の問題、公人のプライバシーにかかわる問題、等々、とりわけ微妙で困難な問題が多い。いま詳しく論ずる紙幅はないが、基本的には人権への配慮と公共性との調和という視点を据えたうえで、具体的な利益衡量（こうりょう）が必要となろう。さしあたり少年ないし未成年者、障害者についての不利益報道は仮名、成年者でも逮捕ないし書類送検以前の手続き段階では仮名または敬称扱いが穏当であるが、事案によって一概にはいい切れない。

女子銀行員の大金詐取事件に例をとれば、初めて道新に登場した九月六日以降、逮捕状を前提に敬称抜きの実名で報道され、一方、共犯の側については容疑の固まった段階で仮名から実名に変わった。やや扱いが派手にすぎる、という程度の印象を別とすれば、一応妥当な扱いと見ることができよう。

（北海道新聞〔一九八一（昭和五六）年九月二一日〕所載）

◇

この評論は朝・夕刊とも最終版をもとに執筆されました。

次回は十月五日付朝刊に掲載

直　言

――道新を読んで(4)

〈信頼支える原点は正確さ〉

かなたポーランド情勢は日ごとに緊迫の度を加え、こなた不況の色濃い巷(ちまた)には、冷たく師走の風が吹く。たとえ懐にはボーナスの余韻が残ろうと、夕張鉱の悲劇に思いをはせてか街ゆく人の足どりも重い。大阪空港訴訟の判決や原発公聴会の開催をめぐる波紋。飛鳥田社会党委員長は珍しく(?)新聞の予想どおり三選をはたし、恒例の予算復活折衝も大詰めを迎えて、大状況・小状況こもごも、ようやく激動の一年が暮れようとしている。〃読者が選ぶ十大ニュース〃もにぎやかに出そろい、あらためて年の瀬の感慨を呼ぶ。

いったい世界はどのような問題を抱え、澎湃（ほうはい）たる時代のうねりはどこへ人々を導こうとしているのか？　新聞こそはその水先案内であり、不透明な状況を照らす道標でなければならない。

※腑におちない刑法改正報道

さて、マス・メディアの多様化した現在、新聞に期待される役割にも相対的な変化がうかがえるが、その真価は、とりわけ調査報道や発掘報道の面で発揮されるであろう。ジャンルのいかんを問わず、新聞への信頼を支える原点は報道内容の正確さである。はたして新聞報道は信頼にこたえているだろうか。かねて筆者が関心を寄せているテーマについて、やや腑（ふ）に落ちない報道状況があったので、あえて一言したい。

今月初め、法務省が次期通常国会に提出する刑法全面改正草案の方向と骨格を固めた、旨の記事がある全国紙の一面トップを飾った。その内容はといえば、二十年近くこの問題を注視し、フォローしてきた立場から見ると衝撃的な軌道修正で、思わず目を疑った。我田引水の気味はあるが、ことは国家百年の命運にかかわる大問題である。事実とすれば、まさに問題の比重にふさわしい扱いといえよう。ところで、ふしぎなことに（筆者の読み落としでなければ）この記事に対する反響の紹介や追跡記事が全くないままに半月余りを経過した。

かりに某紙のスクープであったとしても、治療処分の新設をふくむ懸案の大問題である以上、遅ればせながら他紙の側にも報道の責任があるし、逆に確たる根拠を欠いた〝勇み足〟であったとすれば、すみやかに陳謝ないしは釈明があってしかるべきケースである。ようやく25日付本紙の朝刊は、法務省が二十四日、「刑法改正作業の当面の方針」を決めたという形で、某紙報道と微妙にちがう内容を報じた。その間、別の新聞は、改正草案の通常国会提出見送りをつたえている。単なるリーク（意図的にニュースをもらす）として片づけるにはあまりに不確かな報道状況であり、報道機関の負うべき責任あるいは記事の信頼性について考えるところがあった。

※より客観性に近づく努力を

新聞報道のはたす役割をめぐって別の視点をあげよう。一般に新聞の記述は、やや硬質な文体も幸いして、いかにも客観的でことがらの真実をうがっているように見える。しかし、第三者の立場で記事に接するかぎりの印象と、事件や問題の渦中にあって内側から見る際の印象とは必ずしも同じではない。卑近な一例であるが、本紙の伝える大学関係の記事、例えば学寮経費の負担区分にかかわる記事なども、多年にわたって問題の経過を熟知している目で見ると、報道内容自体には別段誤りがなくても、記事から受ける全体の心証にはどこか実相から隔たる感じがある。たまたま筆者の携わった地元の市民運動に関する記事にも、これに近い微妙な違和感があった。とりたてて指摘するほどの誤認はないが、そこに形成される印象はどこかちがう。多かれ少なかれ、すべての記事について関係者は同様の印象を持つだろう。

いったい、〝客観〟とは何だろうか。結局は主観を通した客観しかありえない。事態の内側にあって自分が真実と考えていること自体が一面の真実にすぎないのではないか。渦中にいるがゆえに、樹(き)を見て森を見通しえない弱みがあるのではないか？　平凡ながら、それは一つの発見であった。

広く第三者に事態を報ずると同時に、関係者に対して別な視角を提供するところにも、実は新聞の大きな役割があることに思いいたって、目から鱗(うろこ)のおちる思いを味わった。記事の客観性もむろん主観を媒介とする以上、より客観に近づくべき記者の責務はまことに重い。

※量的な意見分布を示すべき

教育問題はいまや天下の大義である。本紙は渡島管内森中の統合問題に端を発する一連の紛争や新しい高校学区制の施行に伴う各地の動揺を伝えた。地域によってはなお未解決の問題がある。

〝十五の春〟を機械的な数字合わせや行政効率だけで割りきることは難かしい。「読者の声」欄にも傾聴に値する意見があった。本紙が声欄や「はいはい道新」の欄を設け、〝開かれた新聞〟をめざす姿勢は大いに評価できるが、賛否両論を取捨選択する場合、公平の見地からはその量的な意見分布を示すべきであろう。

妙なもので長年同じ新聞になじんでいると、紙面に情が移って愛着がわく。醒（さ）めた目で批評を心がけたが、直球を投ずべきところ曲球に終始したかもしれない。事件報道の分野をはじめ、なお論じ残した問題も多い。ともあれ、本紙のひたむきな前進、発展をねがって筆をおく。

（北海道新聞〔一九八一（昭和五六）年一二月二八日〕所載）

◇

この評論は朝・夕刊とも最終版をもとに執筆されました。

五十六年の「直言」は今回で終了しました。五十七年は新メンバーによって、一月十一日付朝刊に掲載いたします。

2　刑法改正の動向
――必要な天の時、人の和

六法全書を繙くとき、その古風な文語調の装いにおいて、あるいはむしろ非情なまでに簡潔な条文の持味において、ひときわ異彩を放つのは、ほかならぬ刑法典であろう。現行刑法。明治四十年（一九〇七年）制定、翌年施行。全文二百六十余カ条。条文のタイトルを拾えば、いわく死刑、いわく内乱罪、いわく騒擾罪、殺人罪、…等々。これらの諸法条は、明治・大正・昭和の三代にわたって、あるときは世間の耳目をそばだてた残虐な事件の、あるときは歴史の流れを微妙に変えた蹶起行動の、またあるときは市井の片隅に潜む日常的な犯罪の、物いわぬ立会人をつとめてきた。

むろん刑法典がつねに改正動向の圏外にあったわけではない。全面改正の動きは、いわゆる近代学派の台頭や世界的な規模における刑法改正運動の刺激をうけつつ、はやくも大正年代に兆しているが、「刑法改正予備草案」（昭和二年）、ついで「改正刑法仮案」（総則＝昭和六年、各則＝昭和十五年）の公表に漕ぎつけたところで中断し、十余年の空白をはさんで戦後のより本格的な活動にひき継がれた。場面はめぐって法制審議会の本舞台に移り、いまや全面改正の要否ないし方向を確認すべき正念場を迎えている、といってよい。問題の背景にはこうして六十年におよぶ沿革と、その間の厖大な論議の蓄積とがある。かぎられた紙幅でその要をつくすことは難かしいが、以下、最近の推移に焦点をあわせながら、刑法改正問題の経緯を略述することとしたい。

◇

戦後の胎動は昭和三十一年十月、法務省部内に刑法改正準備会が設けられた時点にはじまる。同会は小野清一郎博士を議長に迎え、戦前の遺産である改正刑法仮案を作業上の基礎として試案の作成に着手し、のべ百四十一回にわたる審議のすえ、「改正刑法準備草案」（昭和三十六年）を公けにした。この草案の性格・内容はともあれ、それが刑法改正問題における戦前と戦後とを架橋し連結する、という重要な役割をはたしたことは否定できない。ついで昭和三十八年五月、当時の法相から法制審議会に対し、「刑法に全面的改正を加える必要があるか、あるとすればその要綱を示されたい」旨の諮問が発せられ、改正問題は公的な軌道に乗ることになる。このばあい、諮問の趣旨に沿って、全面改正の要否そのものを正面から検討し、その結論しだいで細目の審議に移る、という方向もなかったわけではないが、部分の集積をまって全体像が定まる、との考慮からまずもって細部の問題点を洗う方向が選ばれ、法制審議会は刑事法特別部会のもとに五つの小委員会を組織してこれに対応した。

◇

かような基本路線の選択が、やがて細部にわたる改正論議の集積をまえに、いつしか全面改正を既定の方向と化し最終段階における改正の要否の検討をいわばセレモニーに貶しめたのではないか、という疑問につながる結果となったことは皮肉な成り行きというべきであろう。昭和四十六年十一月二十九日、刑事法特別部会は、同部会ないし各小委員会の精力的な活動を集約する形で、❶刑法に全面的改正を加える必要がある❷改正の要綱は刑事法特別部会の決定した案による、旨の最終結論に達し、これに技術的な補正を加えた部会レベルの成案を、翌年「改正刑法草案」として公表した。全文三七三条。俗に部会草案と呼ばれる。その大綱が現に進行中の全体審議の過程で承認され、遠からず政府案作成の有力な指針となる見通しがつよい、という意味において、部会草案こそは、わが刑政の将来をトする当面の試金石にほかならないであろう。

◇

もともと、戦前の改正作業を推進した原動力としては、世界的な刑法改正運動の潮流や新しい政策思想に加えて、刑事司法の弛緩をふせぎ〝醇風美俗〟を維持しようとする、わが国独自の国家主義思想があったことを否定できない。これに対し、戦後の改正作業は、当然ながら、より多様な目的考慮の所産であった。それが社会事情の変遷や法理論の新展開、ないし価値観の推移にともなう刑法体系の合理的再編をめざし、あるいは現代型犯罪の整備や法文の平明な口語化を志向するかぎりにおいて、戦後の路線が戦前の路線の単純な継承でないことは確かである。にもかかわらず、予備草案から改正仮案・準備草案をへて部会草案にいたる作業上の経緯は、その間の思想的系譜ないし親近性についての疑念をぬぐいきれない憾みをのこした。戦後の諸草案にうかがえる処罰拡張のイメージや重刑化の方向、保安処分の新設、等にかかわる強力な批判的動向も無視できないものがあろう。

ラートブルッフの詠嘆を引きあいに出すまでもなく、刑法の全面改正は、決して単なる改正ないし改善ではない。それは新しい価値体系の確認であり、法体系の創造である。その包蔵するところは広くふかく、帰するところ人間観や世界観の問題にゆきつく。勇往のあまり、批判的胎動を抑えて改正を強行するときは、悔いを将来にのこす結果となろう。はたして現在の状況が全面改正に必要な天の時、人の和をそなえているだろうか。

（北海道新聞〔一九七四（昭和四九）年三月二六日夕刊〕所載）

3　三権分立を侵す大赦
――個別恩赦こそが正道

洋の東西を問わず、恩赦には古い歴史がある。元来、帝王の仁愛と威厳、あるいは権力者の雅量を示す方便として多用され、罪を犯した人々に恩恵をあたえてきた。近代になると、ベッカリーア（十八世紀のイタリアの刑法学者）などの啓蒙（もう）思想家によって、弊害がきびしく糾弾されたが、刑事司法の画一性や厳格性を緩和し、社会事情や法状況の変化に対応できる刑事政策上の妙味を否定しえないことから、現在でもひろく認められている。

昭和天皇の崩御にともない、はたして、どの程度の恩赦が実施されるのか、〝塀の中〟ばかりではなく、世間の関心を呼んでいたところ、八日の閣議決定で、ようやく具体的な輪郭が明らかになった。いうまでもなく恩赦は、天皇の大権事項とされた旧憲法下と異なり、内閣の特別権限に属する。天皇の崩御という、現憲法下初のケースをめぐって、恩赦の実施が憲法理念と調和するか、疑問とみる向きもあるが、一国の〝象徴〟の崩御が国家としての大きな節目であることは否定できない。問題は恩赦そのものの可否ではなく、その規模と内容であろう。

今回の恩赦の際立った特徴は、いわゆる国連加盟恩赦以来、三十三年ぶりの大赦を含む点である。政府は、食糧管理法をはじめ十七法令にかかわる赦免を決定した。大赦は所掲罪種について、一律に有罪の言い渡しや公訴権の消滅をもたらし、すべてを水に流すもので、最大級の効力をもつ。たしかに赦(ゆる)すことは美徳であるが、法的にはそれほど単純な問題ではない。それが大規模に、司法の論理と無関係なレベルで行われるときは、営々として積み上げてきた捜査機関や司法機関の努力を水泡に帰してしまう。ひいては立法権を含む三権の分立を侵すことになろう。当罰性が失われ、希薄化している法令違反はともかく、たとえば拘留・科料にあたる程度の軽犯罪というだけで一律赦免の対象とすることはたぶんに疑問を免れない。

ちなみに外国人登録法違反の関係にも大赦がおよぶことから、現に係争中の事件について、正当性を主張する場が失われる、という問題があるが、その辺は恩赦制度に内在する問題点というべきであろうか。

一方、復権令による資格回復の影響は千万人以上にもおよぶとつたえられる。個別事情を斟酌(しんしゃく)しない一律復権も、手放しでは歓迎できない。画一的な法適用の是正という見地からは、個別恩赦こそが正道であることを弁(わきま)えなければならない。

リクルート疑惑の渦中とあって、マスコミの関心が恩赦の〝政治色〟に向けられたことは当然であろう。戦後の恩赦は、政権政党の意向を色濃く映してきた。今回も復権令と特別恩赦を通じて、選挙違反者の大量救済が可能となる。この種の救済が間断なくつづくとすれば、政治の浄化は百年河清を俟(ま)つにひとしい。どこかで循環を断つべきではないか。さすがにロッキード疑惑の関連が赦免の対象から外れたことは救いというべきであろう。

（北海道新聞〔一九八九（平成元）年二月九日〕所載）

4　〈「生きている心臓」〉
——期待できる司法の救済

ほぼ一年まえ、「生きている心臓」の連載がはじまったとき、これは凄い作品になりそうだ、という確かな予感があった。復活祭のミサや花見の宴。のどかな家族三世代の触れあい。そんな天木有作一家の平穏な日々は、不慮の交通事故をさかいに暗転、やがて生と死の極限をめぐる緊迫したドラマが繰り展(ひろ)げられる。作者の冷静な眼は、脳死から移植手術、告発への過程を入念に追う。地の文を抑えて、登場人物みずからに語らせる、という手法は、それぞれの主張を浮きぼりにするうえで、まことに効果的である。予感にたがわず、中身の濃い、もの凄い作品になった。

◇　　◇

この作品の主題は〝生〟だろうか、それとも〝死〟だろうか。人工蘇生術をはじめとする現代医療の発達によって、ときに脳機能が不可逆に停止したあとでも、なお呼吸や心拍を人工的に作動させることが可能となった。いわば〝脳が死んで、心臓は生きている〟という状態が生まれたのである。この状態こそが臓器移植、とくに心臓移植に途をひらくであろう。その際、殺人の罪責を免れるためには、これまで心臓死を基準として樹てられてきた死の概念を変える必要があるのではないか？　もともと脳死は臓器移植と無関係に存在する状態であるのに、こうして、わが国では二つの問題が連結し、あえていえば〝移植のための脳死〟という方向で議論が展開された。移植を恃（たの）みとする患者にとっては、不幸な経過というべきだろう。一九六八年、はじめに心臓移植ありき。わが国の移植治療は、海外の盛況をよそに、長い〝冬の時代〟を迎えたのである。

◇　◇

学界の一隅で、先ごろ〝テリブル論争〟が交わされた。脳死状態がかりにも〝生〟であるなら、生体からの心臓摘出を是認するのはテリブル（怖ろしい）である。心臓移植を認めるためには、すでに脳死の状態を死と考えなければならない。これに対し、まだ心臓が動いている段階で死と判定する方がはるかにテリブルではないか、という考えのあることは興味ぶかい。

読者はたぶん、強い信念をもって移植を実施しようとする蒲生助教授と、これに批判的な大鈴助手とのはげしい応酬を通じて、問題の所在を明確に理解されたはずである。大鈴助手の主張のなかにつぎのような一節があった。「心臓移植は一人の生命を救うために、他の一人の生命を犠牲にする、プラス・マイナス・ゼロの治療にすぎない」。甦（よみが）えることなき〝極限の生〟の本質は何だろうか。大鈴助手の説くように、心臓移植はゼロの治療なのか、それとも消えゆく二つの生命の一つを救うプラス一の治療なのだろうか？　ある学者は脳死から心臓死にいたる期間を、生と死の中間期にあたるという意味で（アルファー）期と呼んだ。この時間差をどうとらえるかが、まさに問題の核心といえよう。

◇　◇

たまたま最近、ゼミの合宿研修で脳死と心臓移植というテーマを選び、三十名近い法学部生と率直な議論を交わす機会があった。若者たちの意見は⑴死を心臓死ととらえ、まだ生きている心臓の移植を真っ向から否定する見解⑵生命機能の中枢である脳の死を個体死と認め、心臓移植を肯定する立場⑶まだ心臓が作動している段階で脳死を死とは認めがたいが、移植については別途、一定の要件のもとで容認する見解—の三様に岐かれた。進んで臓器を提供し、あるいは他人から受容しても生きたいと願う者が少ないのは、たぶん深刻な生死の葛藤を経験したことがないせいであろう。脳死状態が死であるかどうかはともかく、天木教授のように、進んで脳死下の臓器を提供し、それを必要とする患者のために役だててほしいと願う人がいるとき、そのような生き方

(死に方?)を否定し無償の善意に応える途を閉ざすことは、はたして正しいだろうか? この問いかけに多くの学生諸君は沈黙し納得した。

作者はこの重厚な作品で、わが国の心臓移植が再開されたらどういう事態が想定されるかを克明に描く。脳死臨調の審議が進み、多くの先進医療機関が再開を待ちわびている状況のもとでそれは決して絵空ごとではない。精神科の教授が顔みしりの患者のドナーになるという、やや特異な設定下ではあるが、そこには当面するほとんどすべての問題が網羅的にふくまれている。いわゆるリビング・ウイルや家族の同意の問題、移植適応患者の選択という問題、患者の無名性ないしはプライバシーの保障という問題など、など。厳格な要件を満たした移植なら、司法の救済は十分に期待できる。私自身も心臓移植を認めるのにやぶさかではない。丹念な論議を積みかさねて、このほどようやく心臓移植に踏みきったデンマークの例のように、いま、この重いテーマについて広汎な論議と啓蒙が必要であろう。

連載十回分ごとに切り抜きの束を作って読んでいたが、丁度その束が三十に達したところで、蒲生助教授は飄然と成田から旅立った。蒲生が安んじて日本に戻る日もそう遠くないのではないか。

(北海道新聞〔一九九〇(平成二)年一一月一三日〕所載)

5 「略式」決着は妥当か

——東京佐川急便事件と検察

気の滅入るような政治状況のなかで、東京佐川急便事件は、しだいにその波紋を拡げてゆく。さる九月二十九日、「検察官の役割とは何か」と題する札幌高検・佐藤検事長の一文が朝日新聞の論壇に掲載され、大きな反響をよんだ。

検察官には国民がその成りゆきに重大な関心をもっている事件について、国民に代わって尋問し、真相を究明する任務がある。〝権力に屈せず、権勢を恐れず〟、検察は、その長い歴史を通じて、厳正公正にその任をはたしてきた。特別な事情もないのに検察官が安易に現状と妥協し、取り調べを放棄することは、公益の代表者として許されない——という論旨である。固有名詞を避け、一般論の形をとってはいるが、発言のタイミングや引例に照らして佐川急便事件の処理をめぐる具体論を内包していることは明らかであろう。検察官一体の原則に支えられ、強い結束を誇る検察内部から公然と噴き出た批判であるだけに、その意味はまことに重い。

疑惑の核心ともいうべき金丸氏にかかわる五億円の不正献金について、検察はついに事情聴取を行わず、事件は略式起訴→略式命令による二十万円の罰金という線で落着した。そこには多くの異例が指摘されるであろう。

その一は、被疑者側が正式な事情聴取の要請を拒み、上申書による決着がはかられたことである。出頭要請に応じられない理由としてマスコミの過剰な監視が取り沙汰されている点は筋ちがいというほかなく、政界の大立者に対する遠慮があったことは否めないのではないか。

略式手続きをとることについて直接本人に意思の確認が行われたのかどうかは審（つまび）らかでないが、たえず弁護士が仲介役をつとめた点も異例といってよい。また、つたえられるように、上申書決着の条件として本人向けの献金であることを全面的に自認する内容が求められたとすれば、不利益供述の強要という見地から問題をはらむであろう。

いうまでもなく、検察官は、刑事事件について、公訴を行なう権限を独占している。かりに事情聴取や強制捜査、あるいは起訴・不起訴の裁量が政治的な思惑によって左右されることになれば、検察の公正、ひいて刑事司法の適正は、根底から崩れてしまう。検察の在りかたに関する佐藤氏の提言はまさしく正論であって、反論の余地がない。現職の検察首脳があえて全国紙上でその所信を吐露したことは、並々ならぬ気概というべく、警世の提言という趣きがある。

刑事裁判は、いわば終幕の儀式である。〃戦後最大の疑獄〃とさえ呼ばれる佐川急便事件の核心部分が、こうして、不透明な妥協という疑念を残したまま、本人聴取なき略式起訴によって幕引きを迎えようとしていることから、巷には不信や不満があふれている。〃読者の声〃欄には、同じく佐川献金をうけた前新潟県知事に対する聴取→正式起訴のケースと対比して、とり扱いの不公正を非難する声があいつぐ一方、事件の徹底究明や政治改革を求める地方自治体の決議も激増している。澎湃（ほうはい）たる〃天の声〃に応（こた）えなければならない。

鬱（うっ）積する不信や不満の背景には、ザル法の〃悪名〃高い政治資金規正法の不備、とりわけ違反行為と制裁のアンバランスという問題がある。そうとすれば、没収規定や公民権の制限などをふくむ法改正が早急に推進されるべきであろう。さしあたり金丸献金には法的な決着がついたとはいえ、むろん事件の全体が落着したわけではない。〈疑獄〉本来の意味というべき贈収賄疑惑の解明こそが本命である。

佐川急便事件は、はからずも政権中枢と暴力団組織との根深い癒着を露呈した。政治の浄化は百年河清を待つにひとしいのだろうか。

（北海道新聞〔一九九二（平成四）年一〇月八日〕所載）

6　刑法口語化の意味するもの

——平明化で〝違憲状態〟解消

むかし、秦を滅ぼした漢の高祖劉邦は、父老や豪傑たちを集めて、これからは法を殺人・傷害・窃盗の三ケ条にかぎる、ことを約束した。有名な〝法三章〟の故事である。秦代の苛虐に泣いた人々は歓呼してこれを迎え、民心はたちまち収攬(らん)したという。むろん、それぞれの時代・社会は、そのニーズに合った刑法を必要とするから、高度に複雑・多様化した現代社会では、法三章で十分、というわけにはいかない。わが国のばあい、刑法典を中心に夥(おびただ)しい罰則が設けられ、処罰のネットワークを形成している。法体系のかなめともいうべきこの刑法典が、実は明治生まれのまま装いを変えていない、と聞けば、たぶん、驚く人が多いのではないか。

このほど日本弁護士連合会、通称〝日弁連〟は、古色蒼然たる刑法典の装いを口語体表記に改める試案を作成した。すでに法務省も、数年前から、現代語化の作業を進めている。今後加速するであろう刑法口語化の意味をどう理解したらよいのだろうか？　二月二十三日付の本紙は、口語化の試みを歓迎する一方、「言葉いじりよりも、むしろ意識の改革を求める」社説を掲げた。本稿は、この論旨に触発されたものである。

現行の刑法典は、日露戦後まもなく、明治四十年（一九〇七年）に制定された。以来八十余年。その間、刑法典が全面改正運動の圏外にあったわけではない。改正の動きは、はやくも大正年代の後半に出たが、戦局の激化によって中断、昭和三十年代に再開された。ながい準備過程を経て、舞台はやがて法制審議会に移る。昭和四十九年に答申、公表された「改正刑法草案」は、全文を口語体で記述する一方、多年の懸案に踏みこんで、〝果断な〟解決をはかった。けれども、改正草案がめざした保安処分の導入や処罰網拡大という方向は、各界の強い批判を浴び、草案は結局、二十年ちかくも立往生する仕儀となった。権威ある審議会答申がいまなお凍結状態にあることは異例といえよう。法文の口語化も、〝天の時〟を逸した。

刑法典の口語化は、じつは単なる〝言葉いじり〟ではなく、より重要な原理的意味あいを含んでいる。もともと、刑法の領域には、犯罪や刑罰のカタログを明確に法律で示さなければならない、という揺るぎない原則があった。これを罪刑法定主義といい、憲法三十一条も明文で認めている。この原則によれば、法文は、ごく普通の理解力をもつ人が禁止の内容を読みとれる程度に明確でなければならない。そうでないと、一般の人々にとって、規範それじたいが、あいまいで不明瞭なものになってしまう。

刑法典の現状はどうか。たとえば、「政府ヲ顛覆シ又ハ邦土ヲ僭窃シ其他朝憲ヲ紊乱スルコトヲ目的トシテ…」（第七七条【内乱】）あるいは「偶然ノ輸贏ニ関シ財物ヲ以テ博戯又ハ賭事ヲ為シタル者ハ…」（第一八五条【賭博】）といった具合である。この種の難解な文語調が、ごく普通の人の理解を超えるとすれば、刑法典の現状は、すでに〝違憲状態〟といえるのではないか？　こうして、平明な口語体への脱皮は、他のすべての事情を抜きにして、それじたい〝違憲状態の解消〟という重い意味をもつことになる。

いま、めざすべき方向は、法文の装いを一新し、これを国民の身近にひき寄せることであろう。〝法三章〟の教訓をまつまでもなく、いたずらに法網の密度を高めることは決して得策ではない。かつて、自ら立法作業に携わった経験をもつラートブルッフは、「刑法の改正とは、まさしく新しい価値体系の創造である」と述懐した。口語体表記への一新を基調とする全面改正はたぶん、この述懐があてはまらない、新機軸の改正といってよいのではないか。

（北海道新聞〔一九九三（平成五）年三月一六日〕所載）

V

学者の国会

――日本学術会議関連

山は深い森と広い裾野によって支えられる

〈解　題〉

◇……

昭和五十六年から六〇年にかけて、五年ほど、俗に〝学者の国会〟と呼ばれる日本学術会議の会員をつとめた。就任と同時に第二部（法学部門）に所属する一方、北海道地方区の世話人に推され、政府との間に緊張を抱え改革論議に揺れる学術会議の再生に向けて、精いっぱいの力を尽くした。学界の各分野を代表する多くの碩学との交流はまことに魅力的で、さまざまな発想を刺激する。会員を退いたあと、ひきつづき刑事法学研究連絡委員会の委員として長く学術会議の活動を側面から支えてきたのも、学術会議の水が、私の〝性〟に合っていたからではないだろうか。

◇……

けれども、その間の著作ということになると、学術会議本体に関わる答申や諸報告のたぐいを除いては、見るべきものが乏しい。本章では、若干の新聞論稿のほか、僅かに北海道地区ニュースに掲載されたエッセイ風の小稿数篇を収録した。

1　苦悩する日本学術会議
——正念場を迎えた改革問題

かねて懸案の日本学術会議改革問題が正念場を迎えた。四月下旬の閣議決定を経て、政府はこのほど、会員組織の根本的変改をふくむ改正法案を国会に上程、その早期成立をはかる方針とつたえられる。学術体制再編のかなめとして会議が創立されてから三十余年、情勢はまことに厳しい。これを学術会議の危機と呼ぶことが適当かどうかは視角の如何によるが、少なくとも、かつてない深刻な局面といえるであろう。

沿革をたどると、改革問題の直接の発端は、一昨年、学術会議を所管する総理府の総務長官が外遊の際、〝本会議の知名度が低いことに衝撃をうけた〟ことにはじまる。それは帰するところ、国際会議等にふさわしい代表を送りえていない会議体の構成、ひいては会員の選出機構に問題があるのではないか？　こうして、多分に短絡的ではあるが、二十数万人の有権者による直接公選制という現行制度のあり方に疑問が投げられることになった。知名度が低い云々の論議を通じて逆に内外の知名度が高まる結果を招いたことは皮肉な経緯というほかない。

問題の遠因は、長年にわたる政府との緊張関係に兆している。政府からの独立を認められた国の機関というユニークな特色を活かして、学術会議はこれまで、幅ひろく多彩な活動を行ってきた。日常的な研究連絡面の活動に加えて、たとえば、南極観測を推進し、炭鉱問題について提言し、原子力の開発に指針を提供してきた。その勧告にもとづいて設立された研究施設の数は枚挙にいとまがない。ただし、その間、政府にとって耳の痛い提言やアピールを数多く採択してきたという事情もあって、会議の周辺には学術審議会や科学技術会議など有力な機構があいついで設立され、いわば会議の外濠（ぼり）が埋まってゆく。〝学者の国会〟として学術会議がはたしてきた従前の役割がしだいに形骸化し、その地盤が相対的に低下したことは否定できない。昨年度の総会のさい、夜来の雨で、すり鉢を二つに割ったような大会議室が水浸しになったことがある。「本会議の沈下を象徴するようで…」、開会の遅れをつげる会長のジョークをユーモアとして笑えない雰囲気がそこには漂っていた。

省みて、学術会議の側に自戒すべき点が多々あることも認めなければならない。ともすれば政策課題に対する現実的配慮を欠き、政府をいたずらに刺激する傾きがあったこと、三十年のしがらみが枷（かせ）となって一種の形式主義に陥り、先見性をもって時代をリードできないうらみがあったこと、おのずと活性にとぼしく一般有権者から遊離しがちであったこと、等々。かような反省に立って、学術会議は十年来、自主改革の途を模索してきたわけであるが、ようやく昨年秋の総会で、大方の賛成のもとに『改革要綱』の採択に漕ぎつけた。同要綱は、改革の焦点ともいうべき会員選出制度について直接公選制を基本的に維持しながら、三分の一の範囲で推薦制に途をひらき、全面公選制のはらむ問題点の解消をはかっている。外部の意見もひろく汲んだうえの決断であり、多年にわたる改革論議の結晶である。

なおかつ、これを生ぬるしとする政府は、会議を国の機関として残す一方、公選制を全廃し、学会を基盤とする全面推薦制（→首相任命制）への移行を骨子とした改正法案をまとめ、急遽（きゅうきょ）今国会に上程した。かならずしも抜きうちとはいえないが、学術会議側の賛同・了承のないままに、成立が急がれている現状を遺憾としなければならない。

なぜ法改正をこれほど急ぐのか、学術会議としては釈然としない思いがつよい。次期の選挙が従前の方式で行われることを阻むためであればあまりに卑近な理由というべく、要綱に準拠した自主改革への不信に根ざすものであれば、あまりに性急な見切り発車というべきである。法案の内容そのものについても問題が多く、危懼（きく）の念を禁じえない。もともと学会は各人の学問的関心によって自由に構成された多種多様な任意団体であって、これを学術会議と直結し、その選出機構として位置づけることは、学会のあり方を歪め、その強引な再構成につながる懼（おそ）れをふくんでいる。さらに現行制度では考慮されている会員の地域バランスや地方活動への配慮が政府案ではまったく欠落している点も、学会連合への変質という前述の懸念とともに、政府案の内包する大きな問題点と見るべきであろう。

いったい、わが国学術の将来にとって、どのような会議体の構成が望ましいであろうか。性急な二者択一によって、悔いを千載に残すべきではない。政治の論理に流されることなく、自主独立に責任ある提言を行うところにこそ学術会議の存在理由があった。いま求められているものは、まさしくかような姿勢であろう。過般の総会が肝じんな場面で定足数を欠き、流会の醜態をさらしたことを、会員の一人として恥ずかしく思う。科学の論理にしたがい毅然として会議体の意思を集約し、有権者、ひいては国民の負託にこたえなければならない。

（日本学術会議北海道地方区世話人、北大教授）

（北海道新聞〔一九八三（昭和五八）年五月一三日夕刊〕所載）

2　日本学術会議の新生に寄せて
――自主独立の原点に帰れ

二年ほど前、本欄に「苦悩する学術会議」（58年5月13日付）という一文を寄せた。吹きすさぶ改革の嵐のなかで、かつてない〝存亡〟の危機を迎えた学術会議の現状を憂い、その足跡を省みたものである。その後、紆余曲折をへて、改正法が成立、施行され、ともかくも学術会議は、装いをあらためて再発足することになった。現会員の任期は七月十八日をもって終わる。はたして〝新生〟学術会議は、長い混迷のすえ、どのような変貌を遂げようとしているのだろうか。

俗に〝学者の国会〟と呼ばれる日本学術会議は、「わが国の平和的復興、人類社会の福祉に貢献し、世界の学界と提携して学術の進歩に寄与すること」を使命とする科学者の代表機関として、多彩な活動をつづけてきた。発足から三十余年。その間に醸成された政府との緊張関係が遠因となって、学術会議は大きな転機を迎える。いわば政治の論理に流された改革の方向に批判的な姿勢をとってきた者の一人として、改革の実現にいたる経緯については割りきれぬ思いがつよいが、この際、その辺の穿さくは控えるべきであろう。

法改正の眼目は、科学者による直接公選制から学会推薦制（政府任命制）への移行にある。かような変革にともなう最大の懸念は、それが学会連合への変質をもたらす一方、地域的に偏った会員構成につながるのではないか、という点にあった。このほど公表された新会員の顔ぶれをみると、知名度の高い学者や学会の重鎮が名を連らね、かたや多選の禁止によってベテラン会員が姿を消した影響もあって、たしかに新風を感じさせるものがあるが、他面、利益代表的色彩や地域的バランスの点で、前述の危惧がかならずしも杞憂ではなかったことを示しているように思われる。

ちなみに、本道からは、五十嵐清（北大教授・法）、小山昇（北海学園大教授・法）、後藤寛治（北大教授・農）、松本正（北海道工大学長・工）、梁川良（北大教授・微生物）の五氏が選ばれ、現状とくらべて人数的に半減し、また専門分野のバランスを欠く構成になった。選挙制度としての地方区がなくなったこととの影響とみてよいであろう。とはいえ、地域に根ざした地方活動そのものは当然にも継続されなければならない。さいわい、新しい内部規則でも、全国七ブロックごとに、学術会議の活動単位として地方区会議が設けられ、地方活動の拠点が残されることになっている。〝有権者〟という直接の支えが消滅し、会員数も半減した現状に棹（さお）さして、本道の地方区活動をいかに再編するかが、当面の課題にほかならない。
地方活動との関係で、さらに留意すべき点は、地方区会議の任務として「地域社会の学術の振興に寄与する」という事業目的があらたに加わったことである。これまで本道の地域活動は、有権者層を中心とする科学者との連携に重点がおかれ、いわゆる産・官・学の提携という方向には概して消極的であった。本道の地域的特色を背景に、行政との〝癒着〟という懸念があったことも見のがすわけにはいかない。たとえば本道の抱えるエネルギー問題や自然保護問題等についても、地方区会議の立場から、より活発な提言があってよいのではないか？　この面でも、地方区会議には、これまで以上の積極的な地域対応が促されることになった。

ともあれ、七月二十二日からは、第十三期最初の総会が東京・乃木坂の学術会議大講堂で開かれ、新しい学術会議がスタート台に立つ。わが国学術の将来を展望し、自主独立の見地から責任ある勧告や提言を行うところに、学術会議の存在理由があった。いま求められているものは、かような原点への回帰である。現実の政策課題に配慮しながらも、願わくは〝翼賛連合〟への道程を歩むことなく、透徹した科学の論理を貫くことを、今後の学術会議に期待したい。

（日本学術会議北海道地方区世話人、北大教授）

（北海道新聞〔一九八五（昭和六〇）年七月一七日夕刊〕所載）

3　偶感

日本学術会議の名が、ふしぎと懐かしくひびく。あの頃のことが遠い潮騒のように……。

昭和五六年一月から六〇年七月にかけて、私は第二部会員として学術会議の活動に携わり、その間、微力ながら北海道地方区の世話人もつとめた。当時をふりかえって〝狂瀾の時代〟と形容しても誇張ではないだろう。そのころの熱気がうそのように、いまは四海波静かである。学術会議の再生を渇望しながらも、政治の論理に押し流された形での改革には、終始批判的な姿勢をとりつづけた者として、感慨に堪えない。

当初指摘された問題点のひとつは、学術会議が個々の科学者を基礎とする代表機関からいわば学会連合へと変貌し、政府任命制を軸として〝翼賛会議〟的性格に変わるのではないか、という懸念であった。その後の推移をみると、学術会議に登録し協力している諸学会が何かと頻繁な事務対応を余儀なくされ、学会の在りかたに影響が出ている面は否めないものの、翼賛会議という方向はどうやら杞憂にすぎなかったようだ。省みて不明を恥じなければならない。

〝改革〟がもたらしたマイナス面の最たるものは、地方区の廃止、さらには有権者組織の解体にともなう地方活動の弱体化という問題であろう。大多数の会員が〝中央〟に偏在し、地方バランスを失う結果となったこと、かつて学術会議を支えてきた〝有権者〟という概念ないしは組織が消滅したこと、によって、地方活動のエネルギーは大幅に衰退したように思われる。北海道地方区ニュースというタイトルも、いつのまにか北海道地区ニュースに衣がえした。研連活動の充実等によって、たしかに学協会との距離は縮まったかもしれない。しかし、かつて取沙汰された個々の研究者の〝学術会議ばなれ〟は、ひところに比べて、むしろ進行しているのではないか。その辺の克服がこれからの課題であろう。

（「日本学術会議　北海道地区ニュース」二二一号〔一九八九（平成元）年三月三〇日〕所収）

4 〝左〟と〝右〟(1)

自由なテーマでよい、となると、あれこれ迷いが出て、却って難かしい。さても自由とは、何と不自由なことよ。

いずれにせよ、地区ニュースの記事であるからには、多少とも学術会議がらみの話題が望ましいだろう。かつて、日本学術会議は左傾している、という批判が強かった。私は昭和五〇年代の後半、第二部法学系の会員を五年ちかくつとめたが、中には明治憲法への回帰を説くウルトラ右級の会員もいたぐらいで、会議体としての構成や活動そのものが左に偏っているとはつゆ思わなかった。あえていえば、わが国学術政策のあり方について省察し、展望し、勧告することこそが学術会議本来の姿であって、批判的提言が目だつのは当然であること、〝左〟あるいは〝進歩的〟と目される人たちの方が概して学術会議を舞台とする活動に熱心であったこと、などが左傾の印象につながったのではないか。

もともと左と右は優劣や程度の差をともなうものではなく、単なる相対的な位置関係にすぎない。右や左の旦那様、と呼ばれたところで、どちらかの旦那様が偉いわけではない。とはいえ、古来、右と左は、しばしば優劣や上下の意味あいをふくむ対概念として用いられてきた。たとえば、「左遷」や「右に出ずる者なし」などの言葉は、〝右〟の優越をあらわし、逆に左大臣や左大将の官制は〝左〟の上位を示している。このところ、東ヨーロッパの劇的な変動で、政治思想をはかる既成の尺度はすっかり色あせてしまったが、さて、左と右の座標軸はそのまま残るのだろうか？

世の中にはふしぎな話もあるもので、最近、高速右回りのコマと左回りのコマでは重さがちがう、という実験結果が報じられ、物議をかもしている。真偽のほどは定かでないが、学術会議の会員でいたころは、いつも周囲に錚々たる論客や碩学がいて、この種の問題をたちどころに解き明かしてくれたものだった。どうやら私にとって、学術会議の恩恵はその辺にあったのかもしれない。

話題が右や左に揺れうごいているうちに、紙幅がつきた。

（「日本学術会議　北海道地区ニュース」一二三号〔一九八九（平成元）年三月三〇日〕所収）

5 〈学術情報の公開〉について

第一二期の会員を退いてからは、もっぱら刑事法学研連を場として、学術会議の活動に携わっている。今期の研連では、学術情報の公開という難問にとり組んできた。

一般の情報公開については、国民の〝知る権利〟との関連で論じられることが多いが、こと学術研究に不可欠な、官公庁等の保有情報については、学問の自由な展開という見地から、研究者によるアクセスが、いっそう強い根拠をもって確保されるべきであろう。とはいえ、どんな情報を、誰に開示すべきなのか？　そこには、公開ないし開示されるべき情報と、公開に親しまない情報の限界の問題、〝研究者〟の範囲の問題、情報の利用が節度をこえないための〝担保〟の問題、などの難かしい問題が潜んでいる。とりわけ、私たちの研究領域である刑事法の関係では、被疑者や受刑者の人権・プライヴァシーという深刻な問題があって、関係官公庁のガードはきわめて固い。

このばあい、いわゆる〝情報〟のなかには、施設の実態や運用面もふくまれるであろう。さしあたり、この種の情報へのアクセスは、特定の個人ルートや人間関係に頼らざるをえないのが現状である。

（「日本学術会議 北海道地区ニュース」二四号〔一九九一（平成三）年三月三〇日〕所収）

6 〝左〟と〝右〟⑵

地区ニュース第二三号の本欄で、〝左〟と〝右〟が単に相対的な位置関係を示すだけではなく、何かしらそれ以上の玄妙な意味あいをもつのではないか、という、とりとめない思念を述べた。今期の研連がスタートしたばかりで、まだ実績にとぼしいことから、この小稿では、〈左と右〉の続篇を書くことにしたい。

ソ連邦をはじめ東欧社会主義圏の劇的な崩壊によって、〝左〟と〝右〟の座標軸も、あっという間に色あせてしまった。もともと右翼・左翼の語は、フランス大革命のさい、たまたま会議場内で穏健派と急進派が陣どった議席の位置関係に由来する言葉にすぎないから、政治体制や政治思想そのものをあらわす枠組としては、それほど有用なものとは思われない。むしろ保守と革新、あるいは体制と反体制、といった枠組の方が、これからは、より有用な座標として残るのではないか。

あれこれ考えを凝らしているうちに、かなりのヨーロッパ系言語で、〝右〟をさす言葉が、〝法〟や〝正義〟を意味する言葉と同根であることに思いいたった。たとえばドイツ語の“Recht”は、法や正義、あるいは権利を意味する一方、同時に〝右〟という語義を含んでいる。もっとも、Rechtがほんとうに〝右〟をさすのか、厳密には疑問がないわけではないが、少なくとも、Rechtの複数形である“Rechte”はまさしく〝右〟を意味するから、Rechtにも〝右〟の含意があると見て差しつかえないだろう。なぜ、Rechtが法であり、正義であり、同時に右なのか。なぜ法や正義が右と結びつくのか。なぜ左であってはいけないのか。臆面もなくドイツの学者たちに訊ねてみたが、その辺の消息はいまだによく判らない。あるいは、何が法であり正義なのかを問うにあたって、世の中には右利きの人が多い、という実態が、関わりをもつのだろうか？

この種の難問を携えて、放射線状にひろがる学術会議の場内を、右や左に訊ね歩いたころのことを懐かしく想いおこすのである。

（「日本学術会議　北海道地区ニュース」二五号（一九九二（平成四）年三月三一日）所収）

7 〝左〟と〝右〟補遺

第一五期も半ばを過ぎ、私の所属する研連の活動も漸く軌道に乗ってきた。本来であれば、この辺で、地域の活動や研連活動の中間総括を行うのが筋というものだろう。とはいえ、たとえば刑事法と国際化、あるいは人の生死、といった今期の課題に沿って、一研連の動向を語ることに、現時点では、それほどの意義があるとも思われない。あれこれ左脳で思案したすえ、左右を顧みて他を言うことなく、前二号で採りあげた〈〝左〟と〝右〟〉の落ち穂を拾うことにした。

なぜ、タイトルが〝右〟と〝左〟でなく、〝左〟と〝右〟なのか？　答えは単純である。そのことに格別の意味があるわけではなく、たまたま学術会議の〝左傾〟という話題を導入部としたことから、左が先行したにすぎない。〝右〟と〝左〟でなければ落ちつきがわるい、という感覚じたいが、じつは、あしき〝右社会の感覚〟にほかならないのである。

前号の本欄で触れたように、〝法〟を表すドイツ語の Recht は、同時に〝正義〟〝権利〟を表わし、さらには〝右〟を意味している。法には客観面と主観面があり、客観的法＝正義、主観的法＝権利であることは肯けるとして、なぜ、法や正義が〝左〟ではなく〝右〟と結びつくのか？素朴な疑問をドイツの若い法学者にぶつけてみたところ、かれは言下に、法＝正義＝権利と〝右〟の語義が同根であることじたいを否定した。一方、別な老学者は、腕を組んでしばらく黙考したのち、それが法哲学上の重要なテーマとなりうることを認めた。疑問は依然として解けない。

いずれにせよ、わが国は、〝左遷〟を悲しみ、左陪席が右陪席に一目おく、右優位の社会である。元来、相対的な位置関係を示すにすぎない〝左〟と〝右〟が、いつしか、ある種絶対の意味をふくむようになった。〝左〟派には居心地の悪い社会といえるだろう。

どうでもよいことではあるが、私自身は、〝右〟と〝左〟の中間、中道に位置するように心がけてきた。けれども、ペレストロイカにはじまるソ連・東欧圏の劇的な崩壊の結果、〝左〟がなくなって、いま自分が社会の左端に立っているような、寂寥感に襲われている。昨今の学術会議は、はたして、どの辺に位置しているのだろうか。

（「日本学術会議　北海道地区ニュース」二六号（一九九三（平成五）年三月三一日）所収）

8　学術会議の今昔

この欄を借りて連載（?）した〈左と右〉の続編という趣向にも惹かれたが、どうやら今回が最後の寄稿ということになりそうなので、思案のすえ、まともなテーマを選んだ。

◇……一〇年ほど前まで、日本学術会議は、政府にとってよほど目障りな存在であったらしく、国際会議への代表派遣問題に端を発した外圧は、ことのほか激しかった。学術会議無用論さえ唱えられるなかで、会議をどのような形で残すか、侃々諤々（かんかんがくがく）の議論がとび交った。かえりみて、狂瀾怒濤の時代だったといえよう。

◇……当時、第一二期の会員兼地方区の世話人として、改革談義の渦中にいた私は、科学者による直接公選制から政府任命制（学会推薦制）への移行、という変革の方向につよい懸念をもった。学会連合への変質という側面はともかく、これまで学術会議の活動を支えてきた有権者組織が解体されることによって、地方活動のエネルギーが弱まることを懼れたのである。

こうして、地方活動の再編という課題を抱えたまま、改正法は多難なスタートを切った。
◇……地域の科学者と学術会議が分断された状況のもとで〝地域社会の学術振興に寄与する〟という地区会議の使命をはたすためには、たぶん、従前のような懇談会や講演会の開催、という以上に飛躍した発想が必要であろう。ここ数年の地区会議の活動をふりかえると、たとえばオホーツク広域文化圏の形成にコミットするたぐいの、地域に根ざした新風をうかがうことができる。学術会議本体が、はたして地方活動の充実・強化という姿勢をとっているのか、残念ながらその辺はさっぱり見えてこないが、少なくとも、北海道地区はそれなりに健闘している、といってよいのではないか。

（「日本学術会議　北海道地区ニュース」二七号（一九九四（平成六）年三月三一日）所収）

VI

自然保護運動撰

“泣きたいほど美しい”早春の斜里岳

〈解　題〉

◇……北大在任中、自然環境の保全に関わるいくつかの審議会や諸団体の活動に携わったが、なかでも、思いがけず北海道自然保護協会の会長として、自然保護の重責を担った時期は、身心ともにもっとも充実した昂揚期といってよいであろう。〝泣きたいほど美しい〟北の自然との出逢いや、これまでついぞ交わったことのないたぐいの、ひたむきで純粋な人々――こよなく自然を愛し、その保全に〝無償の情熱〟を注ぐ個性豊かな人々との出逢いが、どんなに私の人生を豊かにしてくれたことか。ひたすら没入し燃焼しつづけた時間の価値は、過ぎ去ってみないと判らない。顧みてあのころは、疑いなく、私の人生のクライマックスだったように思う。

1　ナショナル・トラスト運動の展望

◇…〈泣きたいほど美しい自然〉

先ごろ本道を訪れた友人がこう歎息した。「北海道には泣きたいほど美しい自然がある」。この友人によれば、なるほど自然はおしなべて美しいが、あえていえばこれ見よがしの美しさ、妍を競い、すすんで美の承認を迫るたぐいの、押しつけがましい美しさが多く、それなりの感激はあっても涙のにじむような思いがない。咲きほこる櫻花の絢爛よりも、自分は山あいにさりげなく咲きこぼれるこぶしや、はてしない広野の片すみにひっそりと匂う鈴蘭の可憐さの方に魅かれる。北海道の自然、その澄明なたたずまいのなかにこそ、ほんとうの美しさがあるのではないか。

縁あって本道に住みついてから、いつのまにか二十余年を経過したが、私も、この心やさしい友人の説に同感する。旅が好きで、浮き世の義理に追われながらも、よく各地をさまよう。霧多布の湿原をいろどる幻想的な植生や大雪の登山道で出あったシマリスの愛らしさ、あるいは判官岬の林間、ふと目にとめた延齢草の風情に、泣きたいほどの美しさを見た。命の洗濯はこういう出逢いを指すのであろう。

かけがえのない美しさを湛えた本道の自然が、どうかいつまでも原生の姿を保ってほしい。こんな思いがいつしか環境問題への関心を培い、さらにはナショナル・トラスト運動への関心を育てた。ゆたかな自然の景観を、現世代の責任において後世につたえるべきではないか？　たまたま私の所属する北海道自然環境保全審議会を場としてナショナル・トラスト問題検討の機運が高まり、ワーキンググループのあいだで多角的な検討が行われた機会に、本道におけるナショナル・トラスト運動のあるべき方向を模索してみたい。

◇…〈いま、なぜ、ナショナル・トラストなのか〉

本誌をひもとくほどの読者に、ナショナル・トラストとはなにか、を冗説することは無用であろう。むろんナショナル・トラストとは某電器産業の新製品でもなければ、信託銀行の企業名でもない。この十分に耳なれない言葉は、国民の醵金をもとに、すぐれた自然景観や歴史的由緒を保存し、侵すべからざる公共の資産として後世にひきつぐ運動を意味している。国民環境基金という訳語もあるが、いまひとつ落ちつきがわるい。ほかに適当な訳語もないので、ここでは原名のまま用いることにしよう。

沿革をたどると、かような運動の発祥は、前世紀末葉のイギリスにさかのぼる。一八九五年、諸や田園、由緒ある歴史的建造物などが失われ、蝕まれつつある現状を憂えた有志三人の発議によって、その保全を目的とするトラストが発足、やがて寄付金の運用ないしは遺産の贈与によって自然の景勝地や古い牧師館などがつぎつぎとトラストの財産に組みいれられていった。今世紀の初頭、ナショナル・トラスト法の制定は、この運動に公的な市民権をあたえたものといえよう。現在、土地一九万ヘクタール、海岸線七〇〇キロメートル、建造物や庭園三〇〇以上がトラストの資産として商業主義の汚染から守られている由。ナショナル・トラスト運動は、自然や文化遺産を愛する人々の共感を呼び、ひろく各国に波及した。

なぜ、いま、この種の運動が人々の心を捉えるのだろうか。その理念的根拠は人それぞれのフィロソフィーにかかわるとしても、その共通項はさしあたりつぎのように要約できるであろう。太古以来、人類は未開の原野や山林に開拓の斧をふるい、自然と対決しながらその生活圏を拡大してきた。こうして高度な文明の発達がもたらされたが、その反面、人類が将来に夢を託すべき新天地はしだいに狭められてゆく。かぎられた自然に人工を凝らし、無残に利用しつくしてよいものだろうか。残された自然、われわれが現に恩恵を享けているなお豊かで美しい自然を、損なうことなく後世にひきつぐことは、現世代の責任であり、あえていえば種としての人類が負うべき責任ではないだろうか。このばあい、後世にひきつぐべきものは、あるがままの自然ばかりではない。多年にわたって人類が築いてきた高度な文明の遺産や滅びゆく歴史的景観を保全し、後世に継承することも、現世代に負托された責務といえるであろう。譬えていえば、この地球には〝過去〟の取り分と〝現在〟の持ち分、それに〝未来〟への遺留分、という三つの領域があるように思われる。あるがままの自然と文化遺産とは、一見あい隔たるようであるが、現世代の侵してはならないサンクチュアリという視点からは、そこに共通の意味あいを認めることができる。

◇…〈若干の問題〉

(1)　ナショナル・トラストの展開にあたって、そもそも何を保全すべきかについては、もはや多くを語る必要がない。イギリスの例をはじめ多くのトラスト運動は、自然景勝と歴史的建造物の双方を保全対象にふくめてきた。前述の理念に照らせば、歴史的建造物その他の史的景観を保全対象から排除する理由にとぼしいであろう。ただ、北海道のばあい、保全にあたいするどのような歴史的由緒があるかは別個の問題である。イギリスあたりでは数百年の風雪に耐えた古城や館などがトラストに組み入れられているが、函館や松前などの街並みの一部は、あるいはこれに比肩しうるだろうか。いずれにしても自然景勝、あるいは原生の自然が、本道における第一次的な保全対象となることはまちがいない。現に知床斜里の百平方メートル運動をはじめ、小清水・オホーツクの村づくり運動、阿寒・前田一歩園、ウトナイ湖バードサンクチュアリなど、本道の誇るナショナル・トラストの実践例は、いずれもすぐれた自然景観、景勝地の保存運動にほかならなかった。まことに本道は〝泣きたいほどの美しさ〟を宿した自然の宝庫である。むろん一口に自然といっても甚だあいまいで多義的であるが、渚や森林・原野・湿原・湖沼など、ここでは多彩な自然の在りようを常識的に理解すれば十分であろう。すぐれた自然景勝としては、たとえば昨年朝日新聞が企画し大きな反響をよんだ〝自然百選〟などがよい参考になる。ただ、しいていえば、ナショナル・トラスト運動によって守られるべき自然は、かならずしも〝景勝〟でなくてもよいのではないか。たとえ何の変哲もない荒蕪地のたぐいであっても、後世に托すべき自然という意味では、むしろ人工で固めた自然にまさる筈である。

(2)　いうまでもなく、自然を保全する方途としては、ナショナル・トラストによる買い取りが唯一の方策というわけではない。国の法令や自治体の条例で設けられた多くの制度が自然環境の保全に貢献している。たとえば自然公園の制度、環境緑地や学術自然保護地区の制度などは、直接、良好な環境の保全に寄与する方策として評価できるであろう。天然記念物や文化財の指定、あるいは風致地区の住民が環境汚染を避けるために結ぶ建築協定の方法なども、この線上にある。基金を設けて買い取るばかりが能ではないとすれば、多種多様な既存の方策がまずもって活用されなければならない。とはいえ、それらの制度や方策は、それぞれの趣旨・目的に沿って制度的限界をともなうと同時に、ぎりぎりのところでは所有権に対抗しえない憾みがある。たとえば、環境緑地保護地区の指定という制度は都市部や近郊の優良な自然を指定して保全するもので、かなり有効な環境の保全策ではあるが、残念ながら所有者をファイナルに拘束することは難かしい。いま、所有者の死去によって世代交代という場面が訪れたとしよう。相続人がひきつづき環境緑地として維持できれば万々歳であるが、ここ数年来、相続税の重圧に堪えかねた相続人が、やむなく宅建業者に美林を手放し、道としてもこれを認めざるをえない、というケースにしばしば遭遇した（ちなみに、ナショナル・トラスト問題には終始、税制問題が微妙なかげを落としている。イギリスのナショナル・トラストの成功は、税制面の優遇措置に負うところが大きい）。

こうして、自然環境の保全につながるさまざまの制度も、所有権の壁のまえに決して万能薬ではない、とすれば、その辺をカヴァーするために、やはり制度の間隙を埋める基金を設ける必要があるのではないか？

(3)　もともとナショナル・トラストという言葉は、民間から醸出された環境保全のための基金という含意をもっていた。かような含意に沿って基金を設けるとすれば、その規模、調達の方法や管理形態、などの難かしい問題に当面する。きびしい財政事情ないし経済状況を反映して、作業部会の議論も白熱した。かりに基金の本体をとり崩さないで、果実の運用をはかるとすれば相当規模のファンドを用意する必要がある。一〇〇億円を目標に緑のトラスト運動を進めている埼玉県の例などが参考になろう。論議の過程では、一〇〇〇億の基金があれば道内の民有林をすべて買いとって保全できる、といった話題も出たが、所詮は夢物語で、お笑い草に終った。一〇億円程度を目標にささやかな(?)スタートを切るべし、という意見から、道民の関心を喚起するためにもできるかぎり壮大な目標を樹てるべきだ、との意見にいたる多様な意見分布があるなかで、財源をどうするかが、さしあたり最大の問題にほかならない。

すでに述べたように、ナショナル・トラストの発想は、元来、行政サイドに由来するものではなく、民間の自発的な醵金活動にはじまる。しかし、公的基金であろうと、企業の寄付であろうと、その辺をはばかる理由はないのではないか。ナショナル・トラストを声高に唱えることで大いにナショナル製品の宣伝をしているのだから、広告費の意味で協力してもらったらどうか、という悪のり気味の意見も出たが、単なる冗談ではない。すぐれた景観を後世にひきつぐ、という国家的大事業であるからには、その趣旨を理解し賛同する者の幅ひろい協力が必要である。

本州のナショナル・トラスト運動について多方面から寄せられた声のなかに、「為政者は恥じよ」という痛烈な一言があった。ある景勝地の保全について行政の理解と協力がえられず、地域住民の気の遠くなるほど厖大なエネルギーと時間の結集という形でしか保全が実現しなかったことへの鋭い警句である。

(4)　基金の問題をふくめて、国や地方自治体がナショナル・トラスト運動にどう関わるべきかは、実のところ難かしい問題である。国民や地域住民に安全で快適な生活を保障することは行政の責務であり、人口の増大に対応して、住宅を増設し、交通体系を整備し、地域開発を推進する必要のあることは述べるまでもない。と同時に、安らぎと潤いに満ちた自然環境を保全し、さらに後世につたえることも重要な政策課題というべきであろう。概していえば、これまでの行政努力は、ひたすら開発による都市化の方向をめざし、景観や環境の保全を唱えるばあいでも、せいぜい都市景観の保全にとどまる傾きがあった。もっとも、行政サイドに立って弁ずれば、一般に風景や環境は明確な基準で測りえない個性をもっているから、一律公平性を志向する伝統的な行政の枠組みになじみにくい面があったこともたしかである。景観行政と呼ばれる領域の立ち遅れも理由のないことではない。けれども、ナショナル・トラスト運動がめざすものをもっぱら民間の自主努力にのみ委ねて、行政が手を拱くとすれば怠慢のそしりを免れないであろう。たとえば税制面の優遇措置を講じ、ひろくノウハウを蓄積し、保全基金の面でも助成・協力をはかる、といった方向が推進されるべきではないか。

◇…〈節度ある触れあい〉

(1)　先ごろ、紀伊半島の西岸、天神崎を訪れる機会に恵まれた。いうまでもなく、わが国におけるナショナル・トラストの典型例として、天下に名だかい景勝地である。海と磯と丘と森と。パンフレットの紹介文句を引用すれば、「海岸自然林の動植物と海の動植物が、平たい岩礁をはさんで同居し、森・磯・海の三者が一体となって、一つの安定した生態系を形づくっている」ところに天神崎の自然の特徴がある由。この貴重な自然、天からの授かりものを、別荘地の造成から守り、後世に残すために、地もと住民の涙ぐましい努力が重ねられ、天神崎全体からみるとなお一部ではあるが、その買い取りに成功した。ともかくも開発の危機は未然に防がれたのである。

案内役をお願いした米本氏の先導で、磯と丘と森を一巡する。あたかも私たち一行が北国から運んだかのように、紀州には珍しく粉雪が舞う。点在する岩礁のそこかしこに、サーカスもどきに重なったアラレタマキビ貝の珍妙な姿が目につく。丘の中腹には象ムシに食べられたウバメガシの実が散らばり、沢合いにはカスミサンショウウオの卵がひっそりと息づいている。生物の宝庫、という謳い文句も決して誇張ではない。この自然がわが国ナショナル・トラスト運動の象徴的存在かと思うと、それなりの感慨があった。

運動の推進役である外山八郎氏は、もえたぎる情熱をうちに秘めた、物しずかな紳士である。その外山氏と、かぎられた時間ではあったが、暫時ナショナル・トラスト運動について語りあう機会をもった。座談のなかで、とくに印象に残ったのは観光客のいりこみという問題である。天神崎の名があがり、全国に喧伝されると、やがて多勢の観光客がバスを連ねて訪れるだろう。はたして観光客の氾濫の中でこのかけがえのない天神崎の自然をいまのまま守り抜くことができるだろうか。地もと和歌山県では、自然保護担当の部門は機構上、経済部観光課に属している。外山氏は静かにその辺の苦衷を語った。

⑵　ナショナル・トラストの対象は、博物館の中に鎮座するたぐいの、ふれあいを阻む自然ではない。後世につたえるべき自然だからといって現世代が疎外される謂れはない筈である。私事にわたるが、長年イギリスで暮らした経験をもつ妹の話では、とき折ナショナル・トラストの保有する景勝地めぐりが企画され、友人と誘いあって風光明媚な景勝や貴族の館などを訪ね回るのが何よりの楽しみだったという。観光と自然環境の保全と。外山氏の述懐をまつまでもなく、そ

こにはナショナル・トラスト運動当面のディレンマがある。すくなくとも、理念なき観光用の自然に堕してはならない。要は節度ある触れあいを保つことに尽きるだろう。

⑶　本道は全国に誇るすぐれた自然景観を擁している。天神崎の探訪から帰って、あらためて北海道の自然、その雄大なスケールを実感した。行政サイドの対応や基金の帰趨がどうあろうと、環境の保全は、究極的には道民各自のモラルないし実践にまたなければならない。ナショナル・トラスト運動の前途は決して平坦ではない。全道あげて〝自然環境保全宣言〟を高らかに謳うことはこっけいだろうか。

（「北海道の自然」別冊No.二六号（一九八六（昭和六一）年六月）所収）

2　自然保護の大義を（新会長あいさつ）

一〇年間にわたって自然保護運動に献身されてきた八木前会長のあとをうけて、協会運営の責任を負う廻りあわせとなりました。省みて身のすくむ思いがいたします。

〃泣きたいほど美しい北海道の自然〃に魅せられてから早や三〇年。折にふれて探ね歩いた自然は、なんと素朴で、安らぎに満ちていたでしょうか。渺茫たる湿原のただなかに佇み、さわさわと吹きわたる清風に身を委ねるとき、あるいは原生林の奥ふかく、豊醇な樹々の香りにむせながら野鳥のシンフォニーに聴きいるとき、自然とともに生きる喜びと感動がひろがります。〃命の洗濯〃とは、たぶん、こんな体験を指すのでしょう。

この豊かな北海道の自然にも、ひたひたと開発の荒波が押し寄せてきました。都市化の進展によって近郊の里山や樹林が失われ、山奥ふかく延びる道路は自然の生態系を脅かし、リゾートブームの呼び声に乗って大規模なゴルフ場やスキー場の造成計画も目白押し、といった有様です。

山を崩し、森を拓く、巨大な企業エネルギーを何と形容したらよいのでしょうか。開発のもたらす生活上の便益はともあれ、わが愛すべき本道の自然にとって、まことに由々しい状況といわなければなりません。

総会の際のご挨拶で、私は〝気負わずに自然体でゆきたい〟旨を申し述べました。元来、自然は万物の根源であり、人間生活の基盤でありますから、その保全に努めることは、誰憚ることのない、しごく当然の筋合いであるにもかかわらず、現実はそれほど単純ではありません。地球の温暖化や酸性雨の問題、あるいは熱帯雨林の減少など、地球的規模の環境問題が自覚されながら、さて身近な環境問題となると、地域振興の大義名分が罷りとおる、という状況があります。ともすれば構えた感じで自然保護を唱えざるをえない風潮があるのは残念なことです。こんな現状に棹さして、協会は、どんな姿勢で、どのような方向を目指すべきでしょうか。

第一に自然保護の大義を貫くこと。それこそは協会活動の〝錦の御旗〟であって、いわば協会のレゾン・デートル（存在理由）にほかなりません。定款の示すように、自然保護思想の普及や啓発、基礎的な調査・研究、自然環境問題への提言などがだいじな仕事になります。むろん、かぎられた人数と時間的制約のもとで、協会が道内のあらゆる環境問題に直接かかわることはできませんが、少なくともモラル・サポートを惜しむべきではないでしょう。リゾート開発やナショナル・トラスト問題などの重点課題には長期的展望をもって取りくむ一方、多彩な地域問題についても、是を是とし、非を非とする、節度と勇気をもちたいと思います。

ついで、不偏不党の姿勢を保つことが必要です。自然保護は本来、一党一派の問題ではなく、行政や企業、住民だけの問題ではなく、まさに全国民的課題である筈ですから、特定の党派やイデオロギーと結びつくものではありません。あえていえば、保守や革新、体制や反体制の枠をこえる次元の問題です。守るべき自然の概念や保護の方法論をめぐる見解の隔たりについては、英知を傾けて、幅広い意見の集約がはかられるべきでしょう。

蛇足ながら、その三として、〝人の和〟をあげたい。せっかく自然保護の大義に向けて志を同じくしながら、小異に固執して大同を失うときは、協会活動のエネルギーが大きく減殺されることになりましょう。北海道の自然のようにおおらかに、手を携えて仲よくやろうではありませんか。

課題は山積しています。北海道の豊かな自然、すぐれた環境を後代に引き継ぐのは、現世代の責任です。本協会の使命もきわめて重いことを弁えなければなりません。八木前会長をはじめ、協会活動を担ってこられた方々のご尽力にあらためて謝意を表するとともに、会員の皆様方のさらなるご支援・ご協力を切にお願いする次第です。

（「北海道自然保護協会会報（NC）」七一号〔一九九〇（平成二）年七月〕所収）

3 〈自然、この豊饒なるもの〉

◇…先ごろ、環境庁から、環境モニターを対象とするアンケート調査の結果が公表された。「最も関心のある環境問題は何か」の問いに対し、〃地球環境問題〃を挙げた回答が四八％、かたや〃自然保護〃は四％にとどまったという。地球環境問題とは即ち自然保護問題ではないのだろうか？　その辺の機微はともあれ、二つの数字の間の落差に衝撃を覚えた。

◇…自然保護問題の難かしさは、そもそも保護されるべき自然の概念が、あまりにも多彩で、茫漠としているところに由来するであろう。人それぞれ、自然とは緑であり、風景であり、野生の動物である。ときには澄明な空気であり、水であり、母なる大地である。そのすべてを包容しながら、自然はたえず生成し、移ろい、装いを変えてゆく。自然の懐は豊かで、大きく、深い。はたして人間は、かくも多彩で変幻たる大自然を、高みから〃保護〃する立場なのだろうか？

◇…この際、人間を自然の一部ととらえる見解も、いたずらに混迷を深めるばかりであろう。

人間はこれまで、自らの欲求のままに、山を削り、森を拓き、ひたすら自然を侵奪しながら、その生活圏を拡大してきた。人間をふくむ〝あるがままの自然〟を尊重するとすれば、そんな人間の在り様を肯定することになる。緑したたる樹林を轟然となぎ倒す、巨大なリゾート開発の現場に佇むと、とても人間を自然界の一部として達観する気分にはなれない。

◇…あれこれ物の本を読みあさっているとき、ふと〝地球の幸福〟という玄妙な言葉に出逢った。酸性雨や温暖化現象、あるいは熱帯雨林の減少問題などを例にひくまでもなく、わが愛すべき地球は、病み、衰えている。病める地球を救い、美しい自然を回復し、地球の幸福を守らなければならない。快適な環境は、人間にとって、かけがえのない幸せなのだから……。という論旨に読めた。

自然ないしは自然環境に有用性を認めて、これを保護する考え方は、たしかに一つの見識であろう。けれども、澎湃たる地域振興や開発の潮流に対抗するには、より飛躍した発想、理念が必要と思われる。有用性を根拠とする自然保護は、所詮〝人間保護〟にすぎない。新しい環境倫理学はなお未熟であるが、少なくとも自然それじたいに価値があり、環境それじたいが最適な存在への権利をもつ、という主張には、耳を傾けてよいのではないか。

（「北海道の自然」二九号（一九九〇（平成二）年一一月）所収）

4　動物さん、ごめんなさい

母なる大自然には、無数の生命が宿っています。太古の昔から、私たちは、生きとし生けるもの、動物の世界と深くかかわり、かぎりない恩恵を享けてきました。

もし、この世に動物がいなかったら……？　山あいの道で、絵本から抜けでたような愛くるしいシマリスに出逢って、思わず顔が綻ぶこともありません。お花畑で昼寝をしていても、キスをしてくれる蝶々はいない。はるかな湿原にタンチョウの姿はなく、森を散歩しても野鳥のさえずりは聴こえてこないのです。もしも、この世に人間しかいなかったら……、世界はどんなに味気なく、殺伐なものとなることでしょう。

いま、リゾート開発や産業開発の波がひたひたと日本列島を掩い、動物たちの生活圏はしだいに狭められています。安住の場を奪われた動物たちは、いったいどうなるのでしょう？　耳を澄ませば、動物たちの悲鳴が聴こえてくるではありませんか。

イソップ寓話のなかで、池の蛙は悪童たちにこういいました。「どうか石を投げないでください。あなた方には遊びでも、私たちには死なのですから……」。省みますと、私たち人間は、動物たちに随分ひどい仕打ちをしてきました。この際、動物性蛋白の供給源という面は問わないとして、ヨーロッパでは、人間に害をおよぼした哀れな動物たちを裁判にかけた歴史さえあるのです。〝地球にやさしい〟生き方が唱えられるいま、私たちは、これまでの身勝手な人間中心主義を恥じなければなりません。

北海道自然保護協会では、毎年、自然や環境に関わるテーマを選んで「読本」を刊行し、自然保護思想の啓発に努めてきました。「動物と私たち」は、数えて七冊目にあたります。読者は、その道の専門家の案内で、ワクワクするような〝動物ランド〟に遊ぶことができるでしょう。どうぞ、ご家族そろってお楽しみください。

（「北海道自然保護読本」〔一九九一（平成三）年〕所収）

5　北海道のリゾート開発について（談）

《〃リゾート法〃によってリゾートを推進する方向に強い刺激が与えられました》

四年前に「総合保養地域整備法」いわゆる「リゾート法」が成立しました。これは簡単に言えば、民間の活力を生かしながら、官民共同で、総合保養地域の開発を促進するという法律です。すべてのリゾートに適用されるのではなく、相当規模の面積があって、自然の景観に優れた所など一定の要件を満たした地域に適用され、北海道では富良野・大雪が適用の対象になっています。

適用された地域に対しては、例えば、整備のために税制面や金融面で優遇措置をとったり、公共施設の基盤整備(道路をつけたり)にも協力しよう、また開発にはいろいろな規制がありますが、それをクリアするため許認可についても支援しようというわけです。

適用されるのは一定の要件を満たした限られた地域ではありますが、このように国の政策として推進するという方向が盛り込まれたことから、リゾートは善であるというイメージができて、大義名分が与えられ全国的にたくさんのリゾートができました。しかし、自然の保全については大いに配慮に欠けていたと思います。整備といえば聞こえがいいですが、実態は、広い地域でゴルフ場、スキー場、ホテル、いわゆる三点セットを作っていくわけです。

《一ケ所でゴルフ場を作ると、最低で１００haの土地を必要とします》

ゴルフ場にしても、石がゴロゴロしている荒れ果てたところをきれいに作ってというのならいいですが、そのほとんどが森林です。残置森林の比率が決められていますから、１００haすべてが丸坊主になるわけではありませんが、やはり自然景観の優れたところをターゲットにしますから、どうしても豊かな森を切り開いてということになってしまいます。リゾート、特にゴルフ場については、現状ですでに過剰だと思います。最近の世論調査でも七・八割の人が、ゴルフ場は過剰だという認識で、普通の国民の感覚からしても多すぎるということでしょう。

また、ゴルフ場というのは緑の芝生に覆われていて一見きれいですが、土地を固めるために地盤凝固剤を使いますから、地質が重金属で汚染されます。農薬とともに水質汚染にもつながります。ゴルフ場のグリーンは本来の自然と引き換えに作られた人工的自然、擬似自然なのです。

《森林には、そこにあるだけで大切な役割を果たしているという公益的機能があります》

森は空気を浄化したり、雨が降ってもそれをそのまま低いところへ流さず、木自体に水を貯えて、水源を涵養したり、土砂の流出を防いだりします。いろいろな生物が生命を宿し、それが人々に安らぎを与えてもいます。森を伐るということは、それなりのメリットがあるとしても、より以上のものを失っているのではないでしょうか。

《森林は国民の財産であると考えれば、国有林の赤字は、国全体でカバーしなければいけません》

北海道の71％が森林です。そのうち6割が国有林です。大きなリゾートを作る場合、国有林をつぶしてという問題にぶつかります。

国有林の会計は一般会計ではなく、林野庁の特別会計でまかなわれています。これは国有林の中で収支のつじつまを合わせていかなければならないということです。国有林は一兆円以上の膨大な累積赤字を抱えているため、生産性を上げて赤字を解消していかねばならないという問題があります。森を伐って売ることについては、外国の木材の方が安いこともあり、また自然保護団体などの反対も強くてなかなか伐れない。そこで、例えば、リゾート開発に国有林を切り売りするわけです。本来なら、森を保全するのが使命であるのに、森林労働者も少なくなり、一方では赤字解消ということで、それを売っていかなければならないのです。

森林の公益的機能を考えるならば、林野庁の赤字は国全体でカバーしなければいけない。つまり一般会計でまかなうことが必要です。森林は全国的財産ということであれば、私は国民の理解は得られると思います。

《大規模なリゾート開発ではなく、もっと素朴なふるさとリゾート的なものを考えてはどうでしょうか》

町長さん、村長さんに会いますとね。皆さん地域振興と言う。村の人口が減って、何とか村おこしをして人を集め、ふるさとを振興したいという気持ちは痛いほどわかりますし、それを否定しているわけではありません。だからといってどこでもやっている三点セット的なものでいいのか。全部の市町村がやっていては成り立たないし、すでにその兆候は現れているでしょう。

私などがゴルフ場の問題であちこち回って、町の人たちに談じ込んだりせざるを得ない状況があるわけです。煙たがられているかもしれないが、もし誰もそういう声を上げなければ、歯止めがないですよ、開発というのは……。

企業の論理に従って開発をして、そして、利潤が上がらないことになれば撤退するのですから、後には、巨大な人工的自然が残るわけです。

大滝村などは、いい意味でのふるさとリゾート的であり高く評価していたんですが、大滝村高原リゾート構想というのが持ち上がって、ゴルフ場、ホテルなどができるといいます。大滝村さえもがという感じがしています。

地域の個性がありますから、どうすればいいということは言えないけれども、もっと別な形でイベントをやるなり、ハード的な方向でなくてソフトを、知恵を傾けてやるという方向があるのではなかろうかと思います。

《本当の自然保護とは、人間に役に立つからというのではなく、地球上に生きている全ての生物それ自体に価値があると認めることではないでしょうか》

今まで人間の文明は森を伐ったり山を崩したりして築かれてきたのですが、自然は人間が生命を託している基盤なのだからと、世界全体が、自然破壊型から自然保全型の文明へと変わってきています。

自然が人間にとってかけがえがない、人間に恩恵を与えるから自然を守るという考えです。しかし、本当の意味での自然保護は、人間にとって役に立つとか立たないとかにかかわらず、自然それ自体に価値がある、というのが新しい環境倫理です。

地球上に生きているのは人間だけではない、いろいろな植物や動物が生きている。狐にも熊にも野に生えている草にも、それぞれ最適な環境を与えられる権利があるという考え方です。宇宙船地球号という言い方がありますが、宇宙船地球号には、人間だけでなくいろいろな生物が乗り合わせているという発想です。

人間なんだから人間中心に考えてもいいのですが、今生きている現世帯中心ではなくて、そこにいわゆる子孫のためにということを入れて、自然は預り物という考えを持つといいのではないでしょうか。

（「ビー・オール」二七号〔一九九一（平成三）年〕所収）

6　自然と私たち

◆〝蒼く輝く地球〟から〝紫の地球〟へ

地球は病んでいる。もろもろの兆候を綜合すると、多年の不節制が祟って、かなりの重症らしい。

一九六〇年代の初頭、人類がはじめて宇宙空間から地球を眺めたとき、「それは漆黒の闇に浮かぶ宝石のように蒼く輝いていた」。宇宙飛行士が昂ぶる思いをそんな風につたえてから三〇年を経て、TBSの秋山飛行士が眺めた地球は、もはや煌めく宝石ではなく、どんよりと霞んでいた。昨年の暮れ、宇宙を飛んだ米飛行士の帰還報告でも、ピナトゥボ大噴火の影響もさることながら、地球は紫色に汚れていたことが報じられている。地球の病弊を象徴的に示すエピソードといえよう。

いまや全地球的な規模で環境問題がクローズアップされ、人々の強い関心を惹くことになった。

フロンの多用によって、地上の生物を紫外線から守るべきオゾン層の破壊が進む一方、CO_2濃度の増加にともない、地球の温暖化が加速する。野生生物の生息環境も急激に悪化し、たとえばニホンオオカミやカワウソの姿はすでになく、トキやシマフクロウも絶滅の危機に瀕している。ほかにも地球の砂漠化や熱帯雨林の減少、海洋汚染や酸性雨被害の拡大など、グローバルな環境問題は枚挙にいとまがない。昨年行われた環境庁のモニター調査では、「最も関心のある環境問題は何か」の設問に対し、実に五割近く、四八％の回答者が〝地球環境問題〟を挙げたという。ちなみに、その際、〝自然保護〟という答えは、公害や生活環境問題についで、なぜか四％にとどまった。

◆自然、この茫洋たるもの

私見によれば、いわゆる地球環境問題とは、実は自然環境問題であり、すなわち、自然保護問題にほかならない。前記のアンケートに窺える数字の落差をどう理解したらよいかは難かしいが、帰するところ、その辺の消息は、〈自然〉の概念があまりに多義的で、豊饒で、茫洋としていることに由来するであろう。母なる大自然はすべての自然物を包容し、私たちを取りまくトータルな外界として存在する。その懐があまりに広く深いために、おのずから保護されるべき自然が地球的規模で把えにくいのではないだろうか。たぶん、アンケートに答えた人々の念頭におかれた自然とは、四季折々のふぜいを映すふるさとの森であり、小川のせせらぎであり、絶滅の危機にあえぐオロロン鳥であるに違いない。とはいえ、これら身近な自然保護問題のいずれも、結局はどこかでグローバルな環境問題につながっていること、いわゆる地球環境問題のすべてが本質的に生物の生息環境の問題であり、自然保護の問題であること、を弁えるべきであろう。

◆憂うべき自然破壊の進行

こうして、地球の危機は自然の危機である。人間はこれまで、山を崩し、森を拓き、ひたすら自然を利用し破壊しながら、その生活圏を拡大してきた。その過程で、厖大な資源やエネルギーを消費する一方、さまざまな廃棄物で自然を汚してきた。そこに築かれてきたものは、いわば自然侵奪型の文明といってよいであろう。現に人類の生存そのものを脅かしている環境問題は、かような、多年にわたる文明の〝発展〟やライフスタイルの決算にほかならないのである。

いうまでもなく環境問題には地域的な個性があり、人口爆発や南北問題というタームで語られるように、国や社会の歴史的・経済的、ないしは風土的条件によってその発現を異にするから、一概には論じがたいが、わが国の現状に即していえば、産業開発や地域開発、最近ではとくにゴルフ場を核とする大規模なリゾート開発の影響が深刻である。ひところ関心が集まった農薬や地盤凝固剤の多用による環境汚染等にとどまらず、ゴルフ場の過剰な開発は、地上げまがいの用地取得や会員権の乱売など法秩序の紊乱さえ招いており、その弊害は看過しがたいものがあろう。

聖書のヨブ記に、リヴァイアサンという水陸両棲の怪獣が登場する。巨大なリゾート開発の現場に佇むとき、私には、高度の技術と怪力をもつリヴァイアサンが、日本列島を我が物顔に闊歩して〝自然を食べている〟ように思えてならない。怪物の跳梁によって、貴重な自然が傷つき、失われてゆく。たとえば林や河川、海岸などの自然物にさえ、〝自然〟という形容詞が冠されるようになった。それほど人工的なものが自然を掩いつつある証左であろう。いずれ、人工の加わらない自然、あるがままの自然、という意味あいで、〝自然自然〟という言葉が罷りとおる日の到来することを、私はひそかに懼れている。

◆新しい環境倫理の模索

際限のない浪費や開発に対し、いまや倫理的な歯どめが必要である。理念的にいえば、自然侵奪型文明から自然保全＝培養型文明への転換こそがめざすべき方向であろう。遅まきながら、人々はそのことを覚りはじめた。

なぜ、自然を保護しなければならないのか？　いわく、人間は自然の一部であり、自然をはなれては生きることができないから…。あるいはいわく、人間が生きてゆく上で自然はだいじな基盤であり、かけがえのない存在だから……。自然破壊に対する反省が芽生えたあとでも、この種の理念がひろく語られてきた。かような人間への効用を重視する自然保護は、しかし、自然保護を謳いながらも、所詮は人間保護にすぎない。いわば一種の功利主義である。これに対し、新しい環境倫理観によれば、人間にとって役だつかどうかに関わりなく、自然そのものに普遍的な価値が認められる。いいかえれば人間をふくむすべての自然物に最適な生存環境があたえられるべきで、人間だけが理不尽にも、他の生物の生活圏を侵すことは許されない、と説く。

自然生態系それじたいに価値を認める発想はまことに新鮮である。すでに天然記念物の制度や、野生生物の種の保全に関わる国際協力の推進などには、かような理念の萌芽を窺うことができよう。

新しい環境倫理を受けいれることに、なお躊らいが残るとすれば、少なくとも、現世代にとっての功利という視点からではなく、いわば人類の種としての生存に責任を負う立場から、かけがえのない自然を後の世代に遺す、という発想への転換が必要ではないだろうか。

◆自然に優しいライフスタイル

地球環境に優しい生き方を唱える声がとみに高い。〝地球に優しい〟生き方とはすなわち〝自然に優しい〟生き方である。それは、ごく平凡ではあるが、三つの行動基準に集約されるであろう。

その一は自然を壊さないことである。最大の環境破壊というべき戦争は論外として、開発には極度の自制が求められる。ある寓話の中で、一匹の蛙が悪童たちにこう頼んだ。「お願いですから池に石を投げないでください。あなた方には遊びでも、私たちには死なのですから……」。

その二は自然を汚さないこと。産業廃棄物や生活廃棄物による環境汚染はとりわけ深刻な問題である。何げないごみ投棄が動物たちを死に追いやるたぐいの悲劇をくり返してはならない。

その三は自然を無駄にしないことである。省資源、リサイクル運動は大いに推進されてよい。とくに化石燃料消費の抑制は、環境へのグローバルな悪影響を避けるためにも、いまや全人類的な課題というべきであろう。

環境保全のための国際的な行動指標を求めて、近く「国連環境開発会議」、いわゆる〝地球サミット〟がブラジルで開かれる。環境問題への関心が澎湃と高まるなかで、地域に根ざした処方箋作りをになう自治体行政の役割はまことに大きく、その責任は重い。

（ほっかいどう「政策研究」第二号巻頭言〔一九九二（平成四）年〕）

7　あるがままの自然

花は咲き、蝶は舞い、鳥は歌う。「ほんとうに自然はすばらしい。この流れの彼方も、あの山の向こう側も……。」曠野をわたる風が、そっと囁く。

◇　ある会合で、〝〈自然〉の資質〟を評価してランクをつけることの可否が話題になった。はたして〈自然〉に、たとえば〝すぐれた自然〟と〝そうでない自然〟といった優劣の差があるだろうか。あるがままの自然であるかぎり、すべては本質的に等しいのではないか？　人それぞれの自然観がぶつかりあって、議論は白熱した。結局、学問的関心や稀少性、あるいは景観性などの人為的基準に照らして、すぐれた自然地域を抽出することになったが、釈然としない思いが残った。

◇　野付半島のトドワラは立ち枯れの奇勝として名だかい。訪れる人の目を惹きつけた天下の奇勝も、しかし、積年のきびしい環境条件のもとで、しだいに衰退し、消滅しつつある。同種の枯木を搬入・造形したうえ、コンクリートで固めて保全する案を地元で聞いて、耳を疑った。自然保護とは〃滅びゆく自然〃の一断面を截りとって飾ることではない。遷移の過程を人為的に阻止し、固定することは、むしろ反自然ではないだろうか？

◇長野県の稗田、富山県の鳶山とならぶ日本三大崩れの一つ、富士山の大沢崩れでは、現に落石を防ぐという名分でコンクリートの砂防工事が進行している。千年以上も前からつづく崩れの被害がにわかに増大したものかどうか、その辺の消息は定かでないが、自然の変容をこうした形で人為的に遮断することをどう理解したらよいのだろうか。たとえば遺跡や歴史的建造物の保全とは明らかに意味がちがう。テレビの映像を見ながら、ひとしきり感慨にふけった。

◇いったい、守られるべき自然とは何なのか。人間に対する効用という視点をはなれて、あるがままの自然生態系そのものに価値を認める考え方につよく魅かれる。むろん人間は、生物の種として、自らの生存を保たなければならないから、その生存を脅かす有害な影響に対しては、〃正当防衛〃が許されるであろう。また、人間は、美や快適さを追求する動物であるから、自然への手入れや加工も、一概に否定するわけにはいかない。とはいえ、本来あるがままの自然に無理な工作を加えることなく、これを〃自然に委ねる〃ことの方が、多くのばあい、〃倫理的に正しい〃のではないか。

◇　ここ数年、協会は、ゴルフ場問題への対応に追われてきた。ゴルフ場の緑は、いわば厚化粧を施した人工の自然であり、擬似自然である。自然の資質には隔たりがないとしても、私には、茫々たる原野や雑木林の方がはるかに好ましいものに思えてならない。

（「北海道の自然」三〇号（一九九二（平成四）年）所収）

8　山がそこに在るから……

この世に山や海があるおかげで、どんなに私たちの日々は、豊かで、潤いに満ち、かぐわしく、ふぜいに富んでいることでしょう。皆さんは山と海のどちらがお好きですか？　ご多分にもれず、私も〝山党〟で、折にふれて山野をさまよい、四季の移ろいを楽しんできました。残雪のかげにひっそりと咲きこぼれる可憐な花々。見はるかす緑の樹海。目もあやな錦模様から、いつしか眩ゆい銀世界への変貌……。

「なぜ、あなたは山に登るのですか？」と問われた高名なアルピニストは、しばらく黙考したのち、「山がそこに在るから…」と答えました。たぶん皆さんも、山が好きな理由を尋ねられたら、答えに窮することでしょう。山はあまりにも大きく、山の懐はあまりにも深く、その魅力を一言で語ることはできません。

山にはまた、素晴らしい出会いがあります。見知らぬ人同士でも、山道では気さくに挨拶を交わし、しぜんに連帯の輪が拡がります。ヤッホーと呼べばヤッホーと谺《こだま》をかえす山の雰囲気が、人を屈託から解放するのでしょうか。人との出会いばかりではありません。絵本から抜け出たような愛らしいシマリスや、名も知れぬ小さな草花との出会いは、生涯の宝として、想い出の束を彩ることでしょう。

そんな山々も、残念ながら、自然破壊や環境汚染の圏外ではありえません。リゾート開発の波はひたひたと山あいに迫り、森林の伐採や心ないごみ投棄によって、山岳環境がしだいに蝕まれつつあるのはほんとうに悲しいことです。山を荒廃から救うために、いま、私たちの日常的努力が求められています。大好きな北海道の山々が、願わくば、いつまでも豊かで、自然のまま保たれてほしいですね。

当協会の事業の一環として、自然と私たちシリーズの第五巻、「山と私たち」が刊行の運びとなりました。山の生いたちや、そこに住む動物たち、森林と人間との関わりなどが、それぞれの専門家によって判り易く説かれています。どうか、楽しい山の小事典として、あるいは山歩きの伴侶として充分にご活用ください。

（「北海道自然保護読本」〔一九九二（平成四）年〕所収）

9　〈森は海の恋人〉

◇…年甲斐もなく、相撲で脚を痛めてから、通勤には車をつかうことが多い。昨年の春さき、通いなれた途すがら、ふとR観光の社屋を見あげると、〈森は海の恋人〉と書かれた大きな垂れ幕が目に留まった。観光会社の宣伝としては、意表をつくキャッチフレーズである。何となく茫洋と、さわやかな印象を受けながらも、不敏にして、その由来を知らずにうち過ぎていたところ、たまたま聴いたラジオや新聞のコラムで、その辺の消息に接することができた。

◇…大自然の摂理にしたがい、森は水をたくわえ、落ち葉や腐植土を堆積する。その豊かな養分を川がはこぶ。海辺の生き物たちはこれを糧として育ち、かぐわしい森の匂いをかぐ。〝森は海の恋人〟というわけである。宮城県で牡蛎（かき）の養殖に携わる人々は、この言葉をモットーとして植林活動に励んでいるという。

豊饒の海―。森に熱い思いを寄せるラブコールの発信者が、すべてを包みこむおおらかな海であるところが実にいい。久しぶりで、眼から鱗の落ちるような思いを味わった。
◇…この世の森羅万象、あらゆる自然の要素は、たがいに密接に関連している。森と海の関係についても、しだいに解明が進んできた。たとえば日本海北部に見られる海やけ現象の遠因が森林の乱伐であることは広く知られている。森は豊富な養分を川に供給するばかりでなく、水量や水温の安定に寄与し、生き物の棲みやすい日陰をつくる。有機物をたっぷり含んだ河川の浄水が、コンブの成熟に好影響をもたらすという知見なども、最近の研究成果といえよう。この種の認識が深まるにつれて、道内漁業関係者のあいだで、植林や緑の回復運動が着実に拡がりつつあることは、歓迎に値いする。
森林の恵沢は無限である。小鳥の囀りを聴きながら、清浄な森の空気を深々と吸いこむとき、どんなに身も心もリフレッシュすることか。森は牡蛎や海だけの恋人ではなく、生きとし生けるもの、すべての母であり、恋人にほかならない。
◇…その森が危ない。あいつぐリゾート開発や草地の造成によって、毎年五千ヘクタールをこえる道内の森林が失われている由。あるイベントで、「森は死んだ」という倉本聡氏の壮烈な詩を聴き、その想いに共感した。森が死ぬことは神々の遊ぶ庭がなくなることである。森が滅びることは、神を失うことである。恋人が傷つき、死んでゆくのを、どうして黙視できるだろうか。

◇…一方では海の汚染も進行している。きれいな海は、たぶん、森にとっても〝恋人〟だろう。豊饒な森と海。願わくは、いつまでも相思相愛の間柄であってほしい。

（「北海道の自然」三一号〔一九九三（平成五）年〕所収）

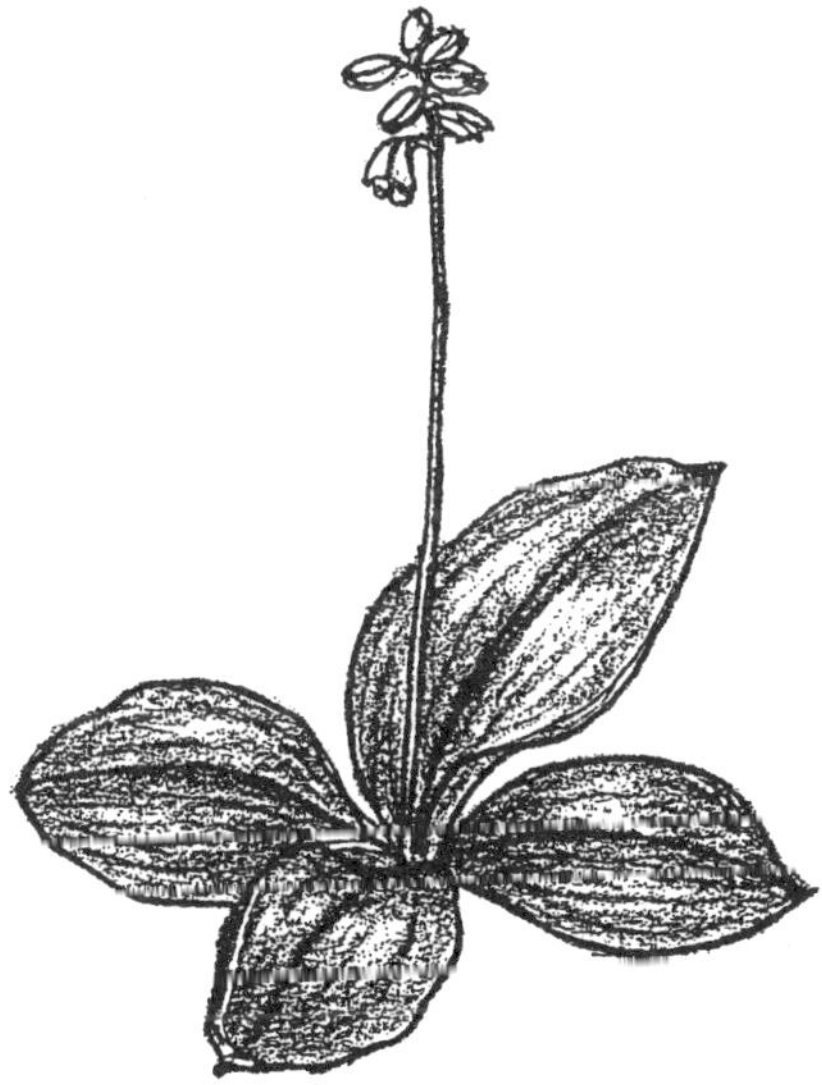

10　魅力いっぱいの自然

〝公園〟という言葉には、人の心をときめかす、ふしぎな魅力があります。何かいいことが待っているような、すばらしい出会いがありそうな……。きれいな花々や、かわいい小動物たち。日ごろの屈託から解放されて、のんびりと散策を楽しむ。たぶん、公園はそんな夢を叶えてくれるでしょう。

おなじ公園でも、人工的な性格のつよい都市公園とちがって、自然公園となると、文字どおり自然が主役になります。昭和三〇年代以降、自然公園の体系はしだいに整備され、最近では年間の利用者が一〇億人をこえるほど、ひろく親しまれてきました。残念ながら、一方では自然環境の破壊や汚染も進行しています。むろん公園を利用する側でも、節度ある利用を心がけたいものですね。

自然公園シリーズ・その1として、今回は富良野芦別道立自然公園をとりあげました。数ある道立自然公園のなかでも、際だって広い山岳公園です。夕張岳の頂きから遥かに芦別岳を望み、さわやかな風を満身に浴びながら、ナキウサギの声を聴いたときの感激を、私は忘れることができません。この小冊子には、地域の生いたちや植生、そこに住む動物たちのことが分かりやすく説かれています。どうか、本書を手引として、魅力いっぱいの自然を楽しんでください。

（「夕張・芦別の自然」〔一九九三（平成五）年一月〕所収）

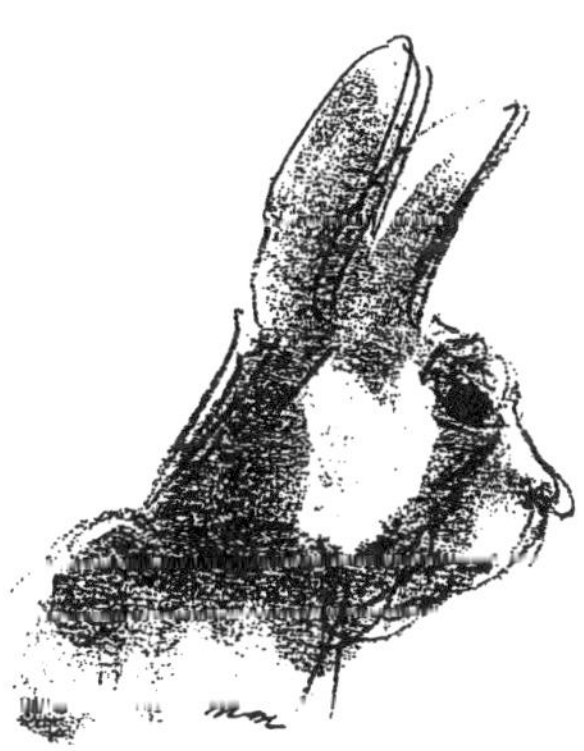

11 〈社会あるところ、法あり〉

◇…春あさい某日、片雲の風に誘われて、美唄の宮島沼にあそぶ。名にしおう野鳥の天国とあって、マガンとヒシクイ、オオハクチョウなど、優に三万羽をこえる鳥たちが群れ集い、まことに壮観である。夕ぐれどきともなると、天から降って湧いたような大編隊が、クランク状や逆V字型の隊列を組んで、空を舞う。目を凝らせば、鳥たちの位置には程よい間隔と段差があって、どの鳥も視野を遮ぎられることがなく、仲間の風圧をもろに受けることもない。何と合理的な飛び方だろう。これが自然界の秩序というものだろうか。感に堪えて見ていると、やがて、かりがねの一団ははるばると沈んで、それぞれのテリトリーに着水した。

◇…残念ながら、万物の霊長である人間は、すでに太古のむかし、かくも美事な自然の秩序原理を失なってしまった。人間はその才智と強い自我のゆえに、たえまのない競いあいや確執、葛藤を招くことになる。こんな状態を、ある学者は〝万人の万人に対する争い〟と表現した。人類にとっての幸いは、そんな気の滅いるような状態から脱却する知恵を人が併せもっていたことであろう。人は孤ならず、つねに社会をつくり、社会はおのずから規範を生む。〝社会あるところ法あり〟という法格言は、その辺の消息を指している。

◇…人の生活圏の拡大にともない、野生の領域はしだいにせばめられてゆく。それは、いいかえれば、人間界を律する法の領域と、野生を支配する自然の秩序原理との摩擦、として把えられるであろう。両者が相剋するとき、法は自然の秩序を支配し、自己の論理にしたがって、これを管理しようとする。とはいえ、かりにも野生との共存を唱えるのであれば、自然を法体系の中に抱えこんで、一方的に屈従を強いることは許されない。人間だけが地球の主人公ではないのだから……。

◇…じつは、法の領域にも、古くから〈自然法〉という概念があった。それは人間をとりまく自然界についての法ではなく、時と所をこえた永久にして普遍的な法を意味している。たとえば〝人を殺すなかれ〟という規範は典型的な自然法と考えられてきたが、戦乱や抗争に明け暮れる世界の現状をみると、ほんとうにそんな不変の法があるのかは、かなり疑わしい。いま、求められているものは、自然の摂理に学びながら、賢明に自然と共生する、ことばの真の意味での〝自然法〟であろう。

◇…やがて水温むころ、沼を埋めた鳥の大群は、はるか北帰行へと旅だつ。いったい、誰がその時機をきめるのだろうか？　たまたま視聴したクイズ番組の解説によれば、血気盛んな若鳥の向うみずな〝一翔〟が、そのきっかけになるという。自然の秩序がこんなハプニングに促されて形づくられるところが、実におもしろい。

（「北海道の自然」三二号〔一九九四（平成六）年〕所収）

12　わが内なる大雪

◇…大雪と石狩の自然が、北海道を代表する第一級の景勝であることは、誰しも異存がないであろう。多くの伝説を秘めた白銀の山々。ゆたかな生命を育くむ原生の森。悠久の時をはこぶ、母なる石狩の流れ……。風のふね大雪を走り、花は咲き、鳥は歌う。山のあなたの空遠く、神々はそこに遊ぶ。

◇…不敏なことではあるが、本道に住みついた当初、私は大雪山という名の単峰があるものとばかり思いこんでいて、友人に嗤われた。そんなたわいない頃のある日、勇駒別から姿見の池を経て旭岳の中腹を彷徨したことがある。何やら屈託があって、重い足をひき摺っていたとき、ふと、童話の世界から抜き出たような、二匹のシマリスに出会った。はい松の間を無心にとび跳ねる世にも愛らしい姿。渺茫たる大自然のただなか、たった一人の〝観客〟の前で繰りひろげられる幻想的な光景に、私は感動した。大雪のイメージとかさなる一幅の心象風景として、それは生涯、記憶から消えないだろう。

◇…およそ二〇年前、このすばらしい大自然を守る会が発足し、**ヌタプカムシペ**の前身である**旭川大雪の自然を守る会ニュース**が発刊された。とどまることのない開発志向、折からのリゾートブームに棹さして、守る会は、大規模リゾートの開発や林道問題、あるいは水質汚染の問題などに、精力的にとり組んできた。その後**カムイミンタラ**も発刊され、これも〝三号雑誌〟の轍を踏むこととなく、心やさしい人々の善意に支えられて、自然保護の灯を点し続けてきた。継続は力なり、という。北の大地に、かくも純粋で、ひたむきな運動が定着したことは、驚嘆に値いする。

◇…とりとめのないメッセージ(?)になってしまった。いま、大雪山国立公園の一角に、野生の聖域を侵す高原道路問題が浮上している。本会設立の機縁となった大雪縦貫道の悪夢は、いつ甦えるかもしれない。課題は山積している。あらためて本会のご健闘を期待し、連帯のメッセージとしたい。

（「カムイ・ミンタラ」一二・一三合併号〔一九九四（平成六）年三月〕所収）

13　自然への思いは変ることなく

——退任にあたって

浮き世の義理もだしがたく、このほど、住みなれた北海道をはなれ、協会の役職を退きました。NC71号で会長就任のご挨拶を申し述べてから、二期四年間の〝時〟が流れ、積み重なったことになります。十分に燃えつきたようで、そうでもなく、短いようで長くもあったような、ふしぎな実感があります。たぶん、矢のように過ぎた日々でありながら、顧みれば、あまりにも多くの出会いやできごとが凝縮していて、いまだに整理しきれないもどかしさが、そんな感慨をよぶのでしょう。

◇……◇……

協会の活動に携わって以来、そもそも自然保護とは何なのか、自然と人間の関係をどう把えたらよいのか、をたえず自問してきました。正直なところ、はじめは、人間が自然界の一部であり、人間も自然的存在である、という想念に囚われていたように思います。この考え方は、しごく当然のように見えて、必ずしもそうではありません。自然の一部という発想をつきつめると、人為や人工も自然に包摂され、帰するところ、野生を冒し、わがもの顔に地球を侵奪してきた、人間という自然的存在の在り様《よう》を肯定することになります。

こうして、自然対人間という構図のなかで、人間をとりまく対象、万物がその生存を託する〃外界的自然〃を過剰な人為や開発から守ることが自然保護にほかならない、と弁えるようになりました。少なくとも、ほんとうの自然保護は、単なる人間保護を超えたところに成りたつのではないでしょうか。

しばらく北海道をはなれていると、その澄明な自然がいまさらのように懐かしく、胸をしめつけられる思いに駆られます。大湿原をさわさわと吹きわたる清風、原始の森が奏でる野生のシンフォニー。開発の荒波に蝕まれつつあるとはいえ、そこには、友人の形容を借りれば〃泣きたいほど美しい自然〃が残されています。かぎりなく豊饒で、おおらかで、清澄な……。泣いても泣かなくてもこんな〃神々の遊ぶ庭〃を、ぜひとも後世につたえなければなりません。

◇……◇……

さらなる運動の高揚には、〈天の時、地の利、人の和〉が必要です。いまや草木もなびく環境の時代。ブラジル・サミットや釧路のラムサール会議などを経て、環境保護の機運は大いに盛りあがりました。残念ながら、グローバルな環境問題への関心が身近な自然の保護に連動していない憾みがあるとはいえ、疑いなく、自然保護運動には〝追い風〟が吹いている、といってよいでしょう。加えて、北海道は、わが国に遺された自然の宝庫として、誰はばかることなく自然保護の大義を主張できる〝地の利〟があります。追い風をはらみ、恵まれた地の利を活かすものは、結局〝人の和〟にほかなりません。協会が、俵新会長のもと、幅ひろく英知を結集して、大同を保ち、しなやかに時代の負託にこたえることを、切に期待するものです。

◇……◇……

この四年間、ルーティンの仕事に加えて、運動面では、たとえば士幌高原道路問題やゴルフ場開発、あるいは千歳川放水路問題など、多くの問題にとりくみ、多くの課題を残しました。脳裏に浮かぶ在任中のあれこれを、いま、得々と語る心境ではありません。いずれにせよ、個性豊かな方々との出会いは、私にとって生涯の宝となるでしょう。固有名詞は省かせていただきますが、ご支援、ご協力を賜った多くの方々に、この欄を借りて心から御礼申しあげます。

北海道をはなれたとはいえ、自然への熱い思いが変わるわけではありません。またの日、本道の自然は、どんなたたずまいで迎えてくれるでしょうか。

（「北海道自然保護協会会報」八七号〔一九九四（平成六）年七月号〕所収）

14　〈自然のパラダイス〉

本道に在住して間もないころ、〝自然派〟を自負する友人に、北海道でいちばん魅力的なところは何処か、を訊ねたことがあります。〝魅力〟は人それぞれですから、ずいぶん乱暴な質問ですね。けれども、友人は、躊うことなく、厚岸湾から霧多布につらなる道東の自然を挙げたのです。そんなやりとりが機縁となって、その後、何度となく道東を訪れ、友人の言葉を実感しました。

とおく近く、そそりたつ海食崖と優美な弧をえがく砂浜。花は咲き、蝶は舞い、渺茫とひろがる大湿原。台地をおおう豊かな植生や点在する湖沼群……。自然そのものに優劣はない筈ですが、道立公園にはもったいない（?）ほどの景観といったら叱られるでしょうか。

ご多分にもれず、こんな自然のパラダイスも、人間社会の葛藤や開発の圏外ではありません。地域の一角は、昨年、ラムサール条約の登録湿地に指定されました。すばらしい自然環境を心ない破壊や汚染から守り、後世にひきつぐことは、現世代の責任というべきでしょう。

自然公園シリーズ・そのⅡとして、「厚岸道立自然公園」をお届けします。例年のことながら、道や前田一歩園財団のご支援に加えて、今回は全労済からも助成をいただきました。多くの方々のご協力に、心からの謝意をこめて……。

（「北海道自然保護読本」道立公園シリーズⅡ〔一九九四（平成六）年〕所収）

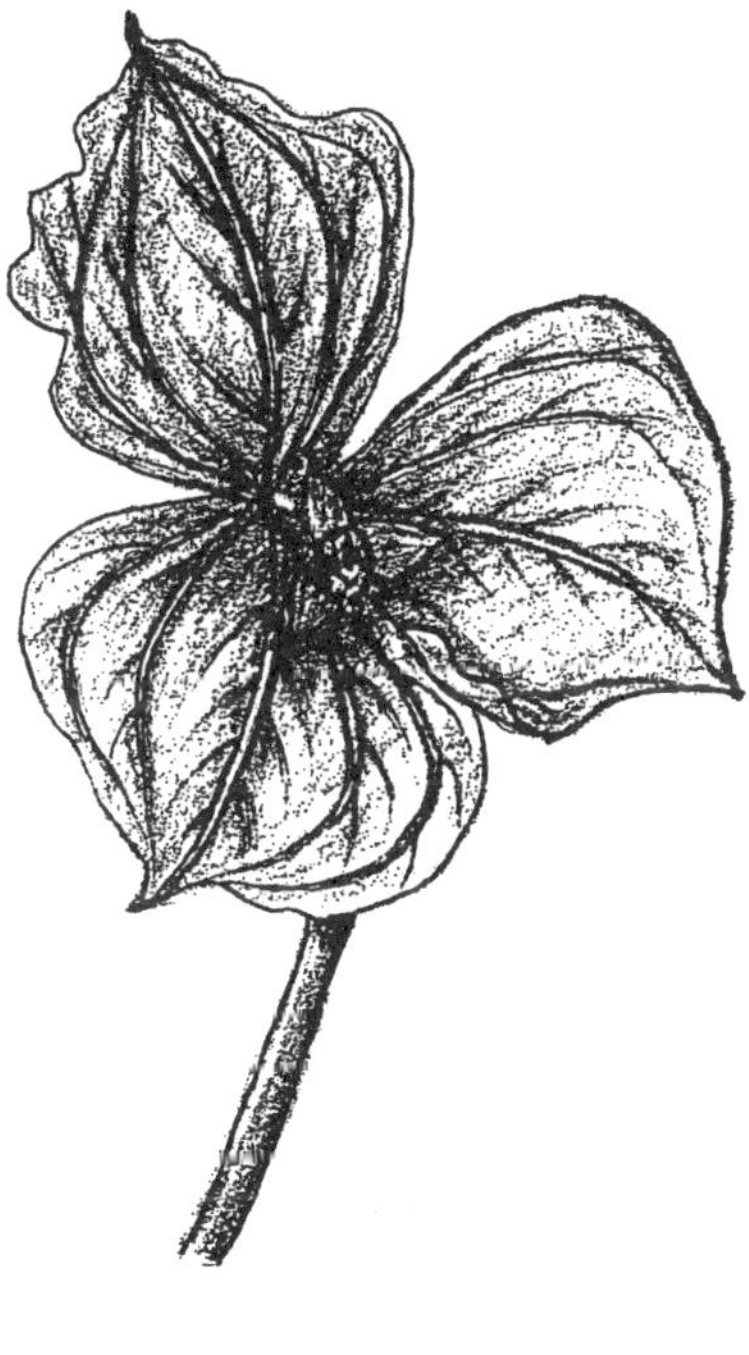

15　自然保護協会と私

むかし、〈王様と私〉という映画を観た。たしか、ユル・ブリンナー主演、昭和三十年代の作品だった、と記憶している。″△△と私〃というタイトルがはやりだしたのは、たぶん、その頃からだろう。いかにも自分がひとかどの人物であるかのように強調し、″私〃を前面に押しだすきらいがあって、実のところ、こんなタイトルは好みに合わない。けれども、せっかく編集委員会でご用意いただいたテーマをにべもなく変えることにも憚りがあって、ひと思案のすえ、あえてその辺はこだわらないことにした。

つい先日まで、二期四年ちかく、私は″ミスター自然〃こと八木健三元会長のあとを承けて、北海道自然保護協会の会長職を務めた。その間、環境保全と開発とのたえまない緊張のなかに身をおく一方、個性あふれる″自然派〃の人々との交流を通じて、人生の幅をひろげることができたようにおもう。一期一会、折にふれて目から鱗のおちる思いを味わった。この際、私的な″交遊録〟は別の機会に譲り、ここでは、公的な協会活動のレベルで、脳裏に浮かぶあれこれを、随想風に語ることにしたい。

◇こぐれ？　Who？

当初、やや唐突な会長就任をめぐって、協会の内外から、小暮とはいったい何者か？、まっとうな自然観を持っているのか？というたぐいの反撥があった。たしかに、環境問題への関心こそ人後におちないものがあったとはいえ、協会との関係はといえば、せいぜい年一回、業務監査をつとめる程度の疎縁にすぎなかったから、そんな空気が周囲に充ちていたとしても訝しむにはたらない。この種の厄介な洗礼に対しては、〟誠意〟と行動で応えるほかないだろう。NC七一号所載のあいさつ文で、私は、ひたすら自然保護の大義を貫きたい、旨を述べた。〟人義〟とは何か。自然澎湃たるリゾート開発や工業開発の潮流に棹さして、自然保護の節を曲げないことである。自然への侵奪をほしいままにしてきた文明の足跡を省み、人間だけが地球の主人公ではない、という思いを共有することである。むろん人間も、自然の恵みを享受し、これに依存する生物として、外界的自然への加工や干渉なしに生きることはできない。けれども、野生への干渉は、いまや必要最小限にとどまるべきではないか。どこまでが必要最小限かは、さまざまな利益葛藤のなかで、叡知を傾けて判断するほかないであろう。曲りなりにもそんな姿勢を貫いてきた。

◇失われゆく自然

協会の運営に携わってまもなく、日高幌別川の河口付近で、浦河港の浚渫土砂が大量に廃棄され、埋立てられる、という問題が起きた。現地はハマナスが群生し、多くの野鳥が飛来する「すぐれた自然地域」である。匿名ながら自然海岸の消滅を惜しむ真摯な訴えが協会に寄せられ、協会はただちに反応した。熊木・土方の両理事と同行し、現地調査を経て関係機関と折衝、やがて計画は大幅に修正され、渚の消滅に一定の歯どめをかけることができた。そもそも自然海岸という言葉が罷りとおることじたい、いかに日本列島をとりまく海岸線の多くが、殺風景なコンクリートで固められ、人工的な変容を遂げているか、の証左といえよう。就任後はじめての現地調査であったことから、つよく印象に残っている。

道東は別海町、バラサン沼一帯の町有地売却問題が明るみに出たのも、その頃であった。タンチョウやオジロワシの舞う景勝地二七三ヘクタールが、名うての大手リゾート開発業者に売却されるという。すでに町有地の処分案が町議会に提案されていて、事態は急を要する。

「バラサンを守る会」の現地運動と連携し、道東に縁の深い三浦理事、文化財担当の土方理事に私が加わって、現地交渉をした。こもごも天然記念物の生息する貴重な公有地を町自らが放棄し開発に委ねることの非を説き、たしかな感触が得られたようにおもう。

数日後、計画撤回の英断が伝えられ、新聞等でも大きな反響を喚んだ。かなしいほど美しく、静かで、澄明なバラサン。その名さえ、私には神秘的にひびく。多彩な要因が競合した結果とはいえ、大規模な開発計画をタイミングよく断念に追いこんだという意味では、たぶん、大いに快哉を叫んでよいはずなのに、なぜか私の心は霽《は》れなかった。

あの手この手の知恵をしぼって地域振興に活路を求める自治体の苦衷が痛いほどわかるからだろうか。あるいは、バラサンからの帰り途、浜中町付近で遭遇した、世にもあわれな牛の轢《れき》殺事故が、暗い翳《かげ》りを残していたのかもしれない――。

思いおこすだけで、今も心がいたむ。雑木林を抜けて線路を渡ろうとした牛の群れが列車の車輪に巻きこまれ、実に三頭が犠牲になったのである。車軸が二頭の巨大な肉塊を食《は》み、線路ぎわの一頭は、四肢を空中にばたつかせてもがく。これまで、ずいぶん多くの交通事故を目撃しているが、これほど悲惨な、あと味の悪い交通事故には、かつて出逢ったことがない。思えば人間社会のしがらみのなかで、動物たちはどんなに過酷な運命を強いられてきたことか。

その後も、多くの活動に携わった。当時は、カラスの鳴かない日はあっても、ゴルフ場問題が新聞やテレビに登場しない日はない、といわれたほどのゴルフ場開発全盛期であったから、とりわけゴルフ場問題への対応に追われた。ブレーキをかけることに成功した例も一再ではないが、これを勝ち負けのレベルでとらえることは実感にそぐわない。人それぞれ、天分があり、持ち味がある。どうも私には、眦《まなじり》を決したこわもての対決が苦手のようだ。

◇行政は清廉であれ

報道機関との対応にも、機に臨んで細心の配慮を必要とした。とりわけ、いったん計画がテーブルに乗ると、容易には撤退しない行政計画の軌道修正は、第四の権力とさえ呼ばれるマスコミの影響力に負うところが大きい。環境問題に寄せられたマスコミの支援は、徒手空拳にひとしい協会活動にとって、どんなに励みとなったことだろう。

ある新聞社のインタヴューを受けた際、私は切に、行政が清廉であってほしい、との願いを述べた。政治と行政を峻別することは難かしいが、ちみ魍魎《もうりょう》の闊歩する政治の世界はさておき、国民から託された公権力行使の責任を負う行政は、すべからく清廉にして潔白でなければならない。ここでいう清廉とは、単に汚職の罪を犯すかどうか、といった刑法レベルの問題ではなく、条理を重んじ、ことがらの筋をとおす、いわば節操の問題である。こう答えたとき、私の念頭には、何よりも士幌高原道路の問題が浮かんでいた。

わずか二・六キロ、されど二・六キロの高原道路は、自然保護行政の在りかたを占う、象徴的意味をもっている。北海道自らが作成した「自然環境保全指針」の明文に抵触し、国立公園内道路計画の憲法ともいうべき「林談話」ともあい容れない〝理不尽〟な道路建設に対し、わが協会は、ここ数年、ひたむきな反対運動を展開してきた。たとえば動植物の評価図をめぐって、あれほど不明朗な経緯がありながら、恬として計画に固執する行政の姿勢を、〝無残〟と形容したらいい過ぎだろうか？

◇水鳥の歎き

士幌高原道路問題とならぶ数年来の最重点課題は、千歳川放水路問題である。長良川河口堰が世間の耳目を集めている間に、いつしか長良川を上回る自然の大改造計画が、あたかもそれが唯一の選択肢であるかのごとく、千歳川治水を名分として進められた。計画が実現すれば、自然生態系は大きく分断され、ウトナイ湖や美々川源流部に深刻な影響がおよぶことは避けがたい。協会は、治水の必要性を認めながらも、拠ってたつ科学的根拠のあいまいさを指摘し、巨大な人工水路に代わるきめ細かな方策を講じることで、十分、放水路に匹敵する治水効果を期待できるのではないか、と主張した。この種の主張が、人命か鳥か、というたぐいの不毛な二者択一を迫る、情緒的な議論にかき消されがちなことは残念というほかない。

水鳥といえば、九三年六月に釧路で開かれた第五回ラムサール条約締約国会議への参加協力は、ある意味で協会活動にエポックを画するものだった、といえよう。協会は、一〇人ちかい代表を現地に送り、二回にわたってフォーラムを主催し、内外から集まったＮＧＯのパイプ役として辛うじて面目を保つことができた(?)ものの、小野理事をはじめごく少数の大奮闘に頼らざるを得ない状況では、財政面もふくめて、力不足の感を否めなかった。〝モンロー主義〟を脱皮し、よりグローバルな連携をはかるには、ひろい意味で協会活動の足腰を鍛える必要があるようにおもわれるが如何?

一枚の映像は、ときに歴史を動かす。遡ってペルシャ湾岸戦争の際、新聞に報じられた油まみれの水鳥の姿は、人類の愚行に対する無言の告発であった。協会は、俵副会長の発案をうけて、〈環境緑十字〉構想を唱えたが、残念ながら、ＷＷＦの応答以外には格別の反響がなかった。かたや、仄聞するところによれば、ゴルバチョフ氏や海部元首相などによって同種の運動が推進されている由。協会の播いた種が、国境をこえて根づく日があるだろうか。

水鳥をめぐる連想は、とめどなくつづく……。

◇成田円卓会議の教訓

あらためて協会活動をふりかえるとき、省みるべき点が少なくない。せっかく地球環境問題の追い風を受けながら、その勢いを身近な自然保護運動に活かし得なかったこと、これまで協会として対応し、提言し、要望してきた多くの問題について、事後的なフォローがかならずしも十分ではなかったこと、法的な措置や対応に踏みきってよい場面で、これを躊《ため》らう傾向があったこと、など、など。いずれも今後の課題であろう。行政との関係についても、現状はいたずらに緊張過剰のそしりを免れないのではないか。

いまや自然環境の保全は国民的、さらには全人類的課題であるから、自然保護団体と行政との関係は、たがいに補完しあう関係でこそあれ、対立ないし敵対関係ではない筈である。開発をともなう行政計画を立案し推進するにあたって、行政が従来、自然保護運動の昂まりを恐れるあまり、とかく住民や保護団体を警戒し、遠ざけてきたところに、大きな誤りがあった。その結果、多くの事例において、既成事実が先行し、行政的見地からすれば撤退の難かしい段階で、ようやく問題を自覚した地球住民や保護団体との間に、抜きさしならない対立の構図が生まれたのである。たとえば現行の環境アセスメントのように、自然保護サイドの意見を単にセレモニーとして聴くのではなく、なお進退自由な構想の段階から、真摯にこれを受け入れ反映させる場が確保されるようになれば、事態は大きく様変わりすることになるだろう。

このほど「成田空港円卓会議」が、ひとまず、その歴史的役割を終えて、閉幕した。話し合いによる解決の筋道を示したことの意味は重く、これを茶番として嗤うことはできない。自然保護に携わる者にとっても、それは〝他山の石〟といえよう。

……◇……◇

ともあれ、北海道自然保護協会は、発足三〇周年、而立《じりつ》の年を迎えた。その三〇分の四の歩みが、走馬燈のように脳裏を駆けめぐる。人それぞれ、青春とは年齢や打算を超えた甘ずっぱい日々であり、精神の一燦《さん》である、とすれば、協会とともに過ぎた四年間は、私にとって、かけがえのない青春だったのかも知れない。

（「北海道の自然」三三号〔一九九五（平成七）年〕所収）

16　ラムサール会議報告

あいにくの天候にも拘らず、ようこそお出でくださいました。ラムサール条約第五回締約国会議に際し、本日のフォーラムにはるばるご参集いただいた皆様に対し、主催団体を代表して、心から歓迎の意を表します。

このたびの釧路会議は、アジアではじめての開催、という意味あいもさることながら、ブラジルの地球サミットから一年、地球環境問題への関心が澎湃と高まる中で、ラムサール条約の精神をさらに具体化する場としてとりわけ重要な意義があります。

いまから二十二年前、各国はカスピ海のほとりラムサールに集い、「水鳥の生息地として国際的に重要な湿地の保護」に向けて国際的な協力、国境を超えた連帯を誓いました。それは新しい価値、新しい環境理念の創造につながる画期的な意味を持っていたように思われます。ラムサールがめざしたものは、単に水鳥の保護やその生息地の保全に尽きるものではありません。これまであたかも人間だけが地球の主人公であるかのように振る舞い、開発をほしいままにしてきた過去を反省し、地球が人間と他の生物との共存の場であることを確認し、帰するところ人間に対する効用という視点をはなれた、自然生態系そのものの価値を認めるべきことを、ラムサールは提起したのであります。湿地やその生態系を保全することは、単に現世や後世の人間のためばかりではない、生きとし生けるもの、すべてのものに代わって、人類は地球生態系の保全に責任を負うべきである。これがまさしく〝ラムサールの精神〟ではないでしょうか。

湖や川、渚、干潟、湿原、湿地は生命の源泉、いのちの揺りかごであります。とりわけ日本人にとっては、湿地はふるさとの原風景であり、古来私たちは〝水辺〟から限りない恵みを享受してきました。

残念ながら戦後のあいつぐ工業開発やリゾート開発によって、限りない恵みをもたらしてきた自然の渚や水辺はつぎつぎにコンクリートで埋め立てられ、わが国はすでに多くの湿地を失いました。現在もいたるところで干拓が進行し、湿地破壊の現状は惨憺たるものがあります。たとえば海岸はもともと自然のものである筈なのに、あえて〝自然海岸〟という言葉を使わなければならない現状は、まことに悲しいものがあります。このたびの会議のモチーフであるワイズ・ユース（賢明な利用）の前に、まずもってワイズ・コンサーベーション、ワイズ・リカバリーが必要というべきでしょう。

問題は国内ばかりではありません。多額の開発援助（ＯＤＡ）や企業の海外活動を通じて、いまやわが国は、海外の湿地破壊に対しても責任を免れない立場となりました。国内外にわたって、問題や課題は山積しています。

本日のフォーラムで、私たちは、各地で生じている湿地破壊や水辺の危機的状況を率直に語りあいたいと思います。当然、ほかならぬ釧路湿原が抱えている問題や、千歳川放水路のような大規模な自然改造計画のもたらす影響なども報告されることになるでしょう。いうまでもなく私たちＮＧＯは非政府機関ではあっても〝反政府〟機関というわけではありません。たとえ行政にとって耳の痛いことであっても、それをいたずらに湖塗したり、隠ぺいすることなく、率直に問題を指摘し提言することこそが、本当の意味で行政や政策への協力であり、私たちのはたすべき役割であると弁えております。

最後に、今回のラムサール会議がいわば一過性のお祭りに終わらないことを、そして、湿地や生態系の保全に向けて、連帯の輪がさらに拡がることを、また本日のフォーラムが実り豊かな成果につながることを念じまして、ご挨拶に代えさせていただきます。

（ＮＣ八三号〔一九九三（平成五）年七月〕所収）

17　凛乎たる自然

縁あって房総の地に移り住んでから二年あまり、どっぷりと〝北〟に染まっていたせいか、何かと戸惑いを感ずることが多い。とりわけ印象的なのは自然のたたずまいである。もともと自然そのものに優劣の差などある筈もなく、微妙な形容詞の違いにすぎないが、路傍の叢から山々の稜線にいたるまで、この辺りの風景には、どことなくあいまいで、なよなよしたふぜいが漂う。かたや馴れ親しんだ北の自然の、いかに清冽で潔く凛々しいことか。遙かに、涙がにじむような思いに駆られる。

ふと、遠い日のひと齣、延齢草との出遇いが浮かぶ。そそりたつ判官岬の絶景。岬に通ずる樹林のなかに、幻想的な花模様が広がっていた。うす紫の群生は、いまも凛然と咲き匂っているだろうか。

（北大法学部同窓会報「楡苑」一二号〔一九九六（平成八）年六月〕所収）

Ⅶ

エッセイ　ア・ラ・カルト

ピエロはいったい笑っているのだろうか？
それとも……

〈解　題〉

◇……ふと垣間みた詩人谷川俊太郎の詩に「ほんとうのことをいおうか。ぼくは詩人ではない」という衝撃的な一節があった。この詩の解釈は措くとしよう。このひそみに倣えば、私もまた「ほんとうのことをいおうか。ぼくは学者ではない」ことを告白しなければならない。

◇……文は人なり、という。私のばあい、決して名文や美文に執着するわけではないが、どんな文章についても、文体にこだわり、表現の巧拙やニューアンスにこだわり、句読点の位置ひとつに徹底してこだわるところがある。そんな気質は、学者というよりはむしろ文人ないし〝物書き〟のそれに近いのではないか。

◇……第一章で触れたように、北海道新聞〈魚眼図〉の同人として二百七十篇ほどの法エッセイを書きつづけたが、その他にも、夥しいエッセイ風の文章を物している。本章では、そんななかから、ほんの雑文を除き、比較的気に入ったエッセイ十数篇を選んだ。

1　分水嶺

数ある〝清張物〟のなかに、「点と線」という名作がある。巧妙な偽装工作と鉄壁のアリバイ。刑事の執念が、やがてトリックをあばき、見えかくれする点をみごとに一本の線でつなぐ。——

そこでは〝線〟という言葉が、点をつなぎ、物ごとを一本に結ぶ、道筋の意味で用いられている。とはいえ、〝線〟の語感は人それぞれでちがう。私には事物の境界を画し、ふたつの領域を隔てる〝分水嶺〟というイメージが強い。

異なった物体や領域が隣接すると、そこに線ができる。線は天と地を画し、空と海を隔て、あらゆる存在を否応なくその両側に分けてしまう。なぜ、かぼそい一本の線に、連続を非連続に変え、ふたつの領域を分界する、摩訶不思議な力があるのだろうか？

おそらく観念の世界でも、隣接する領域を分けるものは、あえかな一本の線であろう。ある制度を適用して救済すべきケースとそうでないケース、罰せられる行為と不問とされる行為、許認可に値いする例と値いしない例……。多年にわたって法の解釈学に携わっているが、法の解釈や適用も、つきつめると、多彩なケースを想定して、その間に線をひく作業といってよいのではないか。神ならぬ身のかなしさ、その境界線は見えないから始末がわるい。しかも、ハードな領域を分ける幅のない線とはちがって、それはあいまいな帯状のゾーンを形成しているように思われる。

明治のすえ、「一厘事件」と呼ばれる有名な事件がおこった。たばこ栽培人が僅かに一厘相当の葉たばこを消費したかどで起訴されたところ、大審院は、諄々と法の精神を説いて、無罪を言い渡したのである。貨幣価値の変わった現今なら、さしずめ〝一〇円事件〟というところだろうか。人情の機微をうがった名判決との評価がたかい。

それでは、どこから先が処罰に値いするのかを、細い明瞭な線で示すことは、木に縁って魚を求めるたぐいであろう。このようなばあい、私は、まちがいない両極を考えて、その中間に帯状の線を引くことにしている。たとえば一〇円ならよくて千円がいけないことに確信がもてるとすれば、目には定かでなくても、疑いなく、真理はその中間に潜むことになろう。できるだけその幅をせまく限定するのが各人の才覚というものである。

日常の行政も、あえていえば、この種の線引きの連続にほかならない。グレイゾーンとでも呼ぶべき帯状の部分について、たえず周到な裁量が求められる。たぶん、行政マンにとっても、〝線〟のイメージは点をつなぐ線ではなく、ふたつの領域を隔てる分水嶺に近いのではないか。

（北海道自治研修所「研修」五九号〔一九八九（平成元）年四月〕所収）

2　団藤重光著『この一筋につながる』（書評）

この豊かで高雅な書物を、かぎられた紙幅で語ることは難かしい。著者と師弟の縁につらなる者として、わずかに可能な途は、高みから見おろす鳥瞰的手法ではなく、山麓から頂きをのぞむたぐいの、仰角的手法であろう。

本書に収められた七篇の論稿は、三島美学との奇縁にふれ、その本質を鋭く抉（えぐ）った一篇（「三島由紀夫と刑事訴訟法」）を除いて、いずれも著者が、多くの聴衆をまえに精魂を傾けた講演の記録である。「この一筋につながる」という書名は、著者の傾倒する芭蕉の言葉で、国立教育会館二〇周年を記念して行われた講演の標題から採られた。それは、このたぐい稀な碩学の生活信条であると同時に、本書の全篇を貫くモチーフであって、人それぞれ、叡知を傾けて主体的に生きる、という消息を指している。

刑事法学の領域において、著者は、生まれながらの運命を担い、素質と環境の制約を受けつつも、なお自らの努力で将来を拓いてゆく魅力的な人間像を説き、人格責任の理論、あるいは主体性の法理を唱えて、学界をリードしてきた。本書を通読するとき、かような著書の学問的立場、転じて最高裁の良心とさえ謳われた最高裁判事としての活動、さかのぼって著者の人間形成や文学的素養、これらのすべてが、まさしく「多くの支流を集めて滔々（とうとう）と流れる大河」のように一筋につながっていることに驚歎の念を禁じえない。

「科学と人権」をはじめ、豊かな学殖をつたえる文章がならぶなかで、冒頭の「心の旅路」は、著者の〝人格形成過程〟を示すものとしてとりわけ興味ぶかい。郷里岡山で熊沢蕃山の旧宅跡に住まい、知行合一を旨とする陽明学に魅かれ、父君の古武士的風格をうけついでゆく、多感な少年期が彷彿とする。

全編にちりばめられた珠玉の話題が、かつて「刑法紀行」でエッセイストクラブ賞を受けたほどの麗筆に乗せて語りかけられるのであるから、団藤ファンにはこたえられない。読み了えて、しみじみと〝学福〟に浸る。

（岩波書店　二、四〇〇円）

（北海道新聞〔一九八六（昭和六一）年六月三〇日〕所載）

3　苦髪楽爪

幼いころ、母から〝苦髪楽爪〟という玄妙なことばを聞いた。苦労は髪にあらわれ、安楽は爪に宿る。心労が重なると、とかく髪が異様に伸びたり、抜け毛や変色などの影響が出やすいのに対し、楽をしていると手足の爪が伸びる、というほどの意味である。その後たえて耳にしないことから推すと、あまり熟した表現ではないのだろうか。その辺はどうあれ、中国の白毛女伝説を引きあいに出すまでもなく、日常、思いあたるふしが少なくない。

専門がら司法関係者とつきあう機会が多いが、さる裁判官との座談の席で、刑事被告人の変貌ぶりが話題になった。法廷で被告人に対面すると、前回の出あいからそう隔たりがないのに、しばしばその変わり様に驚かされる。髪が別人のように白く、やつれて、併合審理の際など、ときには本人の特定が難しいほどだという。家族から遮断され、世間の冷たい視線を浴び、みずからの運命におびえる被告人の心労は想像をこえるものがあるのだろう。
ふと語り手をみると、久しぶりで逢った裁判官自身の髪がとみに薄く変容している。いったい珠玉の真実は何なのか。どんな判決が正義にかなうのだろうか。裁く側にもまた、じつは裁かれる側以上の心労があることを実感した。

苦髪にくらべると、〝楽爪〟の方はかなりあやしい。齢とともに爪を切る回数が増えるのか減っているのかも定かでない。とはいえ、何の苦労もなさそうな若いギャルたちが赤い爪をのばしている風情や、陽だまりで爪を切る楽隠居の姿などから察すると、こちらも存外、真実を穿《うが》っているのではないか。

この世に籍をおくかぎり、人間誰でも応分の苦労を避けることはできない。苦髪の人生をよしとするか、楽爪の道をめざすかは、人それぞれの生き方の問題であろう。ことさらに苦労を背負いこむ必要はさらさらないが、日がな楽爪の手入れをするよりは、むしろ苦髪でありたいと思う。寿命は神さまが決めてくれる。

（月刊「健康」二八四号〔一九八六（昭和六一）年四月〕所収）

4　カルネアデス余聞

カルネアデスという名が注釈抜きで通るほどの名前かどうかは実のところよく分からない。たしか松本清張作品の題名にも使われていたくらいだから、多分かなり知られた名前とみてよいのだろう。紀元前二世紀に活躍したギリシアの哲学者で〝カルネアデスの舟板〟と呼ばれる難問を後世につたえた。

渺茫たる大海原。舟が遭難し、辛うじて一人の体重しか支えることができない板を二人で争う。力にまさる一方が他方を波間に沈めて生きのびる行為は罪になるだろうか？

数年前、大学の入試に小論文を導入するさい、法的思考力を試す出題モデルとして、全国の高校に照会し、意見を求めたことがある。案の定(?)、高校側の反応は散々で、思想・信条にかかわる出題は不適当、という非難が集中した。入試問題としては残念ながら失格だったようであるが、頭の体操には絶好の問題であることから、毎年のように演習や講義の教材にとりあげて、学生諸君を悩ませることにしている。

「ほかに助かる途がない以上、生命対生命の緊急避難として無罪」、「法的には罰せられないが、生きて十字架を負うべき…」というたぐいの無難な答えが多いなかで、ときおり、刺激的な発想に出会う。先日も、どきっとする思いを味わった。問題を力の強弱と社会的貢献度の関数としてとらえ、生きのびてよい人間と板を譲るべき人間を区別する、一枚の答案に出会ったのである。

哲人キケロにも同様の発想があった。この種の考えかたは、生命の平等を基盤とする現在の法体系そのものを根底から崩すことになるだろう。とはいえ、生命の価値がイコールであることと、一人の人間にとって、つねにそれが絶対で無限大であることとは違う。たとえば脳死と臓器移植との関連について、その辺をどう考えたらよいのだろうか。カルネアデスの投げた問題はかぎりなく重い。

（月刊「健康」三〇六号〔一九八七（昭和六二）年九月〕所収）

5 司法考証

ひところ不振が囁かれていた時代劇に心なしか復調の兆しがうかがえる。「独眼竜政宗」や「武田信玄」の人気に負うところが大きいのだろうか。その辺の消息は定かでない。さすがにこの種の大河ドラマになると、考証も行きとどいていて、せりふのリアリティを別とすれば、遠景に電信柱が見え隠れしたり、およそ現れる筈のない別な時代の人物が登場したり、といったたぐいのお粗末とは無縁のようである。

◇　◇　◇

時代考証という言葉があるくらいだから、〝司法考証〟という言葉があってもよいであろう。時代物か現代物かを問わず、映画やドラマの内容が司法の制度や実態に照らして正確かどうかの考証を指す言葉として用いることにしたい。何かと浮き世の義理に追われ、ゆっくり劇場に足を運ぶ余裕がないのは残念であるが、それでも寛ぎのひととき、テレビで放映される映画やドラマの類は、つとめて観るように心がけている。ドラマは世につれで、よろず刺激を追う世相の反映だろうか、なぜか裁判劇や事件物にぶつかる機会が多い。それぞれに趣向が凝らされていて面白いが、作品としての出来栄えはともかく、〝司法考証〟という角度からみると、かなりあやしい筋だてや場面が目につく。

その最たるものは、刑事ドラマでおなじみ(?)の凄まじい取調風景であろう。道具だてといえば机と椅子、それに裸電球だけの殺風景な密室。神妙な容疑者をまえに、言葉を荒げて机を叩き、髪をつかんで乱暴をはたらく刑事たち……。公務員による拷問を禁じている憲法条項を引きあいにだすまでもなく、羊をいたぶる狼のようなシーンを毎度ご愛嬌として見すごしてよいものだろうか？　ドラマとしての虚構や多少の誇張はつきものであるにせよ、そんなイメージの定着しているようにみえることが怖い。

この種の光景が、ともかくも現実に〝ありうる〟場面であるのに対し、他方では制度や法の趣旨に照らして〝ありえない〟事例に出あうことも少なくない。先日、ある女流作家原作の推理物を楽しんでいたところ、こんな例に遭遇した。謎めいた連続殺人がおこり、主人公があらぬ疑いをかけられる。たまたま司法試験をめざして猛勉中の若者がいて首尾よく難関をパス、さてどのように展開するのかと見ていると、その青年がいきなり二年間の司法修習抜きで弁護士を開業し、さっそうと法廷活動をはじめたのには、ほんとうに驚いた。

そうかと思うと、ドラマのクライマックスともいうべき肝腎の判決場面で、昭和四八年の大法廷判決以降〝死んでいる〟筈の刑法二〇〇条が適用され、尊属殺規定がまかりとおった例に出あって鼻白んだ覚えもある。併合罪や累犯などの加重事由もないのに法定刑の枠をはみだす懲役刑が宣告されたり、起訴前の勾留期間が延々と一ケ月以上におよんだり、あるいは執行猶予を附することができない刑期に猶予期間がついたり、といった程度のケースとなると、枚挙に遑がない。自分の専門がら、何かと刑事法がらみの粗略が目につくとはいえ、おそらく民事事件などについても同じような不都合が罷りとおっていることは想像にかたくないであろう。この際、些細な誤りや不都合に目くじらをたてる気はさらさらないが、いわば報道倫理の問題として、司法的なるものへの目くばり、すなわち司法考証が必要ではないか。

◇　◇　◇

そもそもテレビをはじめとするマスコミ報道の影響力をどうとらえたらよいかは一個の問題である。このばあい、当然のことながら、活字や映像、あるいは音声など、媒体のちがいを意識すべきであろう。また、知識の伝達というレベルの影響と、情緒や行動面におよぼす影響とを同列に論ずるわけにもいかない。犯罪や非行へのより深刻な影響が懸念される犯罪ドラマや事件報道についていえば、現在にいたる刑事学の展開は、かならずしも両者の直接的な関連を証明しえなかった。たしかにある割合いの若者たちは、刺激的な描写を通じて、無法や放蕩への願望を鼓舞され、犯罪の手口を覚え、性的情熱をかきたてられる。しかし、その結果、かれらが犯罪や非行にはしったとしても、それは、すでにそれ以前の第一次的接触によって形成され、おそらくは他のきっかけによっても発現したであろう犯罪傾向を誘発する機縁となったにすぎないのではないか。懸念される最大の影響がこの程度にとどまるとすれば、あれこれ司法考証にこだわることは、せいぜい〝潔癖〟性の問題にすぎないのかも知れない。

◇　◇　◇

ついでながら、映画やテレビ番組のなかで、何とも寒心に堪えないのはカーチェイスの場面である。パトカーをまじえた数台の車が、追いつ追われつ、屋台をけちらし建物をぶち抜き、あらゆる障碍を乗りこえて暴走をくりかえす。この種の活劇がもたらす最大の問題は、いつしか無法が日常茶飯事であるかのような印象を生み、ありきたりの暴力や犯罪に対する公衆の無関心を醸成すること、いいかえれば、屋台を壊されたあわれなリンゴ売りのおばさんに思いを馳せ、その悲しみに共感する優しさを失わせること、にあるのではないだろうか。

どうやら司法考証の話題から逸れて、筆の方も暴走したようだ。とめどないテレビ談議に陥るまえに、この辺で筆をおく。

（日本法律家協会会報「窓」№三三〔一九八八（昭和六三）年五月〕所収）

6　舷に刻して剣を求む

ある日のことたまたま開いた中国故事物語の一節に　つぎのような寓話が載っていた

諺や金言、故事のたぐいは、たとえていえば、先人が遺した人生の道標《みちしるべ》のようなものであろう。そこには、先人たちのきらびやかな知恵が凝縮している。処世の知恵にむろん東西の別などあるはずもないが、私には、なぜか中国三千年の歴史に培われてきた数多くの故事や金言が、とりわけ玄妙で奥ぶかいものに思われてならない。漢字文化を共有する誼《よしみ》とでもいうのだろうか。折りにふれて唐詩選や十八史略、故事物語などを繙《ひもと》いて、教訓を拾い、生きる糧《かて》としている。某日、たまたま開いた中国故事物語の一節に、つぎのような寓話が載っていた。

むかし、春秋戦国のころ、揚子江を渡る乗合舟に一振《ひとふり》の剣をかかえた男がいて、四方山話に聞き耳をたてているうち、だいじな剣を過って水中に落としてしまった。男は一瞬あわてながらも、すばやく腰の小刀で舷《ふなばた》に疵《きず》をつけていわく、「剣を落としたところに目印をつけておいたから、もう心配ない」と。舟はやがて対岸につく。男はさっそく疵をつけた舟べりから川にとびこんだが、むろん剣のあろうはずはない。人々はその愚かさを嘲笑しあったという。

この話を読んで、目から鱗《うろこ》のおちるような思いを味わった。なんと含蓄のふかい寓話だろう。幼いころ海辺に遊び、たくさんのさわ蟹を岩礁の一角に囲っておいたところ、いつしか潮が満ちて、あとかたもなく消えうせた、というたぐいの経験が一再ならずある。すくなくとも私には、剣を失った男を嗤《わら》う資格がない。

故事物語の著者は、物ごとに固執して時機を失し、大局をあやまることの譬《たと》え、としてこの話を紹介しているが、私にはやや別のニュアンスをふくむ故事のように思われる。水は流れ、雲は漂い、この世のすべてが移ろう。ふるい物指しがいつまでも通用するわけではない。固定観念にとらわれ、むかしの尺度や基準で物ごとを測ってはならない、という寓意を読みとることができるのではないか。

そういえば、〈烏有《うゆう》に帰す〉という言葉の語義についても、満腹したカラスが移りゆく雲の形を目印にして食物をくさむらに隠し、やがてこれを見失うことに由来する、との異説があった。剣を水中に落とした男の話と一脈通ずるものがあって、実におもしろい。
　このところ生涯学習の声が賑やかである。時の流れに身を任せているだけなら、テレサ・テンの世界でよいが、時代の動きに謬《あやま》りなく対応するためには、つねに自己研鑽が必要だ。生涯学習とは、時代に即した判断基準をもつこと、たえず新しい目印をつけること、を意味するだろう。とはいっても、一度刻んだ目印をつけ直すことは難かしい。たとえば私には、心臓こそ生命の中枢、魂の宿るところ、という牢固たる固定観念がある。臓器移植の必要は認めながらも、すんなりと脳死を受け入れることができない。これなどは、さしずめ舷に刻して剣を求めるたぐいなのだろうか。

（月刊「健康」三三六号〔一九八九（平成元）年七月〕所収）

7　池澤夏樹著「南鳥島特別航路」（書評）

自由で気ままな旅とは、たぶん、こんな旅を指すのだろう。むろん無計画で無目的な旅というわけではない。れっきとした、名門雑誌「旅」の連載企画である。おなじ著者による北海道新聞日曜版「一千字の散歩みち」に、この企画に触れた一節があるが、見る聞く撮る動く、の単独行で、「実際にはなかなか大変なんですよ」などとぼやいてはみせながらも、火山や鍾乳洞、湿原や森林…、著者は日本列島東西南北の旅を自在に楽しむ。

本書は「自然寄りでしかも体力だけで踏破するのではない」旅の記録十二編を収める。自然生態系の克明な描写や、ほとばしる文明批評。紀行文でもなく、自然探訪でもない、それ以上の何かといってよいであろう。

たとえば森林を切り開いて造られる〝道〟は、「富を運びこむだけの一方通行の道」ではありえず、同時に「何かを運び去るもの」だ、と指摘したくだりなどは、まことに秀逸である。雨竜沼湿原を歩きながら、国定公園指定の明暗を論じた部分なども、実に鋭い。

ちなみに、探訪先に選ばれた白神山地のブナ林や、石垣島のサンゴ礁は、わが国の自然保護運動にとって象徴的な意味をもっている。多彩な写真を楽しみながら、読む。達意の文章によって、玄妙な自然が語られるのだから、こたえられない。

（日本交通公社　一、六〇〇円）

（北海道新聞〔一九九一（平成三）年四月七日〕所載）

8　〝自然自然？〟

このところ、〝自然〟という修飾詞のついた言葉が、何かと目を惹くようになった。たぶん自然保護運動に携わっている関係で、その辺が敏感になったせいだろう。たとえば自然浴、自然食品、自然法、など、とっさにおもい浮かぶだけでも、枚挙にいとまがない。

花は咲き、川は流れ、鳥は歌う。多様な自然の要素についても例外ではない。人工林に対して、自然林という呼称はかなり古くから使われている。いつのころからか、〝自然河川〟という言葉さえ通用するようになった。河川ばかりでなく、延々と日本列島を縁どる渚も、しだいに人工化が進み、白砂青松のふぜいを失いつつある。先ごろ地もとで開かれた地形学関係のシンポジウムでは、盛んに〝自然海岸〟という言葉が交わされ、すでに学術用語として定着している風が窺えて、大いに驚いた。

もともと「自然」ほど多義的で、懐のふかい概念も少ないだろう。修飾語としての自然はともあれ、自然の本質は、森羅万象すべてを包容する、非人工的な外界にほかならない。それは茫洋たる原野であり、小川のせせらぎや白い渚であり、緑したたる森である。こうした紛れもなく自然そのものである川や海辺などの自然物について、あえて自然という形容詞を必要とする事態は、まことに異様というべきではないか？

世はあげてリゾート・ブーム。開発の波がリヴァイアサンのように列島を襲う。ゴルフ場の緑は華やかであるが、その美貌（？）に欺かれてはいけない。どんなに厚化粧をしようと、それはいわば人工的自然であり、擬似自然である。この擬似自然がこのまま増えつづけるとすれば、やがて、人工的でない本来の自然、自然のままの自然、という意味あいで、〃自然自然〃という言葉が生まれかねないではないか。そんな不自然な言葉が罷《まか》りとおる時代にならないことを心から願っている。

（月刊「健康」三七四号〔一九九一（平成三）年一二月〕所収）

9　砂と浜風と公務

天下広しといえども　公務で生き埋めにされたのは　たぶん筆者ぐらいのものだろう

生来、成人病のたぐいとは無縁で、血圧の変動に一喜一憂する同僚を冷やかしているうちに、いつしか自らも同病あい憐れむ羽目になってしまった。

二年ほど前、脳の血流が滞って以来、薬剤にたよる毎日がつづいている。何しろ、昼ごろになると、朝まとめて服用するはずの薬を飲んだのか飲まなかったのか、失念してしまうのだから始末がわるい。そんなとき、リスクを承知で、もう一度(?)飲むべきかどうか、その辺の機微がわからないことが悩ましい。

こんな情ない状態の筆者にとって、胸襟を開いた若者たちとの交流が最高の健康法と心得ている。周りを見わたすと、比較的若やいだ同僚が多いのも、たぶん、多勢の学生たちから〝活力〟を吸収しているせいだろう。なかでも小生の楽しみは、永年にわたって講師を勤めている国の研修機関の催しに参加して、活きのいい少年たちと海水浴を共にすることである。ことしも、浜風をあびて、札幌近郊のドリーム・ビーチに遊んだ。

渺茫とひろがる海。カフカの世界を思わせる黄色い太陽。残念ながら白砂青松とはいかないが、それでも自然の砂浜がつづいて…。ギャルのハイレグ姿に目を細めていると、あっという間に小生の体は数人の若者たちに運ばれ、砂に埋められてしまった。たっぷりと重い砂がかけられ、どうにも身動きがとれない。ふと足許の方に目をやると、ごていねいにも、分不相応な、ろうそく岩のような逸物がそびえている。そんな不埒（ふらち）な扱いを受けながらも、小生の心はふしぎに和んでいた。なんと心やさしい若者たちだろう。こんな老生を仲間として受けいれ、青春の回復に協力してくれるのだから……。

期末試験のさい、「任意の問題や事件を選んで、刑事法的に分析せよ」という出題をしたところ、何人かの研修生が〝小暮教授生き埋め事件〟をとりあげて、それが暴行罪や監禁罪にあたらない理由を弁じていた。生き埋めの経緯や背景がわかっておもしろい。

「自分たちは、公務員課外研修の一環として、海水浴に参加した。教官からは〝小暮教授を砂に埋めてもかまわない、教授も内心それを望んでいるはずだ〟という示唆を受けている。だから、自分たちは、教官のそれとない指示にしたがい、疚《やま》しさや罪の意識をもつことなく、堂々と砂埋めをしたのである。小暮教授を砂に埋める行為は、いわば被害者の推定的承諾にもとづく行為、ないしは公務員の正当な職務行為として罪にならない」。

というあたりが、研修生の答案にほぼ共通の論旨といえよう。何のことはない、小生は公務員の職務活動によって生き埋めにされたことになる。それにしても、壮快な経験であった。天下広しといえども、公務で生き埋めにされたのは、たぶん筆者ぐらいのものだろう。

（月刊「健康」四一〇号〔一九九四（平成六）年二月〕所収）

10　就職

〝就職〟という風変わりなテーマを仰せつかった。さて、何を、どのように書いたらよいものか難かしい。広い意味では、公私を問わず、何らかの定職やポストにつくことも就職といえるが、ここではとりあえず、社会生活上のなりわい、生業に就くことと把えてよいだろう。

◇長いあいだ、大学に籍をおいて、多くの学生たちの就職相談にあずかってきた。学生の就職状況はもちろん景気の動向に左右される。数年前までは、文字どおり売手市場の時代で、卒業を控えた上級生たちは引く手あまた、企業も会社訪問をしてくれる学生に旅費などを提供して懇ろに迎えた。中には四十社をこえる企業を回り歩き、札幌と東京の間をかけもちで往復して〝小遣いかせぎ〟をする豪の者もいた。買い手市場に転じた昨今からみると、今昔の感にたえない。

◇ある年、何かの手違いで、卒業予定者のリストに私の名前が入力されていたらしく、一年余にわたって、就職関係の情報・資料が洪水のように送られてきた。六畳間にあふれるほどの夥しい資料を前に、求人攻勢の実態をかいまみる思いがした。ある晩、こんな電話もかかってきた。『君の先輩の○○です。とくお君のことはよく知っていますよ。ぜひ業績有望なわが社に来てくれませんか』。まことしやかな誘いに鼻白んだ私が、とっさに、『残念ながら○○さんという名前には覚えがありません。じつは私はもう還暦ちかい年齢で、こんな私でもよかったら、どうぞつかって下さい。ところで、どんな条件で迎えてくれるのでしょうか?』というと、相手は呆気にとられたように黙ってしまった。

◇就職にまつわる、こんなさわやかな思い出もある。世の中が好況に浮かれていた某日、商社マンになったはずの卒業生が研究室を訪ねてきた。金もうけに狂奔する企業のあり方に疑問をもった彼は、これから青年海外協力隊に入って、貧しい人々、援けを必要とする人々のために献身したいという。バブルのご時世に、何とすがすがしい志だろうか。その意気に感じた私は、喜んで彼を送った。気骨のある好青年は、いまもアフリカのケニアで、どっしりと大地に根をおろした活動をつづけている。

◇さて、刑務所の広報誌であるからには、この際、就職と行刑との関連についても、触れておくのが筋というものだろう。

犯罪学の分野では、古くから、犯罪の動向と就職、裏がえせば失業率との相関が研究されてきた。ごく大まかにいえば、不況で失業者が増えると、人心の荒廃や生活苦から、罪を犯す者も増える。いきおい、刑務所のご厄介になる者が増加し、刑務作業が活況を呈する、という具合である。考え様によっては、〝塀の中〟の生活も、一種の就職といってよいのではないか。けれども、それが終身雇用、つまり〝永久就職〟であっては困る。願わくは被収容者の皆さんが一日も早く社会復帰を遂げ、〝転職〟してほしいものですね。

（受刑者所内紙「ちば」四〇号〔一九九四（平成六）年一一月〕所収）

11 竹馬の友

◇……〈友を語る〉という、たいへん難かしいテーマを頂戴した。誰しも心の奥ふかく、しみじみと切ない、友の思い出を秘めていることだろう。できればそっと蔵っておきたいような……、とり出して言葉にしてしまうと、だいじな宝物が壊れてしまうかのような……。友を語ることは自分を晒すことであり、いわば〝聖域〟に踏みこむことである。とてもなま半可な気分では書くことができない。あれこれ躊躇らい、思案のすえ、ごく最近身ぢかに経験した〝幻の卒業式〟にちなんで、〈竹馬の友〉を語ることにした。

◇……これまでの人生をふりかえると、多くのよき友人たちに恵まれてきたことを幸せに思う。仕事や趣味の世界で、肝胆あい照らす友人もいれば、世俗的な意味で功成り名をとげた大学時代の友人も少なくない。そんななかで、文字どおり竹馬に乗って遊んだ幼いころの友だちには、長じてからの友人たちとちがう、格別のなつかしさがある。たぶん生まれ育った〝ふるさと〟への思いが重なるからだろうか。

◇……あえていえば〝戦中派〟世代に属する私は、東京代々木の界隈に生まれ、昭和一桁から二桁にかけて、多感な少年時代を過ごした。その頃の東京には、まだ至るところ原っぱや雑木林があり、ざりがにや田螺の群れる広々とした水田や清流があった。学校から帰ると、ランドセルを放り出して、腕白仲間と泥まみれになって遊んだ。今風の受験地獄や〝いじめ〟とは無縁の日々だったといえよう。

やがて太平洋戦争が勃発し、少年たちの生活も否応なくその渦に巻きこまれてゆく。灯火管制や防災訓練。雪ふかい富山への学童疎開。東京大空襲、そして敗戦……。代々木の杜をテリトリーとする竹馬の友たちは、卒業式の思い出を共有することもなく、運命の糸に操られながら、それぞれ全国に散り別れたのである。

◇……そんな私たちにとって、生あるうちに〝幻の卒業式〟を挙行し、空白のページを埋めたい、という思いが年ごとに増幅していったのはきわめて当然の仕儀にほかならない。世話人たちの奔走が実って、同期生三分の一あまりの消息がわかり、ようやく夢が実現したのは、いつしか戦後半世紀、去る十月のことである。

じつは、その日を迎えるにあたって、私には深い心の負い目があった。戦時中の生き方にかかわる〝罪の意識〟である。子どもながら率先して聖戦を讃え、神州不滅を信じて多くの少国民たちを叱咤激励してきた。もし少年戦犯という言葉があるとすれば、さしずめ私は第一級の少年戦犯ではないか？　そんな自分を旧友たちは許してくれるだろうか？

◇……十月十五日、母校の焼跡に再建された講堂で、笹塚国民学校第二三回生の卒業式が催された。白髪まじりの面々が頬を濡らして「仰げば尊し」を歌う様子は、よそ目には異様な光景と映ったに違いない。竹馬の友たちは温かく私を迎えてくれた。私はようやく、長い〝戦後〟が終るのを感じた。

（受刑者所内紙「ちば」七七号〔一九九七（平成九）年一二月〕所収）

12　痛みの程度について

何のコマーシャルだったか定かではないが、佇立（ちょりつ）した少女が片脚を真横にあげて、「私の体のなかを救急車が駆け抜けてゆく。ピーポー、ピーポー…」とつぶやくふしぎな映像が記憶に残っている。

この夏、たとえていえば、そんな風な体験を経て、一カ月近く入院生活を余儀なくされたのは、不養生の祟（たた）りというものだろう。とおく暑寒別やピンネシリ、夕張山系の山並みを望み、まぢかに北大のキャンパスを眺めて目の保養をしながらも、たえず心には屈託があった。

およそ人はさまざまな痛みや苦しみのなかに生きている。〝痛み〟は生に翳（かげ）りをあたえ、痛みの前で人はたじろぎ、打ちひしがれ、謙虚になる。おもえば何と多様な痛みがあることだろう。

錐（きり）を刺すような痛みや抉（えぐ）るような痛み、はては骨の砕ける痛みやら風のそよぎにさえ疼（うず）くような痛み、等々。きりきり、ずきずき、がんがん、じんじん、など痛みを形容する日本語の表現も枚挙にいとまがない。けれども、いったい他人の痛みをほんとうに理解し、また自分の痛みを的確に人につたえることができるのだろうか？

◇ある個人的体験

私事にわたって恐縮ながら、入院の直接の契機となったのは、突如として左腹部を襲った何ともやり場のない痛みであった。たぶん、この程度の痛みは、あまたの痛苦なかで、とるにたらない類（たぐい）のものに属するであろう。とはいえ、医師の問いに対し、残念ながら〝名状しがたい疼痛（とうつう）〟とでも答えるほかなかったのである。

延々と気の滅入るような検査のすえ、症状の由来が明らかになり、腎臓（じんぞう）の結石を砕く衝撃波の施術を受けることになった際、さらに一つの問題があった。脳血流をよくするため日ごろ常用している薬の影響をしばらく断ってからでなければ危険ではないか？　頼りにする名医から、「無麻酔ならできますが、耐えられますか？」と訊（たず）ねられ、それがどの程度の痛みなのか理解するすべもなく、私は絶句した。

◇類型化は可能か

一週間後、脊髄（せきずい）麻酔を打ち、のべ二万発をこえる連続パンチを横腹に浴びながら、私は、痛みの程度を客観的に表す尺度ないしは目安について考えつづけた。名状しがたい最初の痛みをより的確につたえることができていたら、たぶん多くの検査は省けただろう。

また、無麻酔の手術にともなう痛みの度あいを正しく理解できていたら、手術を延期しない別の選択があったかも知れない。朦朧（もうろう）とした頭に、〝痛度〟という観念が浮かぶ。

たしかに痛みの感覚や日本語の理解には個人差が大きいから、痛みについて共通の尺度を立てることは難かしい。けれども、たとえば地震の強度を示す〈震度〉になぞらえて、痛みの強さや属性にかかわる、ある程度客観的な指標をもつことは十分に可能であり、また有用ではないだろうか。

無痛が痛度0、痛度1の微痛からはじまって、軽痛、弱痛、中痛(?)、強痛、烈痛、最大の激痛が痛度7という具合である。中痛はいかにも落ちつきがわるいが、適当な呼称がない（ちなみに、おみくじの吉、小吉、半吉等はどういう吉順なのだろうか?）。むろん痛みには多くの種類・属性があるから、たとえば〝じんじんと疼くような痛みで強さは痛度3〟といった補足が必要だと思われる。

◇理解の恐ろしさ

物ごとにはつねに功罪の両面がある。ひるがえって考えてみると、痛みの度あいが曖昧（あいまい）で、客観的に表現する尺度をもたないところにこそ、実は神の英知があり、人生の機微があるのかも知れない。かりに自分を待ちうける絶望的な痛みが分かってしまったら、それと闘う気力さえ萎（な）えかねないではないか。その辺の機微は、すぐれてペイン・クリニックや心理学、さらには哲学や人間学の問題というべきだろう。

（北海道新聞（一九九七（平成九）年九月三〇日）所載、文芸春秋平成九年度ベストエッセイ集「最高の贈物」所収）

Ⅷ

出会いと別れと

——追悼文撰

“散ってのち なお咲き匂う 名花かな”

〈解　題〉

◇……この世は出会いであり、別れである。自分はといえば、いくたびか死線をさまよいながら、しぶとく生きつづけているのに、悲しいかな、多くの恩師や知友を失い、万感胸に迫る思いのなかで、折にふれて追悼の辞を書いてきた。本書を編むにあたって、改めて読みかえしてみると、そのほとんどが同じような書き出しの文章であることに気づく。故人をしのび、そこにたゆたう思いを言葉で凝縮すると、なぜか同じような表現になってしまうのは、〝小暮美学〟の問題というより、たぶんに思藻の貧困に由るものだろう。

いずれにせよ、すでに幽境にある恩師・知友の方々の冥福を祈念するとともに、プライベイトな部分をふくむ追悼の辞をこのような形で公けにしたことについては、ひたすらご寛恕を請うほかない。

1　佐々川君の訃に接して

〔中学時代の友人・佐々川淳君追悼文〕

突如、佐々川君の訃に接して、ただ暗然と哭く。

佳人薄命という言葉が痛々しいほどの実感を伴って浮かぶ。おそらくはこの文集の随所にも、同様の感想が散見するだろうが、衆目の見るところ、彼は稀にみる麗質で、透きとおるという形容のぴったりした〝幻想〟の美丈夫であった。しかも、ときに天賦にありがちな一種けんのある嫌味といったものが微塵もなく、えくぼを湛えながら、あの特徴ある眼を細めた彼の表情には、内に清々しい善意を包んで、まこと天使の微笑もかくやとばかりの醇美がこぼれた。

葬儀は教会で行われたという。たまたま郊外にあった私は、一片の電文に弔意を託する外なかったのであるが。病を得て後の彼が、とくに悟るところあって信仰の道に入ったのか、あるいは、御一家をあげての熱心なクリスチャンでいられるのか、その辺の消息を私は知らない。何しろ戸山を了えて以来、大学の銀杏の樹の間がくれに、ただ一度彼の姿をかいま見たのがこの世での最後となったのだから。いずれにせよ、彼の身近には生まれながらにキリスト者的な清浄な雰囲気が漂っていた――と私は思う。そのことが、一層痛ましく哀しく胸を打つのである。

残念ながら、彼の人がらを伝えるような個人的エピソードに私は恵まれていない。世間的な意味ではそれほどの深い交わりでもなかったという方が正しいから、些細な思いつきを記すとしても、おそらくは、お互いのあいだ柄の域を超えた、無用な誇張に堕することだろう。漠然とした一般的な印象しか語ることができない所以であるが、ただ交際の深浅とは一応無関係に、彼が、谷崎の描く幻想の王国に（誰しもがその少年時代に抱くであろうこの幻想の世界は、確か谷崎の「少年」という初期の中篇に象徴的であったように思う）ひそかに君臨した夢の王子であったということ、私にとってこれはかけがえのない真実である。

黙禱。

八月一八日夜　蓼科にて

（佐々川氏追悼文集「おもかげ」〔一九五九（昭和三四）年一一月〕所収）

2　雷光一閃

〔藤木英雄博士追悼文〕

不惑を過ぎるあたりから、新聞の訃報欄を覗くのが妙に怖くなった。誰しもおなじ思いではあろうが、そこに先輩・知己の名を見いだすことを懼れるようになったのである。人の死は寂しく、かなしい。とりわけ、それが前ぶれもなく身近な人を襲う運命《さだめ》であるばあいには。さあれ、この世に籍をおく哀しさ、しょせん訃音と無縁であるわけにはゆかない。一年前、とある夏の日、ふと目に留めた黒い傍線の名が、雷光のように冷えびえと背筋をはしった。藤木英雄氏。享年四五。強い西陽を浴びながら、しばし暗然と立ちすくんだ記憶がある。

春浅い本郷の研究室、一枚の年賀状をめぐる談議が、思えば藤木大兄との最後の一会《いちえ》となった。私事にわたって恐縮だが、毎年、干支にちなんだ曲詰の詰将棋を賀状用に作って、知友の顰蹙をかう悪い癖がある。昨年は盤面が巳の字型の趣向を凝らした。盤面曲詰は、いわゆるあぶり出し曲詰よりもさらに創作が難かしい。巳の字型に配置された駒のそれぞれが有機的に連動して玉を追い詰める仕組である。四方山の談議のすえ、大兄は、息子と二人で一生懸命とりくんだがどうしても詰まない、正解を示してほしい、と躊らいがちに所望された。大兄の辿った手順は途中まで正解だったが、五手目に一寸した盲点があった。私は自分の独りよがりな趣味がもとで、この碩学の貴重な時間を奪う仕儀となったことを愧じた。

藤木大兄の学説や学風、あるいは刑法学会に対する積年の貢献等については、本書の随所で語られる筈であるから、私の僭する余地はなかろう。私のように間違って学界の片隅に籍をおくことになった者の眼からは、大兄は眩いばかりの華麗な存在であった。ゆくとして可ならざるところのない絢爛たる才能は、ときに人を鼓舞するよりも萎縮させるほどの輝きに満ちていた。しかも大兄のばあい英才にありがちな取りつくしまのない冷たさ、といったものがなく、どこかほのぼのと気弱なものが滲む一面、親分肌で面倒見のよいところがあった。

長らく大兄が居を構えられていた大原のお宅は、たまたま私の実家から目と鼻の近くであったから、札幌に赴任したのちも、とき折お訪ねしては刑法論や大学紛争の裏話などに花を咲かせた。本来であれば深刻な紛争の話題も、大兄の話術にかかると、どこかユーモラスで、さながら大学寄席の趣があった。紛争を完全には過去形で語りえない現在、その裏面史に立ちいることにはなお憚りがあるが、東大紛争の命運にかかわる幾多の場面で、藤木教授は、闘争の拡大を防ぐべく終始現実的な対応を旨とされたようである。その頃のある晩、ウイスキーを一本携えて、お見舞に伺った。不躾けを顧みず、前ぶれなしに呼鈴をおすと、大兄は上半身裸のパンツ一枚という姿で玄関口に出てこられた。その慌てたご様子を思い出すにつけ、大兄の隠された人間味がしのばれて懐かしい。

机上にアイヌの守り神ニポポの木彫り像がある。数年前、刑事学の非常勤講師として藤木教授のご来道を願った際、大兄は飄然と道北方面の周遊に発たれたが、その折に拝領した網走土産である。とはいっても、それが単なる観光みやげでないことは、木彫りの底の部分に捺されている〝網走刑務所〟の焼印をみれば瞭らかだろう。ご多分にもれず、網走の番外地でも形務作業の一環として人形作りが行われているが、むろん市販の製品に焼印が捺してあるわけではない。参観記念として、とくに大兄が請うて入手された得がたい珍品の由。その素朴で和やかな表情を眺めていると、もう一対を大事そうに鞄にしまわれた大兄在りし日の温容が浮かぶ。主亡き藤木家の書斎に、いまもニポポはひっそりと佇んでいるだろうか。

ニポポのお守りも効なく、英才は忽然と逝かれた。想い出はなお尽きないが、逐一これを語ることは大兄との関係を誇張する虞れなしとしないであろう。仰ぎみる高峯。胸中に沸上るものを抑えて、ただ合掌。

（藤木英雄博士追悼論集『藤木英雄—人と学問』〔一九七九（昭和五四）年七月〕所収）

3　〝ニコチン〟と将棋と

〔四中・戸山高時代の恩師・柴田治先生追悼文〕

この世に出会いがあり、別れがある。出会いには別れの翳《かげ》がただよい、別れによって出会いはいっそう輝く。さまざまな出会いのなかで、恩師柴田先生との出会いは、私にとって運命的な意味をもっていたように思う。

四中時代から戸山高時代にかけて、私は〝ニコチン〟という風変わりなあだ名で呼ばれた。この種の命名が概してそうであるように、まことに他愛ないきっかけではあるが、その由来はまさにガンマ先生に発している。在学中、私は、おなじ京王沿線の田沢君とならぶ遅刻の常習犯で、しばしばスリリングな経験をもった。〝鬼よりこわい〟ガンマ先生の時間も例外でなかったとは何と不逞の輩であったことか。ある日、例によって教室にしのびこんで目をふせていると、頭上に雷がおちて、頭を二回コチンとたたかれたのである。なにぶん四十年近くもまえのことで、だれが〝名づけ親〟であったか、その辺の消息は定かでないが、おそらく上条君か綿野君あたりのしわざと見て間違いないだろう。あだ名のネタ探しに躍起となっていた悪童連の好餌となって、さっそくニコチンという名前を奉られてしまった。そんなわけで、けっして中学時代からたばこを吸っていたわけでもなければ、男性として一つあるべきものが二つあったわけでもないことを、この際、余談ながら釈明しておきたい。ともあれ、ニコチンと呼ばれるごとに、私はつねに柴田先生とともにあった。しんと静まりかえった教室に足音をしのばせて潜りこもうとした、あのころの緊張が無性になつかしい。

恩師にちなむ、いま一つのエピソードにふれよう。当時、妻島君という好敵手に恵まれた私は、昼夜を分かたず将棋に明けくれていた。なにしろフライデーというクラス雑誌で大道将棋屋を開くように勧められたぐらいだから、耽溺の度合いもわかるだろう。一見やさ男(?)風でいながらどこにそんな度胸があったのか自分でもふしぎであるが、こともあろうに先生の目を盗んで授業中に将棋を指していたところ、運わるく発覚し、盤や駒を没収されたあげく、職員室へ呼び出しを受けたのである。神妙に頭を垂れた少年のまえで、わが師はこう仰せられた。「**コ・グ・レ**(一語一語区切るような、格調たかい独特の言い回しを二度と聞くことができないとは……)、勉強でつかれた頭を将棋でいやすことはできても、将棋でつかれた頭を勉強でいやすことはできないヨ。」それは目からウロコのおちるような衝撃であった。なんという厳しく、味わいの深い言葉だろうか。まさしく人生の達人の言である。先生ご自身将棋をたしなまれたかどうかはついに知る機会をえなかったが、将棋のもつ魔力、いったんのめりこむと際限なく奪い、人を頽廃へと誘ってやまない勝負ごとの本質を、恐ろしいほど的確についている。私は将棋におぼれることで失うべきものの大きさを悟った。〝趣味〟としての将棋の在りかたを教えられたのである。当時、ひそかにプロへの志望もだしがたいものがあった少年にとって、その後の運命を変えた一言といっても誇張ではないであろう。

〝天性の教育者〟という表現があるとすれば、それは恩師柴田先生にこそふさわしい。教育とは所詮、情熱であり、信念であることを、身をもって示された在りし日の温容をしのぶとき、昨今の教育談議がいかに空疎にひびくことか。茫茫四十年。青春の思い出を強烈にいろどる導きの星が余光を残して消えた。

（追悼誌「柴田治先生をしのぶ」〔一九八五（昭和六〇）年九月〕所収）

〔小野清一郎博士追悼文〕

4　仰ぎみる清峯
――大恩師の面影をしのぶ

人生は出会いである、とは誰の言葉だったろうか。さまざまな出会いのなかで、恩師と呼べる人との出会いほど、世俗を超える意味あいにおいて、ありがたく、尊く、幸せなものはない。はるかに仰ぎみる清峯、小野清一郎博士。先生は私にとって、恩師の恩師にあたるという意味ですでに恩師であるばかりでなく、その直接のご薫陶をうける機会をえたという意味で直截に私の恩師である。いわば二重の意味の恩師、すなわち〝大恩師〟にほかならない。その大恩師が忽然として逝かれた。満天の星がにわかに翳ろい、一筋の光芒が山あいに消えた。

この際、法理学から刑事法学、さらには犯罪学や法思想史にまたがる、先生の卓越した業績、先人未踏ともいうべき偉大な足跡については、しかるべき方々からの献辞が寄せられるであろう。さしあたり私にはその資格がない。大恩師との私的な因縁を顧みながら、心に浮かぶまま、あれこれの思い出を綴ることにしたい。

◇　◇

昭和三〇年代の前半、もう少し正確にいえば昭和三〇年から三七年にかけて、私は、団藤教授のご指導のもとに大学院時代、ひきつづき内地研究の時代、を本郷で過ごした。そしてこの時期、小野先生の主宰される刑事判例研究会に参加する機会に恵まれたのである。学究生活のスタートにあたって、この由緒ある研究会に列しえたことは省みてまことに幸いであったといわなければならない。それは樹を見て森を見ず、ともすれば自分の殻に閉じこもりがちな、頼りない学究の卵にとって、ひろく自らの学問世界を拡大し、新しい着想を誘発される絶好の場であった。赤門の傍らにある学士会館の分館に、自分の不勉強を恥じながらも、何度おずおずと足を運んだことであろうか。

そこで交わされる談論は、学問的に成熟した人々の間のやりとりであるだけに、はじめのうちは、ともかくフォローするだけで精いっぱいであったが、やがてそれなりに度胸もついて、開き直った心境で臨むようになる。多少の誤解をおそれずにいえば、最初の衝撃はこれまで絶対のものと考えてきた学説に対する信頼、いわば学理信仰が揺らぎはじめたことである。裁判の場で提起されるさまざまな具体の問題に直面して、学説はかならずしも全能の解決をあたえるものではなかった。むろん理論や学説の役割に対する認識が浅かったことは否めないが、折にふれて学説の純理を超える判例の叡知を感じとったのである。

おのずからつぎのような疑問を生じた。刑事法の分野では伝統的に判例の法源的効力が否定されているとはいえ、これほどの叡知が法源の座から逐われてよいものだろうか。刑事実体法の法源として判例は不当に貶しめられているのではないか？

たまたま、郵便集配員の公務員性をめぐって、大正八年の大審院判例を変更した最高裁判例の評釈が私に割当てられたことから、某日、この判例を機縁として、確立した判例の変更、とりわけ行為者ないし被告人に不利益な方向の判例変更を鋭く批判する報告を行った。いわゆる罪刑法定主義の大原則を楯として、成文法のみを法源ととらえる通説の立場を疑問とし、多年にわたって蓄積され、安定した判例の解釈基準に一定の〝法源〟的効力を認めることこそ、むしろ罪刑法定の本義にかなう所以を力説したのである。正確に数えたことはないが、延べ十数回におよぶ〝御前報告〟のなかで、私としては未熟ながらも最も勇を鼓した報告といえるであろう。

小野先生は、若い学徒の気負った報告に対し、ストレートな反応や評価は示されなかったようにおもう。しかし、「なかなか難かしい問題があったようだね」というお言葉から好意的な響きを感じとったのは私の独りよがりだったろうか。丁度、恩師団藤博士も同席されていて、罪刑法定主義の精神を実質的に貫く見地から学界としても真剣にとりくむべき課題だ、といった趣旨の発言をされた。何となく晴れがましく、昂揚した気分に浸ったことを覚えている。〟そのころ〝から、すでに三〇年ちかい歳月が流れたとは……。

◇　◇

この程度の、はなはだ頼りない初学者にとって、ある意味で刑事判例研究会以上に大きな刺激となったのは、同じころ、小石川弓町の小野邸で開かれていた原書講読会への参加である。高台にある平屋建てのお邸は、いかにも小野先生のお住まいにふさわしい清楚なたたずまいで私たちを迎えてくれた。たしか月一遍ぐらいの頻度であったろうか。集会の常連は、内藤謙、藤木英雄、松尾浩也、田宮裕、板倉宏、宮野彬、芝原邦爾、所一彦、の各教授など錚々たるメンバーから、私のような錚々たらないメンバーまでを加えて、まことに壮観であった。若手の集まりということで、当時すでに大家の域にあられた平野先生は終始ご列席がなかったようにおもう。なぜか女性の参加も多く、鈴木享子、川口莘、萩原玉味、山本道子さん等の懐かしい顔ぶれが雰囲気に華をそえた。

研究会の題材には、——この点、記憶が定かでないことは残念であるが——たとえばヴェルツェルやエンデなどの最新ドイツ語文献を利用し、出席者が交代で一節ずつ朗読したあと、逐語訳および問題点の指摘を行う、といったオーソドックスなスタイルで進行。その間、先生は、核になる用語の意味を確認されたうえで、議論の流れや著者の思想について所見を述べられるのが例であった。ふしぎに自分のことは覚えているようで、私のドイツ語の〝発音〟について、何度かお賞めにあずかった記憶がある。

いったい、この会は何年ぐらいつづいたのだろうか。折にふれて先生は、古今東西にわたる該博な知識を披露され、人間の業（ごう）やカルマについて説かれた。新進の学者によるどんな気鋭の議論も、先生の手にかかると、たちどころに薬籠中のものとなって、何となく青くさい印象を帯びてしまう。たとえていえば、孫悟空が〝きんとうん〟に乗ってどんなに暴れ回っても、結局お釈迦さまの掌から抜けられない、といった風な趣があった。そんななかで、若くして逝かれた藤木教授が新しい過失論を滔々とぶって、小野先生を手こずらせていた姿が、つい昨日のことのようにまぶたに浮かぶ。

あえていえば、先生から賜ったご教示の根底にあるものは、仏教哲学を背景とする一種の不可知論であったように思われる。どんなに科学技術が進んだところで、人間の行動、ひいて人間そのものを明快に割りきることはできない。そこにはつねに合理的な解明に親しまない奥ふかく非合理な消息がある。私は、いわゆる処罰謙抑主義の支えとして、このような教訓を活かせるのではないかと考えた。不敏にして、先生の訓えをあらぬ方向に曲解したことになるだろうか？

◇　◇

縁あって北大に赴任してからは、何かと浮世の義理に追われ、刑事判例研究会やその後もしばらくは続いたはずの集会にもほとんど伺う機会がなかったが、それでも何度かは、季節の折ふし、なつかしい弓町の小野邸に参上した。ふと思いたって、不躾けながら北海道のささやかな名産品などをお届けしたこともある。そんなとき、先生は、すらっとした長身を折り曲げるようにして合掌され、品よく受けとって下さるのだった。

初夏のある日、あるいは殊のほかご機嫌うるわしい日にあたったのだろうか、珍しく奥まった書斎にお招きいただいたことがある。仰ぎみる眩いばかりの大恩師と、しばし二人だけで学問談議を交わす機会に恵まれたことは天与の幸運というべきであろう。私は緊張し、身の竦むような思いで、その時間に浸った。柔らかく射しこむ陽光。堆たかい汗牛充棟の書。多彩な話題のなかで、先生が若干の固有名詞を挙げられ、「近ごろの学者にはフィロソフィーがない」という趣旨をはっきりした口調で述べられたことが、なぜか強く印象に残っている。先生が引きあいに出された学者はすでに中堅・大家の域に達した方々ばかりで、私は大恩師の威光のまえに一言もなく身を縮めるほかなかった。やがて、談たまたま歎異抄におよぶ。先生は、〝善人なおもて往生す、いわんや悪人をや〟という一節の深遠な意味をひとわたり講釈されたあと、犯罪という悪を犯した者にもむろん救いはあるが、何もしないでただ許されるわけではない。刑罰は業を負った犯人にとって救いの証になる。私の理解に謬りがなければ、たしかこんな意味のことを諭された。懼れと昂揚の二時間。あるいは私の生涯のなかで、最も高雅なひとときであったかも知れない。

◇　◇

書棚の一隅に、「刑法に於ける名誉の保護」、「犯罪構成要件の理論」など、名著の誉れたかい業績の数々が並んでいる。かりに他人を鼓舞しステイムレートする業績と、人を威圧し、たじろがせる業績との区別があるとすれば、先生の業績は、まさに後者に属するであろう。それほどに小野刑法学は、私たち後進のまえに、圧倒的な威容をもって迫るのである。

大恩師との別れは悲しく、寂しい。とはいえ、そこに漂う思いは、たとえば曽て藤木教授の訃報に接して、電撃のように身を貫いた無念の思いにくらべれば、明らかに異質である。疑いなく一つの時代が終わった。

（「小野先生と刑事判例研究会」〔一九八八（昭和六三）年五月〕所収）

5　温容をしのぶ

〔マクス・プランク国際刑法研究所教授・鄭鍾勗博士追悼文〕

この世に出会いがあり、別れがある。出会いには別れの翳がただよい、別れには出会いへの期待がうずく。とはいえ、再会の期待を籠めて別れを得心させておきながら、その実、別れのあとに必ずしも出会いが約束されないとは、おもえば何と不条理なことだろうか。畏友鄭教授の訃音に接して、痛いほど一期一会ということばの重みを味わう。あのときこそ悟るべきであった。〝この次〟があるとはかぎらないことを。

鄭教授との縁が、とりたてて深かったわけではない。わずか四、五回ほどの出会いにすぎなかったから、世俗的な意味では、むしろ淡泊な交わりといってよいであろう。けれども、そこに流れた時間は濃密であり、〝かけがえのない関係〟への期待と予感に満ちていた。

教授との最初の出逢いは、たしか一〇年ほどまえ、フンボルト財団主催の国際会議が西ドイツのルードヴィヒスブルクという街で催された折であったようにおもう。美髯をたくわえた恰幅のよい紳士が、日本から参加した一団の学者の世話役として、親身に面倒をみて回る姿にいたく感動をおぼえた。悠容として迫らざるその風格には、〝東洋の大人（たいじん）〟の趣があった。とかく sprechen のあやしげな面々にとって、ドイツに定住し、ドイツ語を自在に操るばかりでなく、いざとなれば日本語や英語も達者にこなす鄭教授の存在が、どんなに頼もしく映ったことか。

令名たかい国際刑法研究所を擁するフライブルク市の郊外に、ホルベンという、山あいの景勝地がある。国際会議の帰途、フライブルクに立ち寄った私は、鄭教授とフーバー女史に誘われ、夢のようなホルベンのひとときを楽しんだ。名にしおう〝黒い森〟を見はるかすゲミュートリッヒなホテルのバルコニーで盛大にワインを傾けながら、鄭教授は、国際刑法交流への抱負を情熱的に語った。謙虚ななかにも多少の気負いをこめて、アジアとドイツとの架け橋たらんといいきった時の、教授のふかく澄んだ瞳が、昨日のことのようにまぶたに浮かぶ。

病をえられてのちも、機に応じて書簡の往来があったが、何とか快方に向かっている旨の微妙な文面に不安を覚えていたところ、たまたま東京で開かれた刑法学会のさい、元気なお姿に接しえたことを、ともかくも神に感謝しなければならない。心なしか窶《やつ》れは窺えたものの、それとて、すっぱりと〝美髯〟を落としたために印象が変わったとおもえば、それで納得できる程度のものであった。そんな教授を、私は、新宿副都心に林立する高層ビルの一角に誘い、眺望のよい中華料理店をえらんで久しぶりの再会を祝った。〝百万ドルの夜景〟を肴に、よく飲み、よく食べ、大いに談じる教授の温容を目のあたりにして、〝またあう日〟を期したのは、しごく当然といえよう。今にしておもえば、それが教授との最後の出会いとなった。手許に、仲間うちで進めていた外国人学者の招聘計画がある。リストの冒頭から、敬愛する教授の名を外さなければならない。

過日、新装成ったマクス・プランク国際刑法研究所を訪れる機会にめぐまれ、日本をはじめアジア関係の文献がびっしりと詰まった書庫を一覧して、その充実ぶりに瞠目した。ホルベンの山頂で聴いた鄭教授の志は、疑いなくこのような形で結晶している。けれども、〝かけがえのない人〟はもう還ってこない。秋陽を浴びて美しく色づいたホルベンの山あいに佇み、在りし日の温容を偲んだ。

（鄭鍾勗教授追悼文集〔一九八五（昭和六〇）年六月〕所収）

6　北天の光芒

〔今村成和博士追悼文〕

縁あって房総の地に移り住んでからこのかた、懐かしい多くの方々の訃音に接した。死は生によって翳り、生は死によってかがやく。人が幽明境を異にするとき、その生涯は思い出のなかに移行し、凝縮する。おもえば生が死後に思い出を遺すために存在する、とは何とはかないことだろう。

はるかな北の空に、光芒一閃、わが敬愛する今村成和先生も思い出の人となった。三十余年のご縁をふりかえりながら、脳裏に浮かぶあれこれのエピソードを拾って、在りし日の温容をしのぶことにしたい。

◇……いま、〝天才〟という言葉を、苦渋の跡をとどめない天賦の才能、という意味でつかうとすれば、疑いなく先生は第一級の天才だったとおもう。むろんしがない私には、行政法や経済法の領域における先生のきらびやかな業績について語る資格はないが、たとえば、かつて北大農学部を舞台とする面倒な事件に際し、こんな体験があった。刑の執行猶予期間の満了と公務員資格の回復、というテーマをめぐって、私はたまたま今村先生と連名で、「鑑定意見」を書く仕儀となった。馴れない問題とあって、何日か苦吟のすえ、漸く前半を書き終えて持参すると、先生は一読して寸考、やおら私の面前でペンを執ると、巷間、出版社に先生専属の読み手が要る、と伝えられるほどの〝達筆〟で、数ページにわたる鑑定意見の後半部分をさらさらと仕上げられたのである。内容も前半と整合する見事な出来栄えで、その天才ぶりには舌を巻く思いがした。

◇……日本学術会議や酒席でのご交誼を別とすれば、先生とのご縁はどうしても北大のキャンパスが主な舞台となる。昭和四十年代半ばに吹き荒れた〈北大紛争〉のころ、先生は図書館長の要職にあって、紛争の波をもろに被られた。空前の大紛争は、否応なく、大学人の〝本性〟を露呈する。血気にはやる私などと違い、もの静かで、はにかみやで、品のよい先生にとって、動乱への対応は苦手だった筈であるが、先生は〝狂瀾怒濤〟というべき状況に棹さして、筋を曲げることなく、終始しなやかに身を処された。その間、私自身は専門がら、警察問題の相談役をつとめることが多く、全学の動静に通ずる立場にあったとはいえ、その辺の機微にふれることは慎まなければならない。

◇……昭和五〇年、先生は澎湃たる全学の声に推されて、文系初の北大学長に就任された。その過程で忘れがたい鮮烈なエピソードがある。教養部前の体育館で、開票結果が明らかになり、今村候補者の意思確認が求められた際、先生は、「法学部教授会の了承を条件として、お引受けしたい」と答えられたのである。何しろ天下の公法学者の発言であるから、果然、大問題となった。いったい〝条件〟とは、どのような法的意味をもつのか？　法学部教授会は全学の選挙結果を左右できるのだろうか？　もし教授会が就任を〝了承〟しなかったらどうなるのか？

学部内には〝進歩的〟学長の誕生を歓迎しない空気もなかったわけではなく、たまたま新参の学部長職にあった私は収拾に苦慮したが、結局、教授会構成員による懇談会を開いて先生のご意向を聴き、全員が異議をはさまずに伺ったことで教授会の了承が得られたものと理解する〝玉虫色〟の収拾策をとった。後日、ある気楽な会合の席で、その辺の真意をお訊ねしたところ、先生は笑って多くを語らなかった。法学部教授会への〝ご挨拶〟なしには引き受けられない、という先生なりのデュー・プロセスだったのだろうか。いまだに正解はよくわからない。先生のこだわらない、おおらかなお人柄がもたらした波紋といえよう。

◇……就任の経緯はともあれ、先生は学長職を立派にこなされ、わが学部も、当然のことながら、この大先達を全力で支えた。私が公的な面で先生と最もふかい関係を保ったのもこの時期である。

新学長が当面した最初の全学的な課題は、北大第二世紀への幕をひらく、創基百周年記念事業の実施にほかならなかった。前学長から託された記念事業を、はたして、またどのような規模で継承すべきか？　苦悩するお姿を垣間みるたびに、万機公論に決しながらも、最後はみずから決断しなければならない〝学長の孤独〟を共感するのだった。

ある日、例のロフティ・アンビシャスのくだりを盛りこんだ、学長式辞草稿のレヴュウを求められたことがある。二、三の意見に加えて、「……ですが、……」「……でありますが、……」といった風な叙述の反復する〝文体〟についての所感を率直に述べると、先生は快く修正に応じられた。省みて冷汗三斗の思いが走る。先生の度量の大きさを示すものであろう。

◇……三年ほど前の某夜、たぶん公法研究会の帰途だろうか、法学部横のローンを蹌踉と歩まれる先生のお姿を拝見し、車で北二四条のご自宅近くまでお送りしたことがある。いまにしておもえば、一期一会、これが先生との最後の出会いとなった。

私事にわたるが、たまたま長いポーランド旅行を終えたばかりで、朦朧としたジェット・ラッグの渦中にある。締め切りもすぎ、体調芳しからず、十分に想を凝らす余裕がない。とりとめない未完の駄文を弄するよりは、むしろ失礼して寄稿を見合わせるべきではないか、とも考えたが、逡巡のすえ、参加することに意義がある、と思い直した。悲しいかな、O事件にらなむ「鑑定意見」の際のように、もはや先生ご自身の筆で、未完の文章を完成させていただくことができない。

（今村博士追悼文集「また、時は流れて――追想の今村先生」〔一九九七（平成九）年九月〕所収）

7　友の一燦、天に散る

──能勢弘之氏の逝去を悼む

〔能勢弘之博士追悼文〕

◇……ミレニアムのはざま、日本列島がうだるような暑さに喘いでいた昨年八月一日、本協会理事・能勢弘之氏の長逝という悲報に接した。既に半年以上も前から重篤な状態がつづき、六月にはお見舞いにも伺っていたので、決して青天の霹靂というわけではなかったが、四〇年来の知己を失った衝撃は大きく、しばらくは声がなかった。実のところ私の方が五歳ほど年長であることに免じて、この際、能勢君と呼ばせていただく。北大の定年を間近に控え、勇往、第二の人生への飛躍を期していただけに、能勢君の無念は察するに余りがある。蹌踉と日々を過ごし、〝その時〟が来たら能勢君に葬儀委員長を託す手筈になっていた私にとっても、いわば逆順で、運命とはいいながら、何とも理不尽なという思いが強い。いったい、神はどんな計らいで〝順番〟を定め給うのだろうか？

◇……顧みて、能勢君と私とは、俗にいえば長年の友人であり、同僚であり、公私ともに〝兄弟分〟の間柄にあった、といってよいであろう。研究者としての能勢君は、いまから四〇年も前に、コンピュータによる判決の分析と予測という先駆的研究を手がけた後、「公訴の利益」という重厚・本格的な論文で北大から学位を授与された。その間、ドイツ法への志向もだし難く、やがて誤判研究のメッカ、チュービンゲン大学に留学してカール・ペータース教授に師事したことが、能勢君の学問を大きく方向づけることになった。帰国後、能勢君は再審ないし誤判研究の分野で多くのすぐれた業績を挙げ、学界にたしかな地歩を築いたのである。その辺の専門的消息については、ここでは論究を控えることにしたい。

◇……このような経歴や業績からも窺えるように、故人のドイツへの傾倒ぶりは並々ならぬものがあり、岩見沢西高を経て北大へ入学すると、ただちにドイツ語研究会を組織し、これを主宰したほどである。北海道日独協会の活動にも古くから参画し、遅れて入会した私などと違い、いわば生え抜きの会員ないし役員として重きをなした。会則の作成にも能勢君の貢献が大きかったように仄聞している。その一癖ある飄々とした風格にもはや接することができない、と思うとまことに寂しい。ドイツ語も堪能で、〃俺のドイツ語は留学中のベッドの上で（Freundinnen から？）覚えた〃由を豪語したことがあるが、むろん彼一流のジョークであろう。

◇……おもえば死はすべてを想い出の淵にいざない、生は死によって燿く。好漢能勢君が愛したものはドイツばかりではなかった。無類の酒好きで、研究室の仕事が一段落すると、「酒なくして何の人生ぞ」とばかり、大学の周辺やすすきのの呑み屋に繰りだし、盛大に屯した。酔っぱらって大地に寝そべったり、ポン引きと顔見知りになったり、というたぐいの酒をめぐる逸話は、枚挙にいとまがない。

　こんな能勢君の牧歌的な雰囲気が学生に愛されない筈はなく、大学祭の余興として催される学部の人気投票の際など、つねに上位を占めていたことも肯けるだろう。肩を組んで歌う〃都ぞ弥生〃の前口上なども能勢君の独壇場で、余人をもって代えがたいものがあった。

◇……炎暑のさなか、能勢君はついに病魔との戦いに燃え尽き、最愛の家族に看とられながら、生涯を閉じたのである。通夜につづく告別式は、八月四日、世に名高い能勢十兄弟の一人、邦之氏が市長をつとめる岩見沢市のメモリアルホールでしめやかに行われた。広い会場が、全国各地からの参列者で埋まったのは故人の人徳といえよう。

焼き場で辛い数刻に耐え、一連の法要を終えて札幌に戻ると、折から豊平川の花火大会が開かれていた。目も絢な大輪の華が、つぎつぎと天空に舞い、余韻を残して消えてゆく。何と妖しく、はかない光景だろうか。

〈骨と化せし　友の一燦　天に散る〉

万感をこめて一句を詠むと、四〇年間のあれこれが浮び、不覚にも涙が滲んだ。

（「北海道日独協会会報」一八号〔二〇〇一（平成一三）年四月〕所収）

8　絢爛たる才能

〔田宮裕博士追悼文〕

様々な出会いがあり、別れがある。この世に出会いの数だけ別れがあるのは、論理的にみれば当然の仕儀ながら、思えば何とふしぎなことだろう。そして多分、出会いと別れの織りなす哀歓、喜びや悲しみの総量も、その絶対値において釣りあい、均しいのではないだろうか？

畏友田宮裕博士が忽然と幽界に旅だたれてから、早くも二年近い月日が流れようとしている。さすがに訃音の衝撃はうすらいだものの、非凡な才能を失った痛恨の思いは癒やすすべもない。

つたない追悼の辞を捧げるにあたって、さてどうお呼びしたらよいか迷う。実のところ私の方が数ヶ月早く生まれていることに免じて、田宮君と呼んでもご寛容いただけるだろうが、偉大な才能に対して多少の憚りがあるし、さればといって田宮先生あるいは田宮氏では、肩肘はった感じを否めない。あれこれ思案のすえ、この際、自然体で田宮さんとお呼びしておく。

およそ四〇年ほど前、たしか田宮さんと俊子夫人との華燭にちなむ企画だったか、「田宮裕先生還暦記念論集の刊行に先だつこと三〇年……」といった趣旨の一文を寄せた微かな記憶がある。当時は、昨今のように古稀祝賀ではなく、発起人の肝煎で〝還暦〟記念論集を編むのが慣わしであったから、そんな軽い表現になったのだろう。そろそろ田宮先生祝賀論集の企画が全国的規模でスタートするころかな、と考えていた矢先、まさしく青天の霹靂のように、田宮さんの訃報に接した。古稀祝賀論集への執筆に代わって、こうして追悼論集への寄稿という事態を迎えるとは、何とも無念の成り行きというほかない。

顧みれば、田宮さんと私とは、昭和動乱の時代、ほぼ同じころに生を享け、苛烈な銃後体験を共有したのち、大学を同期に了えて、ともに刑事法学を志した。いわば同門の学究ながら、学者としての〝出自〟ないし在り方には天地の開きがあったといえよう。すでに学部時代から、田宮さんが、かの三島由紀夫氏をして〝最高の美学〟と嘆じさせた刑事訴訟法学に傾倒し、不退転の姿勢で助手コースを歩まれたのに対し、私の方はといえば、将棋や小唄、コントラクト・ブリッジ、山歩きなどに明け暮れたあげく、あえていえば〝そこに大学院があったから〟という程度の安易な姿勢で大学院への途を進んだ。その辺はともあれ、私が曲りなりにも大学院を終了して世間並みに生業を求めていたとき、いくつかの可能性のなかから、結局、澄明な北の大地をめざすこととなったのは、田宮さんが一足はやく北海道大学助教授として赴任されていたことに負うところが大きい。当時、田宮さんは、助手論文として著わされた「刑事訴訟における一事不再理の効力」で学会賞に輝き、また「貧困と刑事司法」というテーマで朝日学術奨励金を得られるなど、新進気鋭の刑事法学者として注目を浴び、かたや不埒な〝遊び人〟の眼からは、眩いばかりの存在であった。法学の諸領域のなかで、刑法学者には、とりわけ豊かな天賦の才能に恵まれた人が多い、といえば語弊があるだろうか？　明治以降の刑法学史を繙くと、私見によれば、ほぼ一〇年おきに傑出した大天才が登場しているが、田宮さんはまさに、刑法学史を飾るこうした才能の一人に挙げることができよう。運命の導くままに、そんな才人と出会い、やがて澎湃たる大学紛争の直前、立教大学に転じられるまでの一〇年間を、同僚として家族ぐるみのご厚誼をいただき、その後の三〇年間も、終始近しくご高導賜わったことをありがたく、倖せにおもう。

田宮さんの学問的業績、ないしはそのたぐい稀な学者としての資質については、この論集の随処で、しかるべき方々から言及されることであろう。私には多くを語る資格がないが、せめて田宮さんの〝視野の広さ〟に加えて、その歯ぎれのよい魅力的な文体にふれておきたい。たとえば昭和三〇年代から四〇年代にかけて、判例時報に長期連載された〈外国法の話題〉などは、その例証としていまも強く印象に残っている。そのころ相前後して同誌に連載されていた〈裁判官の悩みと悲しみ〉（青木英五郎）、〈法経余録〉（萩野益三郎）などの名稿に伍して、若き日の田宮さんは、ミシガン留学時の見聞をベースに、広く現代大陸法や英米法へのアンテナをはりめぐらしながら、学界や実務の動向全般にわたって、堂々の論陣を張った。毎回のように、ウォレン・コート、ポリシー、パースペクティヴ、ウィズダム……などの片かな語を鏤ばめた新鮮な語り口が、どんなに光彩を放ったことだろう。田宮さんへの追悼の言葉を贈るにあたって、〝絢爛たる〟才能というタイトルを掲げたが、田宮さんなら多分、もっとスマートに、〝ブリリアント〟という言葉を使ったにちがいない。

仰ぎみる田宮さんは、決して孤高の人ではなかった。あらためて顧みれば、若い後輩たちに注ぐ、田宮さんの温かい眼差しを忘れることができない。かれこれ一〇年ほど前、しばらく米道の機会がなかった田宮さんを大学院の刑事法研究会にお招きしたことがある。いまや学界を代表する大家の謦咳に接すべく、北大から巣だった気鋭の学者や、現に籍をおく多勢の若手研究者が集まった。固唾をのむ学者たちを前に、田宮さんは淡々と来し方を省み、学問とは何か、を気さくに語りかけるのだった。あとで田宮さんいわく、「小暮さんはたくさんの良いお弟子さんを育てられましたね。」みずからは輝くことなく、すぐれた弟子に恵まれたことをひたすら自負し、誇りにしている私にとっては、何よりの賛辞といえよう。心の琴線にふれる田宮さんの優しさが心に沁みた。

往時茫々。国家試験関係の会議や学会、諸先達のお祝いの席などで、時たまお会いする機会に決まって交わされるのは、手短かな家族の近況を除けば、寄る年波の哀しさ〔?〕、もっぱら血圧や内臓の異変など、おたがいの健康の話題だった。ひところ大いに健康を害されていた時期があったことは承知していたが、紫綬褒賞の栄誉を受けられたころは十分に元気を回復されたようにお見受けしていただけに、突然のご逝去は無念やる方ない思いである。いったい、脳梗塞を患い、高血圧や痛風、さらには腎障害を抱えて、なお蹌踉と永らえている私よりも、なぜ田宮さんの方が〝先〟なのだろうか。神の計らいとはいえ、あまりにも理不盡で、〝デュー・プロセス〟に反するのではないか？

◇　卒然と旅だった畏友の在りし日を偲びつつ、腰折三句を捧げる。

〈天〉　ああ神よ

順番をいかに　定めたまう。
〈地〉絢爛と
花を咲かせて　友は逝き。
〈人〉法網の
ほころびを縫う　天の網。
（『田宮裕博士追悼論集上巻』〔二〇〇一（平成一三）年三月〕所収）

〈著者紹介〉

小暮　得雄（こぐれ・とくお）

1932年（昭和7年）東京に生まれ、激動の戦中、戦後を体験する。団藤重光博士に師事して刑事法学を専攻、法学博士。北海道大学法学部教授・同学部長、日本学術会議会員、日本刑法学会理事、北海道自然保護協会会長、千葉大学法経学部教授、放送大学客員教授などを歴任。現在、北大名誉教授、平成国際大学教授。『いまを生きる――魚眼の世界』（近代文芸社）、『回想の学童疎開』（同）、『法と裁判』（共著、放送大学教育振興会）、などの著書がある。将棋と旅とエッセイと。その間、《流水、先を争わず》、《一隅を守る》（本書Ⅲ―11参照）を座右の銘としてきた。

時は流れ、……やがて積み重なる
――古稀記念雑録

2003年（平成15年）3月14日　　第1版第1刷発行

著者　小暮得雄
発行者　今井貴
　　　　渡辺左近
発行所　信山社出版
〒113-0033　東京都文京区本郷6-2-9-102
TEL 03（3818）1019
FAX 03（3818）0344

Printed in Japan

印刷・製本／松澤印刷・大三製本
ISBN 4-7972-2245-X　C3032